岩 波 文 庫
32-525-2

近代人の自由と古代人の自由
征服の精神と簒奪

他 一 篇

コンスタン 著
堤林 剣
堤林 恵 訳

岩 波 書 店

凡　例

一、本書はバンジャマン・コンスタン（Benjamin Constant, 1767–1830）による以下の三著作を訳出したものである。

『近代人の自由と古代人の自由』（*De la liberté des anciens comparée à celle des modernes*〔近代人の自由と比較された古代人の自由について〕, 1819/20）

『征服の精神と簒奪』（*De l'esprit de conquête et de l'usurpation, dans leurs rapports avec la civilisation européenne*〔征服の精神と簒奪――ヨーロッパ文明との関わりにおいて〕, 1814）

『人類の改善可能性について』（*De la perfectibilité de l'espèce humaine*, 1829）

底本は De Gruyter 社および Niemeyer 社から刊行されている『バンジャマン・コンスタン全集』（*Benjamin Constant Œuvres complètes*）とし、適宜初版本も参照した。

二、『近代人の自由と古代人の自由』は、一八一九年にアテネ・ロワイヤル・ド・パリで行った講演であり、活字としての初出は一八一八年から一八二〇年にかけて刊行された四巻本の『立憲政治論集』(*Collection complète des ouvrages publiés sur le gouvernement représentatif et la Constitution actuelle de la France, formant une espèce de Cours de politique constitutionnelle*, Paris, P. Plancher, Béchet aîné)の第四巻(一八二〇年刊行)に収められている。全集版は *Œuvres complètes, Série Œuvres* XV, Berlin, De Gruyter, 2017, pp. 292-311。なお原題を直訳すると『近代人の自由と比較された古代人の自由について』となるが、本書では簡略な形にした。

三、『征服の精神と簒奪』の翻訳は第四版のものであるが、第三版以降削除された章「ウィリアム三世の例から引き出しうる反駁への応答」(初版第二部第五章)は附録として収録した。第四版の全集版は *Œuvres complètes, Série Œuvres* VIII-2, Tübingen, Niemeyer, 2005, pp. 685-822。初版の全集版(第二部第五章)は *Œuvres complètes, Série Œuvres* VIII-1, Tübingen, Niemeyer, 2005, pp. 622-624。

四、『人類の改善可能性について』の初出は『文学政治論集』(*Mélanges de littérature et de politique*, Paris, Pichon et Didier, 1829)所収。全集版は *Œuvres complètes, Série Œuvres* XXXIII, Berlin, De Gruyter, 2012, pp. 433-452。

五、コンスタンによる原註は＊で示し、当該段落の末尾に記載した。また、訳者による説明註には番号を付し、巻末に一括して掲げた。

六、〔 〕は原文にない語を文脈理解のために補う場合や、原註のなかで注釈を付す必要があると訳者が判断した場合、あるいは、原文で使われている単語をより理解しやすいものに換言する場合に用いた。

七、本翻訳においては、同一の単語であっても訳語を固定せず、その都度文脈に即して適切と思われるものを選択した。例えば、autorité には「権威」「政治的権威」「権力」「政府当局」などをあてた。但し république に関しては、コンスタンの意図を尊重し、古代ローマのみならず古代ギリシアを指す場合にも基本的に「共和国」ないし「共和政」と訳した。

目　次

第四版・補遺

近代人の自由と古代人の自由

一八一九年、アテネ・ロワイヤル・ド・パリ(1)での講演から

皆さん、

これから二種類の自由にまつわるいまだ耳慣れぬ区別について、皆さんにお考えいただこうと思っております。これらの自由の違いは今日にいたるまで見過ごされてきたか、少なくとも十分な注目を受けぬままでありました。一つは古代人のあいだでその実践が非常に重要視されていた自由、またいま一つはそれを享受することが近代の諸国民にとって特別な価値を持っているような自由です。この考察は、私が間違っていなければですが、二つの点から興味深いものになるはずです。

第一に、これら二種類の自由を混同したことこそ、われらが革命の悪名高き一時期において、この国に多くの害悪をもたらした原因でありました。フランスは無益な試みが続くことにいい加減うんざりしておりましたが、成果が乏しいことに苛立った立案者たちは、フランスに望みもしない善の享受を押しつけようとする一方で、望む善のほうは取り上げてしまったのです。

第二に、われらの幸福な革命（幸福な、と呼ぶのは、行きすぎたところがあったにせよ、私は結果のほうに注目するからです）のおかげで代表制統治の恩恵に浴することになったわけですから、今日においてわれわれがなんらかの自由や安息を見出すことのできる唯一の避難所ともいうべきこの統治が、なぜ古代の自由な諸国民にはほとんど知られていなかったのかを問うことは、興味深いと同時に有益でもありましょう。

古代の諸民族、たとえばラケダイモンの共和国〔スパルタ〕や、あるいはわれわれの祖先であるガリア人[2]のなかにその痕跡が認められると主張した人びとがいることは知っています。ですがあれは間違いです。

ラケダイモンの統治は禁欲的な貴族政であり、代表制による支配などではまったくありませんでした。国王たちの権力には制限がありましたが、それを課していたのは監督官（エフォロイ）[3]であり、今日われわれの自由の擁護者たちに選挙が付与するような任務を負った人びとではなかったのです。監督官はおそらく、もともと国王たちが設立したものであり、人民によって任命されていたはずです。ですがその人数はわずか五名にすぎませんでした。彼らの権威は政治的であるのと同じくらい宗教色も濃く、またその役割は統治の実務、すなわち行政権にまで及んでおりました。したがって彼らが手にしていた権能は、古代の共和国において民衆を指導した人びとの権能がほぼ例外なくそうだったように、暴政への防波堤となるどころか時にそれ自体が耐えがたい暴政に転じてしまうような代物だったのです。

ガリア人の政治体制は、ある党派がわれわれに与えようとしているものによく似ており、神権政治的であると同時に軍事的でもありました。聖職者には無際限の権力が与えられ、戦士階級ないし貴族階級は他に追随を許さないほど強大で抑圧的な特権を手にしておりました。人民にはなんの権利も保証もなかったのです。

ローマにおいては、護民官(4)がある程度までは代表としての役割を担っていたといえましょう。彼らは、いつの世も変わり映えしない少数の支配者層によって、王政転覆後から苛酷な奴隷扱いを受けていた平民の代弁者でありました。とはいえ、ローマ人民は政治的権利のほとんどをその手で実践していたのです。法律に票を投じるにも告発された貴族を裁くのにも、彼らは集会を開きました。ですから、ローマには代表制の痕跡といってもずいぶん頼りないものしかありません。

この体制は近代の発見であり、皆さんにもおわかりいただけることと思いますが、古代のような人類の発達段階では、こうした性質の制度を受け入れたり打ち立てたりすることは不可能だったのです。古代人はその必要性を感じることも利点に気づくこともできませんでした。彼らの社会組織は彼らをして、代表制がわれわれに保証するものとは完全に異なる自由を求めさせたのです。

この真理を皆さんにお示しするのが、今夜の講義の目的であります。

まず皆さんにお考えいただきたいのですが、はたして今日イギリス人ないしフランス人、そしてアメリカ合衆国の住民は、自由という言葉をどのようなものとして理解しているでしょうか。

それは各人にとり、法律以外の何物にも服さない権利、単独にしろ複数にしろ誰かの恣意的な要求にしたがって逮捕されたり監禁されたり、命を奪われたり、断じて不当に扱われたりしない権利を意味します。それはまた自らの意見を表明する権利、職業を選択し実践する権利、財産を自由に処理するだけでなく浪費さえする権利であり、許可を得たり理由や経路を申告したりすることなく往来する権利でもあります。他の人びとともに集まる権利もまた、誰もが持っています。それは自分たちの利益について話し合うためでもよいし、本人および彼の仲間が好む信仰を表明するためでもよい、あるいは単に自分の好みや気紛れにしたがって暇つぶしをするためでも構わないのです。そして最後に、官吏の一部や全員を指名したり、支配する側が多少なりとも考慮せざるをえないような抗議、請願、要求を行ったりすることで政府の統治に影響を与える権利も万人に認められています。では、こうした自由を古代人たちのそれと比べてみていただきましょう。

古代人の自由の内容は以下のようなものです。主権全体を構成するさまざまな部分的権能を、集団として、しかし直接的に行使すること、公共的広場で戦争か平和かを討議すること、同盟条約を他国と結ぶこと、法律を採決すること、判決を下すこと、役人たちの報告書や議事録、業務を精査すること、彼らを人民全体の前に召喚することおよび告発すること、そして断罪したり放免したりすること。しかしこれらを自由と名づけると同時に、古代人たちはこの集団的自由と矛盾しないものとして、全体の権威に対する個人の完全なる服従を認めていたのです。先にわれわれが近代人の自由として数え上げたような〔権利の〕享受は、彼らのあいだにはほぼ見当たらないのではないでしょうか。個人的な行動はすべて厳格な監視のもとに置かれておりました。意見に関しても職業に関しても個人の自立が許される余地はなく、とりわけ宗教においてはそうでした。自らの信仰を選ぶ権能、われわれが数ある権利のなかでも特に重要視しているこの権能が、古代人の目には罪であり冒瀆であると映ったのです。われわれにとってどんなに有用なことにも社会全体の権威が介入してきて、個人の意志を抑えつけました。テルパンドロスが竪琴に弦を一本加えようとしても、スパルタ人のもとでは監督官からの異論なしにはすまなかったわけです。(5) 権力は家庭内の最も親密な関係にさえ干渉しました。若きラケダイモン人はその新妻を自由に訪《おとな》うこともできず、ローマでは監察官(6)が家族の内部にまで詮索の目を光らせていました。法は習俗を縛り、そして習俗はあらゆる物事に関わるがゆえに、法に縛られないものは何一つ存在しなかったのです。

このように古代人たちのあいだでは、公共の事柄ならば基本的に主権者である個人が、私的な関係においてはことごとく奴隷となっていたのでありました。市民としては和睦か開戦かを決断するが、ひとりの人間としてはその一挙手一投足を制限され、監視され、抑圧される。集団全体に属する者として役人や上に立つ者の尋問、罷免、断罪、接収、追放、死刑執行にあたるが、その自分が属する集団の無際限の意志に基づいて、自分もまた地位を剝奪され、尊厳を奪われ、罰せられ、死に追いやられるかもしれない。近代人のもとにおきましてはこれとはまるで反対に、私的生活では自立している個人が、最も自由な国家においてさえ見せかけの主権者にすぎません。彼の主権には制限が課され、ほとんど常に停止されています。そしてたまにしかない一定の期間〔選挙〕、しかも多くの注意書きと禁止事項を付されたうえでこの主権を行使するのも、ひとえにそれを放棄するためにほかなりません。

皆さん、ここでいったん話を止めてありうべき反論に先に応えておく必要があります。古代にも、集団全体に対する個人の服従がこれまでお話ししてきたほどには完全でなかった共和国がありました。そしてこれこそは最も名高き共和国だったのです。もうおわかりでしょう、アテナイです。この点についてはのちほど、事の本質を確認しつつその要因をお話しするつもりでおります。なぜ古代の国家すべてのうちで、アテナイが最も近代のそれに似ているのかを明らかにしていきましょう。他の場所ではどこでも社会の権限に制約というものがありませんでした。古代人はコンドルセが述べたとおり、[7]個人的権利という概念をそもそも持っておりませんでした。人間はいうなれば、法によって動力を調整され歯車を回される機械装置にすぎなかったのです。こうした服従は共和政ローマの黄金期にも顕著で、個人はある意味国民に、市民は都市〔国家〕に飲み込まれておりました。

では古代人とわれわれとを区別するこの本質的な相違はどこからくるのか、その起源にさかのぼることとしましょう。

古代の共和国はみな狭い境界線のなかに押し込められておりました。最も人口の多いもの、最も強力なもの、最も影響力のあったものでも、その面積においては最小の近代国家に比ぶべくもありません。そして狭い領土の避けがたい帰結として彼らの精神は好戦的になり、いずれの民も近隣の民族との小競り合いに明け暮れました。対立は必然的であり、彼らは互いに絶え間なく戦《いくさ》をしかけ、脅しあうほかなかったのです。征服者になることを望まぬ国々も、武器を置けば自らが征服される危険を冒すことになりました。誰もが戦いによって安全と独立と生存そのものを勝ち取っていたわけです。戦争は古代の自由な国家にとって変わらぬ関心事であり、ほとんど日常的な活動でありました。そして、この状況の必然的な結果として、これらの国家はみな奴隷を保有しておりました。機械的な仕事や、国によっては職人仕事までもが鉄鎖をはめられた手に任されていたのです。

近代の世界にはこれとまったく正反対の光景が広がっています。どんな小さな国家でも、スパルタや〔はじめの〕五世紀間のローマとは比較にならないくらい広大です。ヨーロッパが複数の国々に分かたれているのさえ、知性が進歩を遂げたおかげで実態というよりはむしろ外面的といえます。かつてはそれぞれの民族が孤立した家族集団を形成し、互いに生まれながらの敵として対立していたのですが、現在では膨大な数の人びとが異なる名称とさまざまな様態の社会組織のもとで暮らしながら、まったく同じ本性を共有しています。彼らは今や蛮族の群れを恐れる必要がないほどに強くなりました。戦争を重荷と思うほどに開明を遂げました。共通の傾向として、彼らは平和を求めるのです。

ここから、もうひとつの相違が生じます。戦争は商業の前段階にあるのですが、それは戦争と商業が、望みの物を手に入れるという同一の目的を実現する二つの方法にほかならないからです。商業とは、所有を欲する者から所有者の力に捧げるオマージュ、もはや力では征服できなくなった物を合意によって獲得しようとする試みなのです。常に最強を誇る人物ならば、商業など思いつきもしないはずです。戦争、すなわち他者の力に力で対峙することはさまざまな抵抗と挫折を招くと経験から学んだ人は、商業、つまり自らの利益に適うよう他者の利害関心を動かす、より穏やかで確実な方策に頼るようになります。戦争は衝動であり、商業は計算です。しかしそれゆえにこそ、商業が戦争に取って代わる時代が必ず訪れるのです。われわれが到達したのがまさにその時代であります。

古代人のあいだには商業に従事する民が存在しなかった、などと言うつもりはありません。ただ、そうした民は一般的な原則に対するある種の例外でありました。一度の講義では、商業の発達を妨げてきた障害をすべてお話しする余裕がないのですが、そもそも皆さんは私と同じくらいそれについてご存じのはずです。一つだけ取り上げることとしましょう。羅針盤を持たなかったがゆえに、古代の船乗りたちは可能なかぎり海岸線を見失わないようにしなければなりませんでした。ヘラクレスの柱をすり抜ける、つまりジブラルタル海峡を通るのは大胆不敵な計画と思われておりました。フェニキア人やカルタゴ人など最高の腕を持った航海士たちも、それに挑戦したのはずいぶん時代を下ってからのことで、そのあとも長いあいだ誰も後に続こうとしなかったのです。のちほどふれるアテナイでは、海洋貿易の利益率がおおよそ六〇パーセントだったのに対し、通常の取引では一二パーセントにとどまっておりました。それほどに遠洋航海は危険なものと考えられていたわけです。

さらに、脱線としては残念ながら長すぎるのですが、もし可能であれば皆さんに古代の商人が他の国々と取引する際の習俗や慣わし、方法について詳しくお話ししながら、商業そのものにまでいうなれば時代精神が浸透し、彼らを取り巻く戦争や敵意が染みついていたことを明らかにしたでしょう。商業は当時、幸運な偶然のごときものでした。それが今日ではどの国民にとっても常態であり、唯一の目的、普遍的な傾向、本来の生活となっているのです。彼らは平安を求め、平安とともにゆとりある暮らしを、暮らしにゆとりをもたらすものとして仕事を欲します。戦争は日を追うごとに彼らの望みを満たす手段として非効率的になりつつあるのです。戦争の機会はもはや個人にも国民全体にも、平穏な仕事や通常の商取引がもたらすような利益を与えてはくれません。古代人は戦争が首尾よく運べば、奴隷や貢物や領地を公共および個人の財産に加えることができました。近代人にとってはそんな戦争であっても、必ず得るものより失うもののほうが多いのです。

最後に、商業と宗教、そして人類の知的かつ道徳的な進歩のおかげで、ヨーロッパ諸国にはもはや奴隷というものが存在しなくなりました。自由な身分の人びとがあらゆる職業につき社会の必要を支えねばなりません。

皆さん、こうした違いをもとにその必然的な帰結を導くのは簡単かと思います。

第一に、国土の拡張は個々人が手にしていた政治的重要性を薄れさせております。ローマやスパルタの共和国においては最も名もなき市民でさえ一人の権力者でありました。

イギリスやアメリカの一市民ではこうは参りません。後者が持つ個人的な影響力は、政府に方向性を示す社会的意志のなかに一要素として埋没してしまっているのです。

第二に、奴隷制の廃止は、奴隷たちがほとんどの仕事を担っていたおかげで手にしていた余暇を自由民から奪うことになりました。アテナイに奴隷民がいなかったなら、二万人のアテナイ市民たちも日々公共的広場に集まって討議するようなことはできなかったでしょう。

第三に、商業は戦争と違い、人びとの生活に活動の休止期間をもうけてくれません。政治的権利を常に行使する、国家にまつわる事について毎日話し合う、議論し、密談し、党派を組んで活動し、必要なら反対運動を組織し、与えられた義務を果たす——いってしまえば、こうでもしなければ古代の自由民の生活は暇にあえいで活気を失っていたと思うのですが、それが近代の国民にとっては混乱と疲弊の種にしかならないのであります。彼らは自分の思惑や商売、手に入れたか入れたいと願っている快楽に夢中になっていて、そこから離れるのは一時的かつ最小限にしてほしいのです。

そして最後に、商業は人びとに個人の自立に対する強い愛着を呼び起こします。商業は政治的権威の介入なしに彼らの需要に応え、欲求を満たしてくれるのです。こうした介入はほぼ常に、いま何気なくほぼと言ってしまいましたが、常に邪魔であり不快なものであります。集団的な権力が相場に手を出そうとすれば必ず投資家の邪魔をしてしまいます。政府がわれわれの商売の面倒を見ると言い出せば必ず儲けが減り、費用も無駄にかかります。

先に皆さん、アテナイにはのちほどふれると申しましたが、一見アテナイが私の主張の一部に反証を与えるように思えたとしても、実際は逆にそのすべてを証明する実例となってくれるはずです。

アテナイは、すでに私も認めましたとおり、ギリシアの共和国のなかで最も商業が盛んでありましたし、市民にはローマやスパルタよりはるかに多くの個人的自由を許しておりました。もし歴史的な詳細に踏み込む余裕があったなら、古代人と近代人とを区別する違いのいくつかが商業ゆえにアテナイ人からは取り払われていたことをご覧いただいたでしょう。アテナイの商人の精神は今日のそれと似通っておりました。クセノポンは、ペロポネソス戦争のあいだ彼らが資産をアッティカの地からエーゲ海の群島のほうへ移していたことを伝えています(8)。商業によってアテナイ人のもとには流通が生まれました。イソクラテス(9)の著作には為替手形が使われていた様子も窺われます。また、彼らの風習がいかにわれわれのそれと似ているかにご注目ください。女性との関わりにおいて、(再びクセノポンを引きますが)夫たちが満足していたことがおわかりいただけるでしょう。家庭を平穏と礼儀正しい友情が満たしていれば、心弱い妻に対して本能がふるう力の強さを考え、情念の抗いがたい力には見て見ぬふりをし、弱さを受け入れ過ちを忘れてやっていたのであります。外国人との関わりにおいては、家族を連れて移り住んだ者が仕事を持ったり工場を開いたりすれば、誰にでも市民権を大盤振舞いしていたことを申し上げましょう。最後に、彼らの個人的自立に対するきわめて強い愛にはきっと驚かれることと思います。ある哲学者によると、ラケダイモンでは高官が呼びかければ市民が馳せ参じたそうですが、アテナイ人は他人から行政官に従属していると思われたなら、ひどく気分を害したはずです。

しかしながら、古代の国民たちの性質を決定づけていた他の状況がアテナイにも存在したように、アテナイには奴隷民がおりましたし、領土がひどく限られていたためにかの地に古代人特有の自由があったこともわかっております。国民は法を作り、行政官たちの行いを精査し、ペリクレスに釈明を迫り[10]、アルギヌサイの戦いで指揮を執った将軍をまとめて死刑に処しました[11]。そしてまた、陶片追放——当時の立法者たちから例外なく絶賛されていた法に則っての恣意的支配、われわれからすれば度しがたい不公正に思える陶片追放こそは、アテナイにおいてなお個人が社会全体の優越に屈していたことの証左であります。今日ヨーロッパのいかなる自由な国家においても、個人はそのようなことになっておりません。

これまでお話ししてきたことから言えるのは、集団的権力に能動的に継続して参加するという古代人の自由をわれわれが享受するのは不可能である、ということです。われわれの自由はわれわれにとって、私的な自立を平穏無事に享受することを意味します。古代において各人が国民の主権のために担ってきた役割は、今日のような抽象的な想定ではありませんでした。各人の意志には実際に影響力があったのです。この意志を行動に移すことは繰り返し実感される喜びでありました。それゆえに、古代人は自らの政治的権利と国家行政における役割を保持するために多くの犠牲を捧げる覚悟を持っていたのです。自分の票がいかなる価値を持つかを誰もが理解し誇りに思い、個人として重要な位置を占めているというこの意識のうちに、十分な埋め合わせを見出していたのであります。

こうした埋め合わせは、今日のわれわれにはもはや存在しません。大衆のなかに埋もれてしまった個人が自らのふるう影響力を認識することはほとんどないのです。全体のなかに彼の意志が痕跡を残すことは決してなく、協力した証《あかし》も一切見当たりません。そのため政治的権利の行使は、今となっては古代人の感じていた喜びの一部しかわれわれに与えてくれなくなり、また同時に文明の進歩と時代の商業への移行および諸国民のあいだのコミュニケーションは、個人的な幸福の手段を無限に増やし多様にしてきました。

その結果として、われわれは古代人よりもはるかに強く個人の自立に執着せざるをえません。というのも、古代人はこの自立を政治的権利のために犠牲にしても捧げた以上のものを得ることができましたが、同じ犠牲を捧げたところでわれわれには得るもののほうが少ないからです。

古代人の目的は、祖国を同じくするすべての市民のあいだで社会的権力を分有することにありました。彼らはそれを自由と呼んだのです。近代人の目的は私的な快楽のうちに安寧に暮らすことであり、彼らが自由と呼ぶのは制度がこうした快楽に与える保証であります。

私ははじめに、これらの違いに気づかなかったがために、本来は善良な意図を持ったはずの人びとが、長い革命の動乱のあいだに数え切れぬ害悪を引き起こしてしまったのだ、とお話ししました。私の非難が厳しすぎないとよいのですが――彼らの過ち自体は無理もないものでした。古代の優れた著作を紐解き、偉大な人物の足跡をたどれば、近代にまつわるものからは決して生まれないような、何とも言えぬ特別な思いが否応なくこみ上げてきます。はるか昔、いわばわれわれ以前に人の心に宿っていたさまざまな要素が、こうした記憶をよすがにして自分のなかに蘇るかのように感じられるのです。人間の能力が、方向性はあらかじめ決められているとはいえ、かくも広い活動の場でのびのびと発揮され、しかもその場を自らの力で支えることで活力と尊厳を十二分に感じられる、そんな時代に郷愁を抱かずにいるのは難しいでしょう。そしてこの郷愁にとらわれてしまったなら、憧れているものの真似をしたいと望まずにはいられません。このように深く感銘を受けたのは、何よりもわれわれが、原理も馬鹿げていればやり方も拙く、実力もないのに暴虐をふるおうとする不当な支配のもとで暮らしていたからであります。その原動力は放埓、目的は人類を貶めることでありました。今にいたってなお一部の人びとはこうした支配を褒めそやしますが、いったいわれわれが頑迷と無能と転覆を目にし、そのために苦しんだことを忘れられるとでも思っているのでしょうか。改革者たちの目的は気高く献身的なものでした。彼らが切り開いたかのように思えた道のとば口で希望に胸を躍らせなかった者がおりましょうか? 先導者の犯したいくつかの過ちを認めることは彼らの記憶を汚すことでもなければ、何世代にもわたって人間性の友が訴えてきた考えを否定することでもありません。そう宣言する必要をいまだに感じない人間にこそ罰が当たってほしいものです!

しかし彼らは自分たちの理論の一部を二人の哲学者の著作から引き出したわけですが、この哲学者たちも人類の気質に二千年という時間がもたらした変化までは考慮しておりませんでした。なかでも卓越した思想家であるジャン=ジャック・ルソー(12)の理論体系についてどこかで検討を加えられれば、この驚くべき天才が、社会的権力つまり違う時代のものである集団的な主権の範囲をわれわれの生きる近代へと移し替えたことで、自由に対するきわめて純粋な愛に突き動かされていたにもかかわらず、さまざまな種類の暴政にろくでもない口実を与えてしまったことをお話ししましょう。とはいえ明らかにすべき誤謬と自分が思うものを指摘する際も、反論は慎重に行い、非難にも敬意を忘れぬよう気をつけるつもりです。偉人を口汚く罵《ののし》る者に与《くみ》するのはぜひとも避けたいのです。たまたまある点で私と彼らが一致するように映るならば、自分のほうを疑うことになるでしょう。そしてほんの一瞬、しかも特殊な論点においてのみであっても彼らと意見が重なるかのように見えてしまったことの埋め合わせに、全力でこのまがいものの同盟関係を切り崩し、否認したくなるに違いありません。

しかしながら、並外れた才能の輝きと圧倒的な名声にともなう権威によってこれほどまでに影響力を持った考察であっても、真理の重要性のほうが間違いなく勝るのであります。私が矛先を向ける過ちは、皆さんにもいずれおわかりいただけると思いますが、そもそもルソーに帰すべきではありません。その責めを負うのによほどふさわしいのは、ルソーの追随者のなかでも彼ほど雄弁ではないが、峻厳さでは劣らず、しかもはるかに極端な人物であります。この人物、アベ・ド・マブリ(13)こそは、古代の自由の基準にしたがって国民が主権者となるために市民が完全に支配下におかれること、人民が自由になるために個人が奴隷となることを求める体制の代弁者といえるのです。

アベ・ド・マブリはルソーやその他大勢と同じく、古代人の例にならって社会集団の権威を自由と見なしており、この権威の効力が及ぶ範囲を人間存在の反抗的な側面――彼はそこに自立が認められているのが実に不満だったわけですが――にまで広げられるなら、どのような手段も好ましいと考えていたのです。自らの著作のあちこちで彼は、法律が行為にしか届かないといって嘆いています。法律が思想や束の間の印象まで手にかけ、人間に休息もその力を逃れられる避難所も与えずに追及するのが彼の望みだったのです。どんな民族のもとであっても、抑圧的な手段を目にするや否や彼はそれを偉大な発見と思い込み、模範として取り上げました。彼はまるで仇敵のように個人的自由を憎んでおり、また歴史のなかにこれを完全に奪われた国民を見出せば、たとえ彼らが政治的自由を手にしていなくとも感嘆しないではいられなかったのでした。彼がエジプト人に夢中になったのは、本人曰く、彼らのもとでは休息や欲求にいたるまで一切が法によって規制され、何もかもが立法者の支配に服し、一日のあらゆる瞬間が義務で埋め尽くされていたからなのです。恋愛さえもがこの有無を言わさぬ介入の対象とされ、婚礼の褥《しとね》を開いたり閉じたりしていたのは法でありました。

スパルタでは、同じような個人の隷従が共和政体と結びあわされており、この哲学者の精神にさらなる熱狂を呼び起こしました。かの巨大な修道院は彼にとって完全なる共和国の理想像と映ったのです。アテナイには深い軽蔑を感じ、ギリシア随一のこの国民に対して、ある大貴族のアカデミー会員がアカデミー・フランセーズについて述べた言葉を喜んで口にしたことでしょう――「何たる度しがたき専横か！　ここでは誰もが好き勝手に振舞うのだ」と。(14) ただし、この大貴族がアカデミーの状況についてこう述べたのは三〇年も前のことだと付け加えておきましょう。

モンテスキュー(15)は、より冷静な頭脳を持ち観察者としての精神をそなえていたため、同じ過ちに完全に陥ることはありませんでした。彼はこれまで述べてきたような相違に注意を向けてはいたのですが、その真の理由まではたどり着かなかったのです。「民衆政体のもとに生活していたギリシアの政治家たちは、徳の力以外には〔この政体を持続させうる力を〕認めていなかった。今日の政治家たちがわれわれに語ることといえば、手工製造業《マニュファクテュール》や商業や財政や富、さらには奢侈《しゃし》についてだけである(16)」と述べ、彼はこの違いを共和政と君主政とに帰しています。ですが古代と近代との対照的な精神のあり方にこそ帰すべきなのです。共和国の市民も君主国の臣民もみな快楽を欲するものであり、今の社会状況でこれを求めずにいられる人間など誰もいません。フランスの解放以前、近代において自由に最もこだわっていた人民は、同時に人生のあらゆる快楽に最も執着していた人民でもありました。彼らが何よりも自由を欲したのは、そこに大事な快楽への保証を見出したからだったのです。かつて、自由があるところ人は窮乏に耐えることができました。今や窮乏あるところはどこでも、それを甘受するために隷属が必要となるのです。今日では奴隷からスパルタ人を作り出すほうが、自由によってスパルタ人を育てるよりよほど易しいことでしょう。

動乱の波によってわれわれの革命の主導者へと押し上げられた人びとは、受けた教育の必然的な結果として、私がちょうどお話しした哲学者たちによって脚光を浴び時代錯誤になってしまった古典古代の考えで頭がいっぱいになっておりました。ルソーの形而上学を読み進めば、突然稲妻のように輝きを放つ崇高な真理や、人を惹きつける魅力にあふれた文章に出会います。マブリの峻厳、不寛容、人間のあらゆる情念に対する彼の嫌悪、一切を隷属させることへの渇望、法の権能についての誇張された理論、彼が奨めるものと実在したものとの乖離、富どころか所有そのものに反対する大袈裟な言説、こうしたものすべては、勝利の熱も冷めやらず、勝ち取った合法的な権力をあらゆる対象へと拡大したくてうずうずしている人びとを否応なく魅了しました。真摯な学究の徒であり、人間の専制を激しく攻撃してきたこの二人の著述家がまとめあげた法理論の原理は、彼らにとって金科玉条となりました。そこでこの著述家たちからかつて自由な国家で実践されていたと学んだとおりの仕方で公権力をふるおう、と考えたわけであります。彼らは集合的意志は今でもなおあらゆるものに優先されねばならず、一切の個人的権利の制限は社会的権力への参画によって十二分に報われるのだと信じていたのです。

皆さんは、それがどんな結果にいたったかはよくご存じでしょう。自由な制度が時代精神の知識に基づいて築かれていれば、あるいは存続できていたかもしれません。古代人の組織の焼き直しは、多くの努力と称賛に値する英雄的行為の甲斐なく崩れ去りました。社会的権力は個人の自立をずたずたに傷つけはしましたが、それを求める気持ちまでは破壊しなかったのです。国民は、抽象的な主権に観念として参加することに、要求されているだけの犠牲に見合った価値があるとは考えませんでした。その彼らにただただ虚しくルソーの引用が繰り返されました――自由の法は暴君の軛《くびき》よりはるかに峻厳にして苛酷なものである、と。国民はそんな厳格な法律など望んでおりませんでしたし、うんざりするあまり暴君の軛のほうがましなのではないかという思いがよぎることもありました。それを実際に経験する段になって彼らははじめて誤りに気づき、人間の恣意的支配は最悪の法よりもさらに惨《むご》いものであると学んだのです。しかし、法律もまた自らの限界というものを持たねばなりません。

皆さん、私がそうした事実から導き出されると信じる見解にこれまでのところでご賛同いただけているのであれば、きっと次のような原理に宿る真理もお認めくださることと思います。

近代人の欲求の第一は、個人の自立であります。したがって、彼らに政治的自由を確立するためにこれを犠牲にせよなどとは、決して求めてはなりません。

またそれゆえに、これまで過度に褒めそやされてきた多くの制度、古代の共和国において個人的自由を縛りつけていた制度のうち、近代に受け入れることのできるものはひとつとして存在しません。

この真理は、皆さん、あえて打ち立てるまでもないようにはじめは思えるかもしれません。今日の政府は古代の共和国を真似したがっているようにはあまり見えないでしょう。ですがこうした政府は共和主義的な制度にさほど関心を寄せていなくとも、共和主義的な慣行のいくつかには妙な執着を示すことがあるのです。それがまさしく排斥し追放し略奪することを可能にするものだというのが、実に不愉快ではありませんか。思い起こせば一八〇二年のこと、特別裁判所にまつわる法律のなかにひとつ、フランスにギリシアの陶片追放を持ち込もうとする条文が滑り込まされました。この条文を認めさせるために――結局引っ込めはしましたが――どれだけの雄弁な演説家たちがアテナイの自由について、そしてこの自由を守り抜くために個人が捧げねばならなかったあらゆる犠牲について私たちに語り聞かせたことでしょう！　またもっとずっと最近のことですが、臆病な政府が覚束ない手つきで選挙操作をしようとした際、ある新聞が、共和主義に毒されていたわけでもないのに、危険な候補者を排除するためローマ時代の監察官制度を復活させてはどうかと提案したこともありました。

ですから、私が自説を補強するため、過大評価されているこの二つの制度について二、三申し上げても、無駄な脱線ということにはならないかと思います。

アテナイの陶片追放は、社会がその構成員に対して完全な支配権を有しているという仮定に基づいています。この仮定を前提とすれば、正当化もできるでしょう。また小さな国家では、個人の影響力もその人物への信頼や支持、名声などを背景にして民衆の力と釣り合っていましたから、陶片追放も有用と見せかけることができたわけです。しかし私たちのあいだでは、個人の有する権利は社会のほうで尊重せねばなりません。個人の影響力はすでに検討したように対等だったり優勢だったりする数多の影響力のなかでかき消されてしまっており、個人の影響力を減じねばという動機でなされる抑圧がおしなべて無益、したがって不当となるほどです。犯した行為に追放刑を定めている合法的な手続きにしたがって通常裁判所で宣告されたのでもないかぎり、市民を追放する権利など誰にもありません。市民から祖国を、所有者から土地を、商人から商売を、夫から妻を、父から子を、著述家から学究的思索を、老人からその習慣を奪う権利など何人《なんぴと》にもありはしないのです。政治的な理由での追放はすべて政治的な攻撃です。公共の安寧を持ち出して議会で決議される追放はみな、まさしく法を尊重し形式を遵守し保証を維持することにこそ存する公共の安寧に対し、この議会がなす犯罪であります。

ローマの監察官制度は、陶片追放と同じく、自由裁量権を前提としておりました。市民がみな貧しさゆえにきわめて簡素な暮らしを強いられ、一つの町に定住し、自分たちの関心を国家にまつわる物事から逸らすような仕事を持たず、したがって常に公権力の行使に対する観察者や審判を自任していた共和国においては、監察がより大きな影響力を持つ一方、監察官たちの恣意的な振舞いは彼らに向けられる一種道徳的な監視によって抑制されてもいたのです。しかしながら、共和国の領土拡張や社会関係の複雑化、文明の洗練が、この制度から基盤でもあり枷《かせ》でもあったものを奪い去ってしまうや否や、監察制度はローマにおいてすら堕落しました。ですから監察が良き習俗を生み出したのではなく、簡素な習俗が監察に権力と効力とを与えていたというべきなのです。

フランスに監察と同じくらい恣意的な制度があれば、非効率的であると同時に耐えがたいものとなることでしょう。現在の社会状況において、習俗は繊細で移ろいやすく捉えどころのないニュアンスから成り立っており、これらをより明確にしようとすると、さまざまな仕方で変質してしまうのです。そこに手をかけられるのは世論だけです。世論だけがこうしたニュアンスを裁くことができるわけですが、それは両者の性質が同じだからであります。世論もまた、自らを明確化しようとする一切の実定的権力に抵抗します。もし近代の人民の政府がローマの監察官のように自由な裁量で市民を断罪しようとすれば、国民全体が政府の決定を斥けこの判決に反対するはずです。

監察官制度を近代に移し替えようとすることについて私がお話ししてきたことは、社会組織のほかの部分についても当て嵌まります。むしろそちらについてのほうが古代が引き合いに出されることも多く、語り口も仰々しいのです。たとえば教育です。政府が自分に都合よく教育をほどこすために若い世代を取り込めるようにすべきだ、と訴えるのに使われない言い分、そう主張するために持ち出されない名文が一体あるでしょうか？　ペルシア人、エジプト人、ガリア人、ギリシア人にイタリア人が代わるがわるわれわれの目の前に現れるではありませんか！　ああ！　皆さん、われわれは専制君主に従えられていたペルシア人でも、僧侶たちに支配されていたエジプト人でもなければ、ドルイド(17)によって生贄《いけにえ》に捧げられる恐れのあったガリア人でも、さらには社会的権力に参画することで私的な隷属を埋め合わせていたギリシア人やローマ人でもないのです。われわれは近代人、それぞれが自らの権利を享受し、自らの能力を他者を害することなく望むとおりに伸ばし、またそうした能力が自然によってわれわれの愛情に委ねられた子供たちのなかで成長していくさまに気を配りたいと望む近代人であります。愛情は情熱的であるだけいっそう賢明でもあり、政治的権威を必要とするのはさまざまな教育手段を結集できるからにすぎません。ちょうど旅行者が政府の敷いた街道を通るとしても、たどりたい経路まで指図されているわけではないのと同じことです。宗教もまた、こうしたほかの時代の記憶に翻弄されております。教義の統一を勇ましく振りかざす人びとは、異教の神々に対する古代人の法を引き、カトリック教会の権利を基礎づけるのに、多神教を攻撃した咎《とが》でソクラテスを死に追いやったアテナイ人の例や、人びとが先祖代々の信仰に忠実であるよう望んだためにのちに初期キリスト教徒が猛獣の前に放り出されるきっかけとなったアウグストゥスの例を持ち出すのです。

皆さん、古代のかすかな記憶に対するこのような崇拝には警戒を怠らぬようにしましょう。われわれが近代に生きている以上、私は近代に適した自由を欲します。またわれわれが君主政のもとで暮らしている以上、私はこれらの君主国に対し、われわれを抑圧する手段を古代の共和国から借りてこないよう謹んで乞い願うのです。

繰り返しますが、個人的自由こそ真の近代的自由であります。政治的自由はその保証であり、政治的自由が不可欠となるのはそれゆえなのです。しかし今の諸国民にかつてのごとく、政治的自由のために個人的自由の一切を捧げよと求めるのは、彼らをその一方から引き剝がす最も確実な手段です。そしてひとたびそこに手を伸ばしたなら、他方を奪うのに躊躇《ちゅうちょ》はしないでしょう。

皆さんには、私の考察が決して政治的自由の価値を貶めるものではないことをおわかりいただけると思います。皆さんにお話しした事実から、一部の人間が引き出す帰結を導くつもりは私にはありません。彼らは古代人たちが自由であったこと、そしてわれわれがもはや彼らのようには自由たりえないことから、われわれが奴隷となる運命にあると結論づけます。世界の現状に唯一適していると彼らのいうごくわずかな要素をもとに、新たな社会の状態を組み立てようとしているのです。これらの要素というのはすなわち人びとを恐れさせる偏見、堕落させるエゴイズム、思慮を失わせる軽薄さ、品位を貶める卑しい快楽、彼らを操る専制政治、そして何よりその専制に抜け目なく仕えるための実証的な知識と精密な科学であります。これが、人類が精神的にも物理的にも多くの手段を獲得してきた四千年の帰結であるとは、なんと奇妙なことでありましょう。私にはとてもそうとは思えないのです。われわれを古代と区別する相違から私が引き出すのは、まるで正反対の結論であります。われわれのすべきことは保証を弱めることではなく、享受の拡大です。私が求めるのは政治的自由の放棄ではなく、別の形式の政治的自由をともなった市民的自由なのです。政府は今まで以上に非合法的な権力を手に入れる資格を持っているわけではありません。それどころか正当な起源を有する政府であれば、個人に恣意的な支配権をふるう権利からは以前にもまして遠ざかっています。われわれは、われわれがいついかなる時代にも手にしてきた権利、法律に同意を与え、自分たちの利益について討議し、自らが構成する社会集団に一員として参加するというこれら永久の権利を今日なお有しております。ですが政府のほうには、かつてない新たな義務が課せられているのです。文明の進歩、時代の移り変わりによって生じた変化が政治的権威に習慣や愛着、個人の自立に対していっそうの敬意を払うように命じます。より慎重かつ柔らかな手つきでこうしたものを扱わねばならなくなったわけです。

政治的権威によるこうした配慮は厳格な義務ではありますが、同様にその正しく理解された利益にも適うものといえます。というのも、近代人に適した自由が古代人のそれと異なるのであれば、古代人においては可能だった専制政治が近代人のあいだではもはや可能ではなくなるからです。われわれがしばしば彼らには考えられないくらい政治的自由に無頓着であり、そもそも普段からそこにさほど情熱を持っていないという事実から帰結するのは、政治的自由が与えてくれる保証に対するわれわれの無関心も時に度を越すことがあり、しかも常に間違っているということです。しかし同時に、古代人よりもはるかに個人的自由にこだわるわれわれは、そこが攻撃されればはるかに巧妙に粘り強く守り抜こうとするでしょう。そしてわれわれには古代人になかった防衛手段があるのです。

商業は、われわれの生活に対する恣意的な権力行使をかつてなく抑圧的なものとします。われわれの商取引が多様になればなるほど、恣意的支配はそこに手を伸ばそうと増大していくからです。とはいえ商業のおかげで恣意的支配を逃れるのもまた容易になったのは、商業によって所有がその性質を変えられ、ほとんど把握不可能なものとなるためです。

商業は所有に新しい性質を与えます。流通です。流通なしでは、所有もただの用益権にすぎません。政治権力は用益権にならいつでも手が届きます、享受を無効にできるのですから。ですが流通は社会的権力のこうした行為に対し、不可視で不屈の障壁をもうけてくれます。

商業の効果はさらに広範に及びます。個人を解放するだけにとどまらず、信用取引の創出によって政治権力を経済的に依存させているのです。

あるフランスの著述家によれば、貨幣は専制の最も危険な武器ということになります。しかしそれは同時に最も強力な制御装置でもあるのです。信用は世論に従うものであり、力は何の役にも立ちません。貨幣は身を隠すか逃げ出すかして、国家のあらゆる機能が停止してしまいます。信用は古代人のあいだではこれほどの影響力を持っていませんでした。政府が個人よりも強かったからです。しかし今日では政治権力よりも諸個人のほうが力を持っています。富はいついかなる時も自由になり、あらゆる利益に適応でき、したがってはるかに現実的で人に言うことを聞かせられる力なのです。権力は脅威を与え、富は報酬を与えます。人びとは権力を欺きその手を逃れようとするでしょう。富にはその恩恵に与《あずか》るため奉仕せねばなりません。富のほうが勝るのは道理です。

これらの要因からさらに導き出されるのは、個人の存在が以前ほど政治的存在に飲み込まれてはいないということです。人びとは自分たちの財産を遠くに移しますが、ついでに私的な生活における楽しみもすべて一緒に動かしてしまいます。商業は国家間の距離を縮め、多少とも似通った習俗と慣習とを与えました。国の指導者たちが敵対することはあっても、国民同士は同胞なのです。

ならば権力はこの事態を受け入れねばなりません。自由はわれわれに不可欠であり、そしてわれわれは必ずやそれを手にします。ですがわれわれが必要とする自由は古代人のそれとは異なっており、古代の自由に適したものとは別の組織を求めるのです。古代の自由に関していえば、人びとは政治的権利を行使するために自分の時間と労力を捧げれば捧げるほどより自由になる、と感じておりました。われわれが受け入れるほうの自由は、政治的権利の行使が私的な快楽のために残してくれる余暇が多ければ、それだけ自由の価値が上がるということになります。

その結果として、皆さん、代表制が必要となってくるのであります。代表制とは、国民が自分ではできない、もしくはやりたがらないことを誰かに任せるための組織にほかなりません。貧しい人びとは自分の財産は自分で管理しますが、富豪は家令を雇います。この経緯は古代の国民であろうと近代の国民であろうと変わりません。代表制は、自らの利益は守られてほしいが自ら常時そうするだけの暇は持たない人民の集団が、一定数の人びとに与える委任です。しかし愚かでないかぎり、家令を雇った金持ちは彼らが義務を果たしているか、怠けたり不正を働いたり無能だったりしていないかを注意深く厳しく吟味するはずです。そして代理人たちの行動を判断するため、委託者に分別があれば、管理を任せた仕事の状況を把握しようとするでしょう。それと同じように、自分たちに見合った自由を享受するために代表制に頼る人民は、代議士たちにしっかりと絶え間なく監視の目を向けねばなりません。そしてあまり長すぎない間隔をおいて訪れる時期〔選挙〕のために、彼らが期待を裏切った場合は除名し、彼らの濫用した権力を取り上げる権利を持ち続けていなくてはならないのです。

というのも、近代的自由と古代的自由との差異ゆえに、それがはらむ危険もまた種類を異にするからです。

古代的自由がもたらす危険は、社会的権力の分有にばかりこだわる人びとが個人的な権利や快楽を軽視しすぎることにあります。

近代的自由にひそむ危険は、われわれの私的な自立の享受と個人的利益の追求にかまけるあまり、政治権力に与るという権利をたやすく手放してしまうことです。

権威の受託者は、われわれにせっせとそうするよう勧めてきます。服従することと金を払うことをのぞけば、彼らはあらゆる労苦を喜んで免除してくれるのです！　彼らはきっとわれわれにこう言うでしょう、「結局あなたがたの努力の目的、仕事の動機、あらゆる期待の向かう先は何ですか？　幸福なのではありませんか？　さあ、ではこの幸福とやらを私たちに任せてください、私たちがちゃんとあなたがたに差し上げますよ」と。いいえ皆さん、任せてはいけません。どれほど優しく感動的な気遣いを示されたとしても、統治する側が自分の領分にとどまっていてくれるよう祈りましょう。どうか正義を司るという本分から外れないでいてほしいものです。われわれを幸せにするのは、われわれの仕事にしようではありませんか。

もし〔自由の〕享受が保証を奪われているとしたら、われわれはその享受を通じて幸福たりうるでしょうか？　またもしわれわれが政治的自由を捨ててしまったら、われわれはどこにこの保証を見出せばよいのでしょう？　皆さん、政治的自由の放棄というのは、自分が住むのは上の階だからという理由で基礎もなしに砂上に楼閣を建てようとする人間のそれと同じくらい狂気の沙汰です。

そもそも皆さん、どんな種類のものであれ幸福こそが人類にとってただ一つの目標であるというのは一体ほんとうなのでしょうか？　そうとすればわれわれの取るべき道はたいへん限られておりますし、目的地も大して高いところにはなさそうです。もし自ら道を下り、道徳的な能力を抑え込み、望みを卑しめ、活躍も栄光も気高く深遠な感情も捨て去ろうというのであれば、けだものに堕して幸福にひたることは誰にでもできます。いや皆さん、私はわれわれの本質のより善き側面、われわれを追いかけ悩ませるあの崇高な不安、われわれの知識を押し広げ能力を高めようとするあの情熱のことを申し上げたいのです。われわれの運命は単に幸福へといざなうのではありません、自らを高める自己完成(perfectionnement)へと呼びかけるのです。そして政治的自由は、天が与えたもうた最も強力で最も効果的な自己完成の手段であります。

政治的自由は、市民たちの利益のなかでもきわめて重要なものについての検討や探究を例外なく全市民に委ねることによって、彼らの精神を豊かにし、思想を高め、人民全体に名誉と力を与えるような知的な平等を彼らのあいだに生み出します。

ですから目を向けていただきたいのです、ある国民が自らに政治的自由の安定的な行使を可能にした最初の制度のなかで力をつけてゆく様子に。ご覧ください、あらゆる階級あらゆる職業のわれら市民がいつもの作業を離れ、私的な仕事を後にして、憲法が彼らに委ねた重要な職務に突然つき、見識にしたがって選択をなしたり力強く抵抗したり、あるいは計略の裏をかき、危険に雄々しく立ち向かい、誘惑にも毅然として揺るがぬさまを。純粋かつ深く真摯な祖国愛がわれわれの都市を席巻し、村落にまで活気を与え、工房にも行き渡り、田舎には活力を取り戻し、有能な農民と敏《さと》い商人の正しくまっとうな精神にわれわれの権利意識と保証の必要性とを浸透させるのを。こうした農民や商人たちは自分たちの苦しめられた害悪の歴史をよく知る人びとであり、その害悪がどんな処方箋を必要とするかも同じくらい深く理解したうえで、フランス全体に目を向けるのです。そして国民の感謝の印を示そうと、自由の護り手のなかでも最も優れた人物*が原理に忠実であり続けてくれたことに三〇年の時を経て投票で報いたのでありました(18)。

＊　サルトの代議士に選出されたド・ラ・ファイエット氏。

したがって皆さん、これまでお話ししてきた二種類の自由のどちらであっても放棄したりなぞせず、私が明らかにしましたとおり、それらを互いに組み合わせることを学ぶ必要があるのです。中世の共和国史を専門とするある高名な著述家(19)が述べたごとく、制度は人類の運命を成就させるためのものでなくてはなりません。そして可能なかぎり多くの市民を最高の道徳的品格まで引き上げたなら、それだけ制度の目的は達成されたといえるでしょう。

単に人民を穏和にしただけでは、立法者の仕事が完遂されたとは申せません。この人民が満ち足りている場合さえ、まだやらねばならぬことが山のようにあります。制度は市民を道徳的に涵養せねばならないのです。個人的権利を尊重し、自立に配慮し、仕事を妨げぬようにしながら、それでいて彼らの影響力を公共的事柄へと向けさせること、決断と投票を通じて権力行使に協力するよう呼びかけること、意見の表明によって統制し監視する権利を彼らに保証すること、実践を通して彼らをこうした高尚な働きに見合うよう教育すること、彼らにそれを実現する欲求と能力とを同時に与えること、これだけのことが制度には求められているのです。

征服の精神と簒奪

第四版のための端書

どうやら私の主張の一部が、その見解を私自身ご高説と仰ぐような人びとから誤解されてしまったらしい。そのため、この版の終わりに詳説を加えることにした。これは以前、ヨーロッパ全土を巻き込む動乱の中ではそこまでの関心を惹くことができないのでは、という危惧ゆえに削除していた箇所である。

初版前書(1)

本書は、大分前に書き上げていた政治論の一部である。(2) 当時、フランスとヨーロッパの情勢はおよそその出版を許すものではなかった。思想を迎え入れる安息の地、人類の尊厳の名高き避難所、かの高貴なるイギリスとの繫がりを一切断たれた大陸は、まさに一個の巨大な監獄と化していた。(3) だが突如、この地平の両の極から、二つの偉大な国民が互いに呼びかけ応えあい、モスクワの炎の輝きが世界の自由の曙光となった。この遍《あまね》き解放にフランスが与らぬことはあるまい、という希望が兆《きざ》したのだ。剣を交えた諸国に敬意を抱かせたフランス、その意志さえあれば平和を手にし授けることのできるフランス。今や各人が自らの理性の光と力に従って存分に貢献できる時が来たのである。

本書の著者は、かつて沈黙を強いられた国民の受託者の一人でありながらその地位より不法に退かされ、以前はほぼ無力に等しかった自分の声にも、いま国を覆い尽くしているる偽りの合意を破り綻《ほころ》びさせるだけの力はあると考えた。(4) ヨーロッパに驚きと非難を巻き起こしたこの合意は、フランス人が抱く恐怖の産物にほかならない。だがそれに対しこの本には、自由の身であれば大多数のフランス人が喜んで賛同するような文のほか一行たりとも記されていないことを、彼は心からの確信をもって明言する。

なお著者は、喫緊の関心事と思われるものだけを抜き出し、純粋に理論のみに終始する議論は割愛した。より直接的な個人攻撃によってこの関心を高めることもできたろう。だが彼は、世界が軛に繋がれていた時、深い感情が自分に語りかけたことを誠実にそのまま保つほうを望んだ。また彼は、咎むべき繁栄よりも当然の報いたる苦難に対して、自分の筆がいっそう辛辣に大胆になると思われることも潔しとしなかった。もし国家を見舞う数々の災厄にも個人的な事情を気にかけるだけの余裕が著者の心にあれば、こう考えるのが気休めにはなるのかもしれない――誰一人逆らうことなく完全な隷属状態を実現しようと人びとが躍起になっていた頃は、自分の声は抹殺すべきものと思われていたのだ、と。

一八一三年一二月三一日　ハノーヴァーにて

第三版前書

本書は一八一三年の一一月にドイツで著され、翌年一月に出版された。三月の初めにはイギリスで再版された。この〔第三〕版に加えられた変更はわずかなものだが、それは改良すべき箇所が多々あると判断しなかったためではない。時機に応じて書かれたものは、できるかぎりその状況下で出版されたままの姿をとどめるべきだからだ。

フランスで、あるいは今日これを著していたなら、それぞれの論点に対する私の表現は一つならず変わっていたはずだ、と思わぬ読者はおられまい。ボナパルト政権(5)が私に抱かせていた嫌悪感には、ありていに言って、軛を背負ったままの国民に対する苛立ちが重ねられていた。こうした枷がかの国民にとってどれほど耐えがたいものか、私は他の誰よりもよく知っていた。彼らが自ら勇気を貶め、むざむざ隷属のために血を流すさまを眼にするのは辛かった。だが私をさらに苦しませたのは、国民が自らの暴君に対して賛辞をまきちらし、それがために彼らの運命も傍目《はため》には自業自得と映っていたことである。ただ自らの利益に反するだけでなく彼らの本性、すなわちその優美さと洗練された名誉および礼節の感性をも裏切るような国民の振舞いに、私は憤っていたのだ——自分で自分を貶めようというのなら、弁護に何の意味がありえただろう。われわれ、異邦に身を寄せる無力な亡命者があえてそれを試みても、『モニトゥール』紙が現れて虚しい弁明を打ち崩すばかりだった(6)。この苦しみは身をもって知った者にしかわからないが、そうであればこそ、はしばしの表現に辛辣さが滲むこともたやすくお赦しいただけよう——それは、フランスの名にし負う栄誉を惜しめば惜しむほど、深まってゆく苦悩に思わずもれた言葉だったのだから。

一八一四年四月二二日　パリにて

はじめに

これから、人類の今日の状況および現代の文明との関わりのなかで、二つの害悪について検討を加えることとしたい。その害悪の一つは征服の精神であり、いま一つは簒奪である。

ある特定の時代には可能だったことが、他の時代ではもはや不可能になる——往々にして見過ごされがちな点だが、この真理を忘れればまず無事ではすまない。

世界の命運をその手に握っている者たちが、当代において何が可能かを見誤るとすれば、それは深刻な災厄となる。経験は力になるどころか、彼らを損ない惑わせる。彼らは歴史に眼を通し先人の行いを知るが、それがいまだ許される行為かどうかには注意を払おうとしない——手にした梃子《てこ》は、すでに折れているのだ。彼らの剛情が、あるいはそう言いたければ天才が、その努力の報いとして束の間の成功をもたらすとしても、同時代に生きる人びとの性向や利益、道徳的生そのものと齟齬をきたしていれば、こうした抵抗力が彼らを跳ね返すことになる。そしていつしか、虐げられた人びとにとってはあまりに長い時間だったとしても歴史的にみればほんのひと時ののち、彼らの企図が後に残すのは自らの犯した罪と引き起こした苦難だけとなるのだ。

いかなる権力もそれがどれほど永らえるかは、その精神と時代との均衡にかかっている。各々の時代はいわば自らに代表者として仕える人間を求める。この代表者が現れたとき、あるいは現れたように思えるとき、その時代の一切の力が彼のもとに集う。もし彼が忠実に一般精神を体現するならば成功は揺るぎないものとなるが、そこから逸脱してゆけば成功もまた危うくなる。そしてもし彼があくまで間違った道を進み続けるのであれば、その権力を形作っていた同意も彼を見捨て、権力は崩れ落ちるのである。

自らを不敗と信じ人類に手袋を投げつけ決闘を挑む者、にもかかわらず彼らの厭う動乱と望みもしない奇跡を彼らの名において――何となればそうした輩にはほかの道具などありはしないのだから――成し遂げると謳《うた》う者にこそ災いあれ。

第一部　征服の精神について

第一章　ある特定の時代の社会状態において戦争と両立しうる徳について

人類愛に突き動かされて、称賛に値するが多少大袈裟な文章を著した人びとはこれまで幾人もいたが、彼らの検討は戦争の悪しき側面にしか向けられてこなかった。〔しかし〕私はその善き点を認めるにも吝《やぶさ》かではない。

戦争が常に悪であるというのは、真実ではない。人類の経てきたいくつかの時代においては、戦争は人間の本性に根づいていた。そうした時代には、戦争は人間の最も美しく最も偉大な能力の発展を促す。かけがえのない喜びの宝庫を開いてみせる。戦争は人に魂の偉大さをもたらし、賢さを授け、冷静と勇気そして死を恐れぬことを教える。この死への軽蔑を知らずして、自らがいかなる卑怯な振舞いにも、ひいてはいかなる罪にも身を染めぬという確信を抱くことはできない。戦争は人びとを英雄的な奉仕へと導き、気高い友情に身を捧げさせる。人は戦いを通じて祖国とも、また戦友ともいっそう固く結ばれる。そして高潔な行いから誉れ高き余暇がもたらされることになる。しかし、これら戦争の美点のすべてはある不可欠の条件にかかっている。それは戦争が、人びとのおかれた状況および国民精神の自然な帰結でなければならない、ということである。

なお、攻撃を受け独立を自らの手で守らねばならない国民についてはここでは問わない。こうした国民が最上の徳を戦争の熱情に結びつけうることに疑いはない。いやむしろ、このような戦いへの情熱そのものがすべてのなかで至高の徳であるといえよう。だがそれは本来の意味における戦争ではない。そこにあるのは正当防衛、つまり祖国への愛、正義への愛、およそ高貴で神聖なる感情のすべてなのである。

故国を守る必要にかられたのでもなく、ただ状況や国民性のゆえに好んで争いを目的とする遠征や征服に出向くような国民でさえ、素朴な習俗、奢侈への軽蔑、寛大、廉直、誓約への忠誠、勇気ある敵への敬意、時には憐れみや征服された敵に対する配慮をも、好戦的な精神と結合させることができるのだ。古代史や中世の年代記を紐解けば、ほとんど絶えず争い続けていたはずの多くの国民のうちに、こうした輝かしい資質を見出せるだろう。

だがしかし、ヨーロッパ諸国民のおかれた現代の状況にあって、このような融合を望むことができようか？　戦争を愛する心がその国民性のうちに存在しえようか？　彼らを取り巻く状況がはたしてこうした嗜好を生むだろうか？

もしこれらの問いに否と答えるべきならば、今日において諸国民を戦争と征服へと駆り立てるためには彼らの環境を一変させねばならないだろうが、それは多くの不幸を彼らにもたらしその性格を歪め、また数多の悪徳を生み出さずにはおかないだろう。

第二章　戦争に関する近代の諸国民の性格について

古代の戦闘的な諸民族は、多くの場合その好戦的な気質を自分たちのおかれた状況に負っていた。小さな部族集団に分かれ、武器を手にわずかな土地を争う。必要にかられて互いにいがみあい、絶えず戦ったり脅しあったりを繰り返していたのだ。征服者になることを望まぬ者であっても、自らが征服されたくなければ剣をおろすわけにはいかなかった。誰もが身の安全と独立、全体の存続を戦争によってあがなっていたのである。

その意味では、今日の世界はまさしく古代世界の対極にある。

かつてはそれぞれの人間集団が孤立した一個の家族をなし、他の家族には生まれながらの敵として対峙していたが、現在ではたとえ大勢の人間がさまざまな名称のもとで異なった様式の社会に暮らしていたとしても、その本性は同質である。粗暴なままの部族など恐れるにたらないほど彼らは強くなった。戦争が重荷となるほどに文明化を遂げた。共通の傾向として、彼らは平和を求めるのだ。戦いを好む伝統、はるか遠く過ぎ去った時代の遺産、そして何より統治における失策がその働きを鈍らせようとも、この傾向は日々歩みを進めてゆく。諸国民の指導者たちがこれに敬意を示すのは、征服への渇望、武器によってのみ獲得されうる栄光への欲求を公に吹聴するのが憚られるからである。フィリッポスの息子ももはや、全世界の侵略をあえて臣下に宣《のたま》いはしないだろう。(7) そして今日では、ピュロスがキネアスに言い放った言葉も驕慢ないし狂気の極みのように響くだろう。(8)

軍事的な栄光を目標に掲げる政府は、国民の精神と時代の精神を誤解しているか、あるいは無視しているのである。彼らは時代を千年ばかり数え間違えているのだろう。よしんば彼らがはじめに成功を収めたとしても、われわれの世紀とこの政府、二つのうちどちらが奇妙で無謀なこの賭けに勝つかは、なかなかの見物といえよう。

われわれは商業の時代に足を踏み入れた。戦争の世紀がその先触れとなったのも必然ならば、商業がそれに取って代わるのもまた必然である。

戦争と商業は、望みの物を手に入れるという同一の目的を実現する二つの方法にほかならない。商業とは、所有を欲する者から所有者の力に捧げるオマージュ、もはや力では征服できなくなった物を合意によって獲得しようとする試みである。常に最強を誇る人物ならば、商業など思いつきもしないはずである。戦争、すなわち他者の力に力で対峙することはさまざまな抵抗と挫折を招くと経験から学んだ人は、商業、つまり自らの利益に適うよう他者の利害関心を動かす、より穏やかで確実な方策に頼るようになる(9)。したがって、戦争は商業の前段階にある。前者は野蛮な衝動だが、後者は洗練された計算である。商業が支配的な風潮になるほど、戦争への志向が廃れていくことは明白といえよう(10)。

近代の諸国民に固有の目的とは平安であり、平安をともなうゆとりある暮らしであり、暮らしにゆとりを生む源泉としての仕事である。戦争は日を追うごとにこの目的を果たす手段として非効率的になりつつある。戦争の機会はもはや個人にも国民全体にも、平穏な仕事や通常の商取引がもたらすような利益を与えてはくれない。古代人は戦争が首尾よく運べば奴隷や貢物や領地を公共および個人の財産に加えることができた。近代人にとってはそうした戦争であっても、必ず利益より失うもののほうが多いのだ。共和政ローマは、商業もなく学問もなく、芸術ももたず、国内での活動といっても農業のほかになく、住民の数に対してあまりに手狭な土地に押し込められ、蛮族に取り囲まれては常に脅し脅されるというなかで、絶えず戦争の企てに身を投じる宿命に従って生きていた。今日において共和政ローマを模倣しようとする政府には、自国民に逆らった行動をとることで敵国の犠牲者と寸分たがわぬ不幸を自分の手足となって働く人びとにもたらす、という別の運命が待っているだろう。そしてこのような支配を受ける国民は、自由も乏しければ国内の機運も後退し、またそれがたやすく犠牲を許すことにも繋がり、かつて各々が抱いていた領地の分有という望みも失せ、要するに、このように危険で不安定な生をローマ人の眼に美しく見せていた一切の環境が色褪せたなかに生きるローマ人民となる。

商業は戦争の本質まで変容させてしまった。かつて、商業中心の国民は好戦的な国々によって征服されるのが常だった。だが今日では、迎え撃つ側のこうした国民のほうが優勢といえる。彼らはいわば敵国の国民のうちに友軍を見出すのである。無数かつ複雑に枝分かれした商業は、領土の国境線の外にも社会の利益を見出した。時代の精神が、祖国愛という名によって人びとが飾り立てようとする偏狭で敵対的な精神に勝利するのである。

古代においてローマと戦ったカルタゴは敗れ去るほかなかった。彼らは時勢そのものを敵に回していたからである。だがもし戦いが今日ローマとカルタゴのあいだで始まれば、全世界の祝福がカルタゴに注がれるだろう。現代の習俗と、時代の精神が加勢するのだ。

したがって、近代の諸国民を取り巻く境遇は彼らが好戦的な性格をもつことを許さない。細かな理屈はさまざまあるが——もちろんどれも人類の進歩、したがって時代の違いから引き出されたものである——みな包括的な動機へと収斂してゆく。戦闘の新しい手段、武器の変化、大砲は、軍人の生がまとっていたさらに魅力的な衣をも剝ぎ取ってしまった。いまや危険に立ち向かう戦いなどというものは存在しない。問われるのはただ運だけなのだ。勇猛は諦念の刻印がされているか、さもなくば無頓着の産物かのどちらかである。古代の英雄や中世の騎士が我と我が身をさらす決闘を愛したゆえんたる喜び、意志や行い、膂力《りょりょく》と道徳的な資質の鍛錬がもたらすあの喜悦を人びとが味わうことはもうないだろう。

ゆえに、戦争は有用性と等しくその魅力までをも失った。利潤も情熱も、人をして戦いに身を捧げさせることはもはやない。

第三章　ヨーロッパの現在の状況における征服の精神について

したがって、今日においてヨーロッパの国民を戦争や征服に向かわせようとする政府は、甚大かつ致命的な時代錯誤《アナクロニズム》を犯しているのである。彼らは国民のあいだに本性に反する衝動を掻き立てようと躍起になるが、かつて人びとを多くの危険に敢然と立ち向かわせ、数多の苦難を耐え忍ばせた動機の数々は、一つとして現代人のうちに存在しない。ヨーロッパ文明の現在の状況から引き出される、別の動機を示す必要がある。彼らを戦いに赴かせるのは利益享受への嗜好でなければならないが、この嗜好はそのままでは平和にしか彼らの眼を向けさせない。一切を実利という物差しでのみ測るわれわれの世紀は、誰かがそこから逸脱しようとすれば、その熱意が本物であれ偽物であれ、皮肉で返すような時代である。利益を生まない不毛な栄光に浴する気などさらさらなく、他のどんなことにもましてこれを求めるのは、すでにわれわれの慣わしではない。栄光のかわりに快楽を、そして勝利のかわりに戦利品を。こうした動機のみに基づく好戦的な精神の何たるかを考えれば、人びとは身震いするだろう。

ただし、これから描かんとする図式のなかで、祖国と災厄のはざまにすすんで身を投げ出し、あらゆる国で人民の独立を守り抜いた英雄たちを貶めるのが私の意図ではないことをお断りしておきたい。彼らこそ、われわれの美《うま》し国フランスを輝かしく雄々しく守護した英傑なのだから。彼らなら私を誤解するような恐れはない。魂が私のそれと響きあい、私の思いのすべてを我が物と分かち合ってくれる人、この文章のうちに己が秘められた考えを読み、その著者に自らの声の響きをみとめる人は、一人ではあるまい。

第四章　利益によってのみ行動する戦士集団について

これまでにわれわれの知る戦闘民族はみな、戦争から得られる現実的で確かな利益ではなく、より高貴な動機によって突き動かされる人びとばかりであった。あるところでは宗教が好戦的な衝動と混ざり合い、またほかのところでは人びとの享受する荒々しい自由が、外に向けて発揮せずにはいられないあり余る活力を彼らに与えていた。人びとは勝利の観念を、自分たちの地上での存在を超えて響く名声の観念と結びつけた。ゆえに、彼らが戦っていたのは目先の物質的な快楽へのさもしい飢えを満たすためではなく、未来と不確かさのなかに消えゆくものすべてがそうであるように、想像力を掻き立ててやまぬ、何らかの理想的な希望のためだったのである。

ことほどさように、われわれの眼には強奪と略取ばかりに明け暮れていたと映る民族にとってさえ富の獲得は主たる目的ではなかったのであり、新たな武勲と新たな宝を求めて後継の世代が征服へと駆り立てられるよう、自らが一生のうちに勝ち取った宝を火葬台で焼き尽くしたスカンディナヴィアの英雄たちのこともわれわれは知っている。したがって彼らにとって富は、快楽の象徴や手段としてよりむしろ獲得した勝利の輝かしい証として貴重だったのである。

だが、もし純粋に戦いをことする戦士集団が今の世に生まれたなら、彼らの熱情はいかなる信念にも感情にも思想にも根を持たず、かつては殺戮さえ誉れと称えたあれやこれやの理由とも一切無縁となっている以上、この集団にとって糧となり動機となりうるのはこれまでになく偏狭で貪欲な人格のみとなろう。彼らは好戦的な精神の残酷さをそなえながら、商業の計算高さも失わない。この甦ったヴァンダル族[11]は、自分たちの粗野な先祖の特徴だった奢侈への無関心、素朴な習俗、あらゆる卑劣な行いに対する軽蔑など持ち合わせていない。野蛮の残酷さに軽薄な気取りが、過剰な暴力に貪欲な計略が混ぜ合わされるのだ。

戦いあうのはただ略奪のためだとはっきり告げ知らされた人びと、戦争にまつわる一切の考えをこうした明快な算術の答えに還元されてしまった人びとは、古典古代の戦士たちとはかけ離れた存在となるはずだ。

よく訓練され武装を整えた四〇万人のエゴイストは、自分たちの運命が死を与えるか甘んじて受けるかのどちらかであることを知っている。彼らがこの運命に膝を屈するほうが逃げ出すよりましだと計算したのは、それを強いた暴政のほうが彼ら自身より強いからである。せめてもの慰めに、彼らは自分たちに約束された報酬へと眼を向けることにした。対峙させられた相手から奪い取る戦利品である。したがって、行進してゆく彼らにあるのは、自身の力から可能なかぎり最良の結果を引き出そうという決意のみである。敗者に対する哀れみも弱者へのいたわりもありはしない。なんとなれば敗者は——不幸なことに——何かしらの所有者であり、彼ら勝者にとっては眼の前におかれた目的物と自分とのあいだの障害物としか思えないのだから。打算は彼らの魂における一切の自然的な感情を、性的欲望をのぞいてすべて殺してしまった。彼らも女性を眼にすればいまだ心を動かされるかもしれないが、対象が老人や子供ではそうはならない。彼らの持つ実践的な知識は、殺戮か強奪かという判決文をより巧みに練り上げるのに使われる。法的手続きに慣れていることは不正行為に法律の冷淡さを与え、社会的な儀礼の習慣が自分たちでは優美だと思っている放埒と軽薄さで残虐な行いを塗りたてる。こうして彼らは世界中を駆け巡る。文明の進歩を文明そのものに背いて何もかも自分たちに都合よく捻《ね》じ曲《ま》げ、殺人を手段に選び遊蕩にふけって暇をつぶし、陽気さを嘲笑と取り違え、略奪を目的と定める。こうした道徳の荒廃が彼らを他の人間から遠く隔てるが、彼ら自身のあいだにも、家畜の群れへ一斉に襲い掛かる獰猛な野獣程度の繫がりしか存在しない。

成功を収めた彼らの様子はまずこのようなものとなろう。では、失敗すればどうなるか?

もともと彼らにあったのは達成すべき目的のみで、守らねばならない大義などなかったのだから、その目的を失ってまで支えとなる良心などあろうはずがない。何か主義主張を奉じているわけでもない彼ら同士を繫ぎとめるのは、単に即物的に互いを必要とするというだけのことであり、しかも誰もがこのしがらみから逃げ出そうと躍起になっている。

人びとがともに運命を分かち合うためには、利害以外の何かがなければならない。思想《オピニオン》が、道徳が必要なのである。利害が人を孤独にするのは、そこに自分ひとりが幸せになり、他に抜きん出る機会がちらつくからである。

エゴイズムは、順境にあってはこれら地上の征服者たちを敵に対して冷酷にさせ、逆境においては戦友たちのことを忘れさせ不実にする。この精神は、頂点から底辺にいたるまですべての階級に染み込んでいる。誰もみな、仲間の破滅を眺めては敵から略奪できなくなったことの溜飲を下げるのだ。病人は瀕死の人から奪う。逃亡兵は病人から奪う。障害者と怪我人は彼らを任された士官にとってはどうにか厄介払いしたい煩わしい重荷と思え、ある将軍が自分の軍隊を絶望的な状況に陥れたとしても、彼は自分が危険に追いやった不幸な人びとに対して何の義務も感じないだろう。彼が部下を救うためにとどまることはあるまい。見捨てることは彼にとって、不運を避けるため、あるいは失敗を繕うためのいたって簡便な手段なのである。彼が軍隊を指揮し、部下たちが彼の言葉を信じて命を彼に委ね、瀕死の手で最期まで彼を守ったからといって、何だというのだ？　役に立たぬ道具なら壊してしまうべきではないのか？

おそらく、もっぱら打算的な動機に突き動かされた軍隊の精神がこれほど惨たらしい形で帰結することは、近代のいかなる国民のあいだでもありえないだろう——征服の体制が、幾世代にもわたって続かぬかぎりは。天のご加護で、フランス人民は、指導者の数多の骨折りにもかかわらず、彼の導かんとした終末から遠く踏みとどまり、そしてこれからもとどまり続けるであろう。われわれの文明が培い育んできた静穏な徳が、元凶たる征服の興奮と分かちがたく結びついた頽廃と悪徳を今もなお打ち負かそうとしている。われわれの軍隊は勇猛でありながら人間的な思いやりも示し、諸国民から愛されることも少なくない。だが今はあるたった一人の男の過ちのために、かつて征服せよと命じられた彼らをただ追い返すことしかできないでいる。だがそうした支配に逆らうのが国民の精神であり、時代の精神なのだ。もしこの政体が存続するならば、権力の手をかいくぐって生き残る徳は、ある種の規律違反ということになろう。利得が秩序の表現となるなら、無欲さはすべて反抗と映るだろう。この恐るべき政体が永らえるほどに、対する徳は力を失い、影をひそめてゆくのだ。

第五章　征服の体制において軍人層が堕落することのもう一つの原因

賭博師が人間のなかで最も不道徳な輩だとは、よくいわれてきたことである。彼らは日々、持てるもののすべてを危険にさらす。彼らにとっては確かな未来など存在しない。彼らが生きて活動するのは偶然の帝国である。

征服の体制のなかでは兵士も一人の賭博師となり、ただ一つの違いはその賭け金、すなわち彼の命である。だがこの賭け金は引き下げることができない。彼は遅かれ早かれ逆転するはずの運に、絶えず自らの命をさらし続けるのである。したがって、彼にもやはり未来は存在しない。偶然はここでもまた、盲目で冷酷な主人となる。

しかし道徳は時間を必要とする。そこにこそ、道徳は贖いと報いを用意しているのだ。未来の一刻一刻に生きる者、あるいは戦場から戦場へと生き抜く者には時など存在しない。未来の贖いなど絵空事にすぎない。今この時の快楽だけが、いくばくかの確かさをそなえている。二重に適切な表現を使えば、その都度敵に勝って分捕った儲けと同じだけの喜びを手にするということになる。このような悦楽と死の賭けを続けることは必ずや人を堕落に誘う、そう思わぬ者があろうか?

正当防衛と征服の体制とのあいだに常に存在する違いにはご注意いただきたい。この相違はこれからもそこかしこに姿を現すだろう。祖国のために戦う兵士は、もっぱら危険が通り過ぎるよう力を尽くすのみである。彼はその視界の果てに平安と自由、そして栄光を捉えている。それゆえ彼の手には未来があり、彼の道徳は堕落するどころか自らを高め昂揚させてゆくのだ。だが他方、貪欲な征服者の道具となって働く者が戦争の後に目にするのはもう一つの戦争であり、踏み荒らした国土に連なる別の蹂躙すべき国土であり、つまるところ危険に続くさらなる危険なのである。

第六章　軍人の精神が諸国民の内状に及ぼす影響

征服の体制が持つ影響力を、その軍隊に対する作用や、軍隊と外国とのあいだに生じさせる関係のなかだけで考察しても不十分である。それが軍隊と市民たちのあいだに生み出す関わりについても検討しなくてはならない。

排他的かつ敵対的な団体の精神は、他の人びとと目的を異にする組織を例外なく飲み込んでゆく。キリスト教にそなわる穏和と清廉にもかかわらず、聖職者の集団はしばしば国家の中に別の国家をつくりだしてきた。どこであれおよそ軍隊に組み込まれた人間はみな、自らを国民から切り離し区別する。彼らは自分たちに委ねられた武力行使に対して、ある種の敬意を抱くようになる。そうした彼らの習性と思想とは、あらゆる政府がその確立に利害関心および義務を有する秩序および平和的で規律正しい自由の原理を脅かすものとなる。

したがって、戦争が途切れることなく長引いたり勃発したりするために、軍隊の精神一色に染められた数多くの人間の群れが国のなかに生み出されるというのは、由々しき事態である。この不都合は、事の重大さを目立たなくさせる何らかの境界線に大人しく収まっているような代物ではないからだ。軍隊は、その精神のゆえに他の人びとから遠く隔たっているにもかかわらず、政務を執り行う場で彼らのあいだに紛れ込んでくるのである。

征服を志向する政府は、ほかのどの政府よりも、直接手足となって働いた者たちに権力と栄誉をもって報いることを好む。戦地の要塞に彼らを閉じ込めておくことはできず、それどころか壮麗に文官としての高位を与え仰々しく飾り立てずにはいられない。

しかし一体このような兵士たちが、若年のころから危険が習慣となって染みついている精神を、その身を被《おお》っている武具とともに手放したりするだろうか？　彼らがトーガとともに法への敬意および適法手続きへの配慮を、つまりこうした人間の共同体にそなわる神性への崇敬を身につけたりするだろうか？　武器を持たぬ階級は、彼らの眼には卑しい凡俗と映る。同様に法律は無意味で瑣末、形式は耐えがたき遅滞と見なされる。問題解決において何よりも高く評価されるのは、軍事と等しく展開の速さである。軍隊における制服のごとく、全会一致は意見に欠くべからざるものとされる。異議申し立ては彼らにとって無秩序にほかならず、理屈を唱えれば反逆、裁判所とは軍法会議のことであり、判事は命令を受けた兵士、被告人は敵、判決は戦闘となる。(12)

これは幻覚じみた誇張などではない。この二〇年間というもの、軍隊式の裁きがヨーロッパのほぼ全土に横行するのをわれわれは眼にしてきたのではなかったか？　そうした法廷が第一原理に掲げるのは手続きの省略であるが、それは手続きの省略がおしなべて度しがたい詭弁であることを等閑視している。というのも、もし手続きが無用の長物であるならすべての裁判所はこれを排除しなくてはならないが、もし手続きが必要とされるなら誰もがこれを尊重すべきであり、そして当然告発が深刻であればあるほど審議の必要性はましてゆくからだ。われわれが眼にしたのは、屈従に身を捧げ独立した判事たりえないことが衣服だけでも知れるような人間が、判事たちのあいだに絶えず席を占めてゆくさまではなかったろうか？

われわれの子孫がもし人間の尊厳にまつわる感覚をいくらかなりとそなえているならば、彼らにはおよそ信じられないだろう――あるいは不滅の武勲に彩られているかもしれないが、天幕の下で育ち市民的な生活のことなど何も知らないような人びとが、理解もできぬ被告人を尋問し、裁く権利を持たぬまま市民たちに最終判決を突きつけていた時代があったなどとは。またわれわれの子孫が堕落した人間の最たるものでないならば、彼らはやはり信じるまい――人びとが軍事法廷に立法者、文筆家、政治的犯罪の被疑者を引き摺り出し、そうして手ひどい嘲笑を浴びせかけながら、理性なき熱意と知性なき服従とに世論や思想を裁かせていたということを。そしてまた、勝利から凱旋したばかりの、何があろうと萎れることのない月桂樹で飾られた兵士たちに、死刑執行人に転身せよと身の毛もよだつ仕事を押しつけ、犯した罪も名も知らぬ同胞を追い回し、捕らえて喉を掻き切れと強いたということを。否、彼らは叫ぶだろう、武勲そして勝利の華やかさの対価がそんなものであるはずがない！　否、フランスの守護者たちが再び祖国の土を踏み故郷にまみえるのはそんな仕方ではなかったはずだ！

もちろん、過ちをこの護り手たちに帰することはできない。彼らが悲しむべき服従にうめき声をあげているのを、私は数え切れないほど眼にしてきた。私は喜んで繰り返す、彼らの美徳は人間本性から期待できる以上に戦争の体制に抵抗し、彼らを堕落させようとする政府の行いに抗った。罪深いのはただこの政府のみであり、犯されない悪があるとすればそれはひとえにわれわれの軍隊のおかげである。

第七章　こうした軍隊の精神が形成されることのいま一つの不都合

最終的にはある悲しむべき反作用として、政府によって軍隊の精神の担い手となるよう強いられた一部の国民が、今度は政府のほうに、自ら形成に躍起になった体制にとどまるべく強制することとなる。

戦果を鼻にかけ略奪に慣れ親しんだ多人数の軍隊など、とても扱いやすい道具とはいえない。ここで言うのは、人民主義的な国制を掲げる諸国民を脅かす危険ばかりではない。いちいち引用していたら煩わしいほどの事例が歴史にはあふれかえっているのだ。

ある時は、六世紀にも及ぶ数々の勝利によって称えられた共和国の兵士たちが、幾世代もの英雄が自由に捧げてきた巨大な記念碑に取り囲まれながら、キンキナトゥスやカミルスの遺灰を踏《ふ》み躙《にじ》りカエサルの命令に従って行進した(13)――自分たちの祖先の墓を汚すために、そして永遠の都を奴隷の身に落とすために。またある時は、イギリスの軍隊がクロムウェルとともに、いまだ自らに向けられた武器、およびその道具として利用されかけている罪に対して戦い続けていた議会に突撃をしかけ、偽善にあふれた簒奪者の片手に国王、片手に共和国を売り渡した(14)。

しかし絶対主義の政府だからといって、常に危険なこの力の脅威を減じられるわけではない。もしそれが首長の名において外国と自国民とを脅かすならば、この力は絶えず首長自身にとっても危険な存在となりうる。そうして、敵に立ち向かう軍隊を導くよう蛮族がその先頭に立たせていた恐るべき巨象たちも突如として後退しはじめ、激しい恐怖に打たれあるいは興奮に駆られて指揮官の号令を無視し、それらのもたらす救済と勝利とを待ち望んでいた軍勢を圧倒し散り散りにしてしまったのだった。

それゆえ、無為のなかでは暇を持て余して落ち着かぬこの軍隊に任務を与えておかなくてはならない。常に彼らを遠ざけておき、敵を見つけ出してやる必要がある。戦争の体制は、眼の前の闘いとはまったく無関係に、自ら未来の争いの芽を宿しているのだ。そしてこの道に踏み込んだ主権者はその手で呼び覚ました運命に引き摺られ、二度と再び、平和な人間へ立ち返ることはできない。

第八章　征服を志向する政府が国民の大勢に及ぼす作用

これまでのところで、侵略と征服の精神に支配された政府が、国民をその企図に積極的に奉仕させるため彼らの一部を堕落させずにおかぬことは、十分に証明されたものと思う。続いてここからは、これら選ばれた一部の人びとを堕落させる一方、政府はその他の国民にも受動的服従と犠牲とを要求し、彼らの理性を曇らせ、判断を歪め、思想のすべてを覆すような仕方で働きかけることを示すこととしよう。

ある国民が生来好戦的であれば、これを治める権力は戦いに赴かせるため彼らを欺く必要はない。アッティラがこの地上で手にすべき土地をフン族に指差せば、彼らはそこに向かって駆け出していく(15)。アッティラは単に彼らの衝動の道具であり体現者にすぎなかったからだ。だがわれわれの時代においては、戦争は人びとに何らの利益ももたらさずかえってただ窮乏と苦悩の原因としか思われない以上、征服の体制の掲げる弁明は詭弁と詐欺のほか拠って立つところがない。

どれほど自らの野放図な計画に専心していたとしても、さすがに政府が国民に向かって「さあ、世界征服に乗り出そう」と訴えるわけにもいくまい。みな声を揃えて「世界征服なんかしたくない」と言い返すだろう。

そのかわりに政府が引き合いに出すのは、国の独立、国の栄誉、国境の均整化(16)、商業的利益、あるいは未来に配慮した予防策といったところ——それからまだ何があったろう? なにせ偽善と不正義の語彙にはおよそきりがないのだ。

政府は国家の独立を持ち出すだろう、あたかも他の国々の独立がそれを存亡の危機に陥れるかのように。

政府は自国の栄誉について語るだろう、あたかも他の国々の保つ栄誉がそれを傷つけるかのように。

政府は国境の均整化を口実にするだろう、あたかもこの理屈が、承認されたその時から一切の平安と公正を地上から消滅させてしまうことなどないかのように。というのも、政府が国境の均整化を図るのは常に国の外に向かってであるからだ。われわれの知るかぎり、自国の一部を犠牲にしてまで残りの領土を幾何学的に整えた政府などいまだかつて存在しない。したがって国境の均整化という言説は、論拠を自ら崩壊させ諸要素が互いに衝突しあううえ、実行に移すには最も力弱き者からの略奪に頼るほかないのであり、もって最も強き者による占有を不当ならしめてしまうのだ。

政府は商業的利益を引き合いに出すだろう、あたかも国から最も溌剌とした若い世代を奪い、農業や製造業および産業に最も必要とされる腕を捥《も》ぎ取《と》り、*他国と自らとのあいだに血で染められた境界線を引くことが、商業に貢献するかのように。商業は国民同士の深い相互理解のうえに成り立ち、公正のみがこれを支えることができる。また平等を基礎とし、平安のうちに繁栄するものである。それでいて政府は、この商業的利益のためと称して絶えず激しい戦争を再燃させ、国民の頭上に世界の敵意を招き、不正義に次ぐ不正義を犯し、暴力によって日々信用を危ういものとし、同輩者の存在を拒絶するのである。

＊　戦争は実費以上に高くつくものだ、とある賢明な著述家が述べている。戦争の費用には、それによって獲得できなくなったものすべてが含まれるのである。Say, *Econ. polit.*, v. 8.〔*Traité d'économie politique, ou simple exposition de la manière dont se forment, se distribuent et se consomment les richesses*, 1803.〕

政府は先見の明に基づく予防策という口実のもと、敵対的な企図があると疑いをかけ、侵略計画の先手を打つかのようにして、最も穏和な隣国、最も慎ましい味方を攻撃することだろう。こうした誹謗中傷の不幸な的がたやすく屈服すれば、政府は彼らの機先を制したと鼻にかける。もし彼らが抵抗するだけの時間と力をそなえていたなら、政府は叫び立てるだろう――ほら見ろ、やっぱりあいつらは戦争を望んでいたんだ、だって防戦しているじゃないか、と。*

* フランス革命期になって、不当で専制的と見なされた政府の軛から人びとを解放する、というそれまでは知られていなかった戦争の口実が考え出された。それによって、時間と慣習とに研磨され角のとれた制度のもとで静かに暮らしていた人びと、あるいは何世紀ものあいだ自由の恩恵を享受していた人びとのあいだに死がもたらされたのであった。永遠に恥辱とされるべきその時代に、人びとは不実な政府が人類の権利に対する尊重と人道に対する熱意などという虚偽の主張でヨーロッパの醜聞を上塗りしながら、汚れた軍旗に神聖な言葉を記し、平和を揺るがし、独立を侵し、罪もない周辺諸国の繁栄を打ち砕くのを眼にしたのだ！征服のなかでも最悪なのは、偽善に塗《まみ》れたそれである――そうマキアヴェリは語っている、いみじくもわれわれの歴史を予言したかのように。

こんな行いは、特殊な邪悪さから偶然に導き出された結果にすぎない、などとお考えにならぬよう。それは状況から生じる必然的な帰結なのだ。今日、版図を広げようと望む一切の政権は、これら一連の空虚な口実と唾棄すべき虚偽を余儀なくされる。その有罪は疑いようがなく、罪を軽減することなど思いもよらない。だがこの罪が根ざすのは用いられた手段にではない――それはこうした手段を要求する状況を、自ら選んだことにあるのだ。

したがって政府当局は、自らが支配する民全体の知的能力に対しても、軍隊の道徳的性質に及ぼしたのと同じ作用をふるうほかなくなる。後者に対し、その心からすべての人間性を消し去ろうとしたのと等しく、前者の精神からもあらゆる論理を駆逐しようと努めずにはいられないのだ。一切の言葉はその意味を失う。穏健という語が暴力を予言する。正義という語が不正を予告する。諸国民の法は力ずくの獲得と残酷さの掟へと変質する。幾世紀にもわたる知的発展によって、人間相互のそれと同じく社会と社会との関係にも浸透していたはずの諸観念はみな、再び駆逐されることになるだろう。人類は、歴史上の汚点ともいえる、この荒廃しきった時代に向かって退行してゆく。唯一の相違は偽善だ、そしてこの偽善は誰も信じないがゆえにより大きな腐敗をもたらす。というのも政府当局の虚言が有害なものとなるのは、国民を惑わせ過ちを犯させる時ばかりではないからだ。彼らを騙していない時も、その有害さに何ら減るところはない。

支配者たちの二心と裏切りを疑う国民は、それを自ら体得してゆく。自分のことを支配する指導者を、その発言のすべてが虚偽であるがゆえに偉大な政治家と呼びたがるような人間は、より下位の領域において今度は自らが偉大な政治家になることを望む。真理は彼にとって愚かさを意味し、不正こそが敏腕とされる。かつて彼は自己利益からのみ嘘をついた。いまや彼は自己利益と虚栄心に基づいて偽るのである。彼は狡猾であることに自惚れを覚えるだろう。そしてこの伝染病が本質的に模倣者である国民を、何よりも騙されやすい人間と思われることを皆が恐れているような国民を捉えたなら、公的な道徳の崩壊に私的な道徳が呑み込まれるのも時間の問題ではないだろうか?

第九章　虚言のもつ効力を補うために必要となる強制という手段について

にもかかわらず、もしいくばくかの理性の片鱗が消えずに残るとしたら、別の観点からみればそれはさらなる不幸といえるだろう。

詭弁の足りぬところは強制が補わねばならない。遠征の利点が十分に示されなかったならば、そのようなものに血を捧げる義務など誰もが何とかして逃れようとするだろうから、政府当局は貪欲な群衆を買収して反論そのものを粉砕させるに違いないのだ。間諜と密告とは権力の尽きぬ源泉であるが、この権力がありもしない義務と犯罪をでっちあげれば、これらの行為は奨励され報酬を受け取ることになる。道徳と自然に鑑みれば何の罪も負っていないはずの逃亡者たちを追跡し投獄するため、獰猛な番犬のごとき警察官が都市にも地方にも放たれる。法を犯すのを常とし、どんな罪にも手を染めるつもりの輩もいれば、同胞の不幸を食い物にして暮らしながら汚辱に慣れ親しむような者たちもいる。子供たちの過ちによって父親が罰せられ、それゆえ子供の利益は父親らのそれから切り離されることになる。家族に残された道は、抵抗にむけて団結するか、裏切りのためにばらばらになるかしかない。父親の愛情は犯罪となり、子の思慕は反抗と見なされる。そしてこうした一切の害悪がなされる目的は、正当な自己防衛などではなく、たとえ手中にしたとしても国の繁栄には何ら寄与しないような遠く離れた国々を獲得するためなのだ――一部の人間の虚しい名声や禍々《まがまが》しい栄誉を国の繁栄と呼ぶなら話は別だが！

だが公正であるように努めようではないか。闘いに赴き地の果てで息絶えるよう仕向けられた被害者たちは慰めを与えられているのだ。見よ、彼らを――よろよろした足取りで指導者に付き従っているさまを。彼らは酩酊状態に投げ込まれ、無理に掻き立てられた野卑な熱気に浮かれる。彼らのけたたましい騒音は大気を引き裂き、彼らのみだらな歌が小さな村落に鳴り響く。そんな酔狂、騒乱、放縦こそが彼らの為政者たちの生み出した最高傑作であるとは、一体誰が信じよう？

征服の体制が政治的権威のふるう作用のうちに引き起こす、なんと奇妙な転倒であろう！　二〇年ものあいだ、あなたがたはこの同じ人びとに向かって節制を、家族への愛情を、仕事への精勤を勧めてきたのではなかったか――だが世界は征服せねばならぬ！　彼らは捕らえられ、調教され、長いあいだ教え込まれてきた美徳を軽蔑するようそそのかされるのだ。暴飲暴食でふらふらになれば、遊蕩で活力を掻き立てる。それを人は、公共の精神の再興、と呼ぶのだ。

第一〇章　戦争の体制が知性と教養層とに及ぼす他の不都合

われわれの取り組んでいる一覧表は今なお完成していない。ここまでに描出してきた害悪は、それがどれほど恐るべきものと映ろうとも、不幸な国民にのしかかるのはこれですべてではない。はじめこそさほど注意を引かないかもしれないが、未来への希望を萌芽のまま萎れさせてしまうようなはるかに取り返しがつかない代物が、そこに加わるのである。

人生のある時期においては、知的能力の発揮に加えられた妨害が修復しえない傷をもたらす。戦争状態における危険に満ちた無頓着で粗野な習慣、あらゆる家族関係からの唐突な断絶、敵と対峙していない時の機械的従属、倫理規範からの完全な独立、これらが情念の最も活発な年齢を見舞うなら、道徳や知性にとって些細な出来事とは言いがたい。絶対的な必要性もなしに教養層の若者たちに野営や兵舎での暮らしを強いるなら——この階層には教養や洗練や公正な思想、そしてわれわれを唯一蛮族から区別するところの優雅と高貴と粋美の伝統が、まるで宝物庫のように宿っているのだが——虚しい成功やその国家が掻き立てる無価値な恐怖をもってしては到底償いえないほどの不幸を、その国にもたらすのである。

商人の、芸術家の、高官の息子、文学や科学および難解で複雑な工業の運営に身を捧げる若者たちを、兵士という職業につかせること——それは彼らから、かつて受けた教育の一切の果実を奪うことにほかならない。またこの教育そのものも、いずれ必ず妨害されることを知れば影響を被らずにはいられないだろう。軍事的栄光という輝かしい夢が若い人びとの空想力を酔わせれば、彼らは自分たちの趣味と目覚め始めた能力の働きとに逆らう穏和な学究的生活、座職、細かな配慮を要求する仕事などを軽蔑することだろう。家庭から引き剝がされるのを辛く思ったり、数年間の犠牲によって自分の進歩がどれだけ遅れるかを見積もったりすれば、彼らは自分自身に絶望してしまう。鋼鉄の腕で自分たちから豊かな実りが捥ぎ取られるような苦役に身を捧げたいなどとは彼らも望まぬはずだ。だが自らを知的に向上させてゆくための時間を政府と奪いあうことになれば、彼らはこう呟くだろう、力に抗っても無駄だと。こうして国民は、道徳的な衰退の一途をたどり始め無知を増大させてゆく。勝利を重ねながら国民は右も左もわからぬ愚か者となり、月桂冠を頂くその下でさえ、間違った道をたどり目的地を見失ってしまったという感覚に悩まされ続けるのだ。*

* 王政下のフランスには、六万人もの民兵が存在していた。任期は六年間だった。そうして毎年一万人の男性に運命の告知が下されていたのである。民兵を恐怖の籤引《くじびき》と呼んだネッケル氏なら、徴兵については一体何と語ったことだろう？

われわれの議論はいずれも戦争が無意味で無目的な場合にしか当てはまらない。いかなる配慮も、侵略者を撃退する必要性に匹敵することはない。その時にはすべての階層が馳せ参じなくてはならない、誰もが等しく脅威にさらされているのだから。だがその動機は卑しい略奪などではなく、したがって彼らが堕落することは決してない。彼らの熱意は確信によって支えられており、強制の必要はない。社会のさまざまな仕事が被る中断には、このうえなく神聖な義務と最も貴重な利益に関わるものという意義が与えられ、恣意的な妨害と同じ結果を生むことはない。国民はこの中断に期限があることを知っており、安らかな環境に再び戻る手段として喜んでそこに従事する。いつかその安寧な生活に帰還する彼らには新たな若さ、気高さを付与された能力、そして力を有益に立派にふるったという思いがともなうのである。

しかし、自らの祖国を護るのと、同じく護るべき祖国を持つ諸国民を攻撃するのとはまったく別のことである。征服の精神はこの二つの観念を混同しようとする。政府によっては、軍隊をあちらの果てからこちらの果てへと送り出す場合にも、なお彼らの故郷の護りを引き合いに出そうとすることがある。おそらく自分たちが火を放つ場所すべてを、故郷と呼ぶつもりなのだろう。

第一一章　征服を志向する国民が今日において自らの成功を検討する際の観点

さてここから、問題を征服の体制がもたらす外的な帰結に移すとしよう。

戦争よりも平和を好む近代人の性向そのものが、政府から侵略者たれと強制された人びとにとり最初のうちは非常に有利に働く、というのは大いにありうることだ。快楽に溺れた諸国民は、抵抗に腰をあげるのが遅くなる。彼らは権利の一部を放棄してでもその残りを保持しようとし、安寧を守り通すためなら自由についての妥協も辞さない。実に奇妙な取り合わせのせいで、一般精神が平和的であればあるほど、この精神と争うはずの国家はそれだけたやすく最初の勝利を手にすることになるのだ。

しかしこの成功が征服者たる国民にまでもたらす結果とは、一体どのようなものであろう？　真の幸福が増してゆくという展望もないまま、せめて自尊心に基づく満足くらいはある程度感じることができるのだろうか？　栄誉の分け前をよこせと声を上げるだろうか？

否、それどころではない。今日、征服への嫌悪はあまりに強く、誰もが責任逃れの自己弁護に必死になる。抗議は国中に広がり、声にならないからといって力がこもっていないわけではない。政府が眼にするのは、自分に従っていた大衆が離れていき、白けきった観客となるさまだ。帝国全土を通じて、耳に響くのは権力の長い独白だけである。せいぜいこの独白が時たま会話という形をとるだけのことで、なんとなれば卑屈な対話者は単に口述された科白《せりふ》をそのまま主人に向かって繰り返しているにすぎないのだから。だが被支配者たちはそのうち、遮ることの決して許されないこの退屈な演説に耳を貸すのをやめるだろう。そして自分たちの望みとはおよそかけ離れた狙いを持ち、結局は単に費用と危険を背負わされるだけの空っぽの陳列棚から目を逸らすのだ。

このうえなく輝かしい軍事的事業でさえ、今日では何らの興奮も引き起こさないことに人は驚くかもしれない。それは、そうした事々が自分たちのためになされるのではないという点を、良識が人びとに悟らせるからである。そこに喜びを見出すのは指導者たちだけ、報酬を与えられるのも彼らだけなのだ。勝利が生む利益は政府当局とその取り巻きのみに集中する。精神的な壁が血気に逸《はや》った権力と不活発な群衆とのあいだを遮っている。成功は、周りに何の活力ももたらさぬまま通り過ぎる彗星のようなものにすぎない。人びとは束の間それを眺めるために頭を上げることすらほとんどせず、時には狂気を勢いづかせるだけだと深く嘆き悲しむことさえある。災いを蒙った者には涙を注ぎながらも、人びとはただ挫折を待ち望むのだ。

好戦的な気風が支配していた時代には、戦場の才が何よりももてはやされた。われわれの平和を志向する時代において人びとが希求するもの、それは穏和と正義である。政府がわれわれに大掛かりな見世物と英雄主義、創造、そして数知れない破壊行為を大盤振舞いするならば、こう応えたい誘惑にも駆られよう――

「粟の一粒でさえ、も少しましな財産になろうさ」と。*

＊　ラ・フォンテーヌ『寓話』第一巻第二〇話「雄鶏と真珠」

最も輝かしい武功も、それにともなう仰々しい祭典も、墓の上で人びとがダンスを踊る葬式にほかならないのだ。

第一二章　こうした成功が征服された人びとに及ぼす影響

モンテスキューが述べている、「ローマ人の万民法は、征服された国の市民たちを絶滅するところに存していた。今日われわれが従っている万民法は、他の国家を征服した国家が、その国を彼らの法に従って統治しつづけること、そして自ら掌握するのは政治的および市民的統治の執行のみに限ることを帰結する」と。*

* 引用の仕方が不当だとの非難を浴びないために、ここで全段落を引いておくことにしよう。「他の国家を征服した国家は、次の四つの方式のいずれかによって被征服国家を取りあつかう。すなわち、被征服国家の法律によって引き続きこれを統治しながら、政治的および市民的統治の執行のみをみずから引き受けるか、あるいは新しい政治的および市民的統治をもたらすか、あるいはその社会を破壊して他の社会の中に分散させるか、あるいはまた、すべての公民を絶滅するかである。第一の方式は、今日われわれが従っている万民法に合致しており、第四の方式は、ローマ人の万民法に合致している。」『法の精神』liv. X, ch. III.〔野田良之他訳『法の精神(上)』岩波文庫、一九八九年、第二部、第一〇編、第三章――ただし

politique の訳語は「政治的」、civil の訳語は「市民的」に変更した〕

この主張がどの程度正しいものかを検討するのはやめておこう。古典古代に眼を向ければ、例外はやまと見つかるはずである。

屈服させられながらも以前の行政機構および従来の法律といった一切の形式を享受し続けた国々の例はいくつもある。敗北した者たちの宗教は手厚く尊重された。異教の神々への崇拝を奨励する多神教は、すべての宗教に対し慎重に配慮するよう促した。エジプトの神官たちはペルシア人の支配下にあっても彼らの権力を保持していた。狂気に取り憑かれたカンビュセス(17)の例を引くには及ばない。だがダレイオス(18)が神殿の中でセソストリスの神像の前に自分の彫像を置かんとした時、大神官はこれに抗い、そして王もあえて彼に暴力をふるおうとはしなかったのである。ローマ人たちは属領のほとんどにおいてその住民たちに地方行政権を残し、ガリア人の宗教に干渉したのもただ人身御供をやめさせるためだけでしかなかった。

にもかかわらず、征服のもたらす帰結は数世紀前からずいぶんと和らげられ、一八世紀の終わりまでそうあり続けた、というのは誰もが認めるところだろう。これは征服の精神に終止符が打たれたことを意味する。ルイ一四世の遠征でさえも、真の征服の精神というよりは、高慢な君主の思い上がりと傲岸さのあらわれというべきものだった。だが、かつてない激しさをそなえた征服の精神が、フランス革命の嵐から再び生み落とされた。したがって、征服の及ぼす影響はもはやモンテスキューの時代とはまるで変わってしまったのである。

確かに、敗者たちが奴隷にされることはなく、自らの土地の所有権を奪われることもない。他人のためにその土地を耕させられることもなければ、征服者の所有に属する卑しい身分に貶められることもない。

ゆえに彼らのおかれた状況は、かつてに比べれば外面上は許容しやすいものに見える。嵐が過ぎ去れば、一見すべては秩序のもとに復帰するかのようだ。都市はそのまま残り、市《いち》は活気を取り戻し、店は再び扉を開く。わずかな例外はたまたま起こる不運にすぎぬ略奪や、勝者が当然のごとく示すありがちな横柄さ、また法律という温和な衣をまとって粛々と課せられる――そして征服が完了すれば撤廃される、あるいは撤廃されるべき――税金だけであり、人びとは、ともかく変化を被るのはただ名前といくらかの形式くらいのものだ、と言うだろう。だがわれわれは問題にさらに深く切り込んでゆくことにしよう。

古代人のあいだでは、征服によってしばしば国民全体が滅ぼされることもあった。だがそうした破壊を免れた場合には、人間が最も強い愛着を抱くすべての対象、すなわち習俗、法、慣行、神々などは手を触れずに残された。近代ではこうはならない。文明の虚栄心は、蛮族の傲岸さよりもいっそう多くの害をなす。後者は全体としてしか物を見ないが、前者は細心の注意をもってすみずみまで精査する。

古代の征服者たちは、全体が服従していればそれで満足し、奴隷の家庭生活やその地方における彼らの関係まで詮索しなかった。遠く離れた属州の果てで、屈服させられた人びとは人生の楽しみといえるものをほとんどすべて、そのままの姿で取り戻すことができた――子供のころの習慣、日々の習わしといった慣れ親しんだ記憶に取り囲まれ、政治的従属にもかかわらず、国のなかには祖国の雰囲気が保たれていたのである。

現代の征服者たちは、人民にせよ君主にせよ、自分たちの領土が一様の外見を呈することを望み、その上をなぞる権力の高みからの視線が目障りなものにぶつかったり、視界を遮られたりしないよう欲する。同一の法規、同一の度量衡、同一の規則、そしてもし段階的に実現することができるなら、同一の言語さえも――これこそが、社会の組織化のまったき完成と呼ばれるものなのである。宗教だけは例外だ。もしかしたら人びとがそれを半分時代遅れの過ち、静かに死の眠りにつかせるべき過ちと考えて軽蔑しているからかもしれないが。だが例外はこれにかぎられる。そして宗教を可能なかぎり地上の利益と切り離すことで、人びとは埋め合わせを図るのだ。

そのほかすべてのものに関しては、今日最ももてはやされている言葉が、画一性である。同じ設計図にしたがって何もかも立て直すためにあらゆる街を破壊し、土地がどこも平らになるよう山を薙ぎ倒すわけにいかぬのは、大変遺憾なことである。支配者が二度と雑多な色合いや目障りな多様性を眼にしなくてすむよう、全住民に同じ服装をせよと命じなかったことに、私は驚きを禁じえないくらいだ。

敗北のなかで舐めた辛酸の後には、忍ぶべき新たな種類の不幸が打ち負かされた者たちを待っている。はじめに栄光という妄想の餌食となった彼らは、続いて画一性という幻影の犠牲にされてしまうのである。

第一三章　画一性について

かつて画一性が最も熱い支持を受けたのは、人間の権利と自由の名のもとに行われたはずの革命においてであった、というのは瞠目に値する。まずは体系化を好む精神が均整美に夢中になり、続いて間もなく権力への執着心がこの均整美のもたらす利益の大きさに気がついた。祖国愛というものは身近な地域の利益、習俗、慣習に対する強い愛着によってしか存在しえないというのに、わが国の自称愛国者たちはこれらすべてに対して宣戦を布告したのである。彼らはこうした祖国愛の自然の源泉を乾上《ひあ》がらせ、抽象的な存在、あるいは想像力や記憶に訴えかけるものすべてを引き剝がされ一般化された観念への偽りの情熱によって、これを置き換えようとした。そしてその基盤を確立するため、彼らは手始めに自分たちが用いるべき素材を打ち砕き粉々にしてしまった。軍隊や軍団にするように、あやうく都市や地方に番号をふり数字で呼ぶところだった――どうやらそれほどに、自分たちの造り上げた代物と道徳観念とが結びつくのを心配していたらしいのだ！

衆愚政治に取って代わった専制政治は、その仕事の果実をまんまと手にして、つけられた道筋を巧みに歩み続けた。両極はこの点において互いに一致する、なぜならどちらも根底に暴政への志向を秘めていたからだ。地域の慣習から生まれた利益と記憶とには抵抗の萌芽が宿っており、政治権力はこれを嫌々我慢するか、あるいは根ごと引き抜いてしまおうとする。だが一人ひとりの人間なら、より簡単に始末することができる——権力はまるで砂の上にのしかかるようにして、その並外れた重みを苦もなく彼らの上に転がし、均《なら》してしまう。

今日、画一性に寄せられる称賛は、視野の狭い人びとにおいては心からのものだが、多数の奴隷根性の持ち主たちにとっては舌三寸のでまかせにすぎない。いずれにせよ画一性への賛美は、まるで宗教的なドグマのように、権力に優遇される意見がおしなべて巻き起こす熱狂的な反響をもって迎えられる。

帝国のあらゆる部分にすみずみまで適用されたなら、この原理は帝国が征服しうるすべての国々においてもそうあらねばならない(19)。したがって目下のところ、それは征服の精神から切っても切れない直接的な帰結となっている。

だがどの世代も――とわれわれの過ちをその始まりから最も見事に予見していたある外国人が述べている――どの世代も子孫に残す豊かな道徳という宝、不可視にして貴重なる宝物を祖先から受け継いでいる。[20] この宝を失うことは、国民にとって計り知れない損失となる。それを引き剝がされれば、国民は自らの価値および尊厳に対する感覚のすべてを奪われてしまうのだ。より優れたものでこれを補うとしても、失われたものが尊ばれていたがゆえに、そして改善を力ずくで強いられるがゆえに、この措置の結果はただ人びとが自らの価値を貶め堕落するような臆病な行為に手を染めるだけに終わるのである。

あえていうなら、法にそなわる利点は、国民が自分たちの法に帰服しそれに従う精神よりも重要性においてはるかに劣るのだ。もし法が神聖な源泉――国民がその霊を敬う諸世代からの贈物――から湧き出たと見なされることによって国民から愛し遵守されるのであれば、法は人びとの道徳に密接に結びつき、国民の性格をいっそう高貴なものとする。よしんばそこに瑕疵《かし》があったとしても、単に権力の命令に支えられるだけのより優れた法律も及ばぬほどの美徳が、したがってより多くの幸いが、この法によってもたらされるのである。

実のところ、私は過去に対して深い敬意を抱いている。日々経験に教えられるごとに、思索を通じて眼が啓かれるごとに、この尊敬の念は深まるばかりだ。こんなことを言えばリュクルゴス、あるいはシャルルマーニュを自ら名乗る現代の改革者たちからは大いに顰蹙《ひんしゅく》を買うだろうが、形而上学的な意味で最も完璧な制度を与えられた国民が父祖たちの制度に忠実たらんとしてそれを斥けるとすれば、私はこの国民を高く評価するだろうし、この欠陥を抱えた制度のもとでさえ彼らの感情と精神とは、お仕着せの改善によっては到達しえなかったほど多くの幸いを知るだろうと思うのだ。*

* 人びとがこの一節にあまりに極端な意味を読み込み、また知性の進歩がもたらし要請する一切の革新への軽蔑がここに認められると見なしたため、私はこの著書の終わりに政治的かつ社会的な制度の安定性にまつわる論考を付け加える仕儀となった。読者には私が暴力的に強制された改善策を拒絶する一方で、観念の発展が向上させ少しずつ改革しようとするものを力ずくで押さえ込むこともまた非難している、という点をご理解いただけるものと思う。

この主張が人びとの支持を得る類のものでないことは私も理解している。人びとは法律を作り出すのを好み、それを素晴らしいものと見なして美点を誇る。一方過去はひとりでに成立してしまうため、その手柄を誇ることができない。*

＊私は過去に対する敬意から一切の不正義を除外する。時は不正義を是認しない。たとえば奴隷制はいかなる時の経過によっても正当化されえない。つまるところ、本質的に不正なものには常にそれによって苦しめられている人びとがおり、不正に慣れることなどありえない彼らにとっては、必然的に過去の恩恵も存在しないのである。習慣を不正義の口実とする人は、皮をはぐことで鰻を苦しめていると批判されたフランスの料理女に似ている――「ウナギだって慣れっこですよ」と彼女は言ったのだ、「あたしはもう三〇年も前からこうしてるんですからね」。

この考えとは別に、そして道徳と幸福とを区別したうえでご注意いただきたいのは、人間はすでに確立されていると認めた制度に対してはまるで物理法則に従うように服従する、という点である。制度の欠陥にさえ、人は自らの利益、思索、人生計画のすべてを適応させてしまう。こうした欠陥が徐々に緩和されてゆくのは、制度が長く維持されれば必ず人びとの利益とのあいだに相互作用が生まれるためである。人が持つさまざまな結びつきも財産も、すでに存在するものを中心に形成される。それをまとめて変えるとなれば、たとえ元より良くなるにしても害をなさずにはおかない。

利益を生むという口実で習慣を捻じ曲げるのは愚の骨頂である。利益とはまず第一に幸福であることにほかならず、習慣は幸福の本質の一部をなしているのだ。

似ても似つかぬ環境におかれ、異なる慣習のなかで育ち、違う場所に暮らしている人びとが、完全に同一の形式や慣行、しきたり、および法律のもとに結び合わされることなど、利点をはるかに超える損害を彼らにもたらすような強制力なくして不可能であることは明らかである。生まれたその日からだんだんに人びとを道徳的存在へと育んでゆく観念の集合体を、彼らの意志とは無関係の名ばかりで上滑りな取り決めによって変革することはできない。

建国からずいぶんと経ち、ひとまとめに扱ってももはや暴力と征服の醜悪さを感じさせなくなった国家においてさえ、さまざまな地方より生まれた祖国愛、つまり唯一真正たりうる類の祖国愛が、権力がその手をわずかに緩めた瞬間からまるで灰のなかから蘇るかのように再生するさまを眼にすることがある。最も小さな村の役人もその地方をより美しくすることに満足を覚え、古代の遺跡を注意深く手入れし保存する。ほぼすべての村に一人は博識な人間がいてその土地の年代記を物語ることを愛し、人びとも敬意をもってそれに耳を傾ける。住人たちは自分たちが国民の一員であり、特別な関係で結ばれているという印象を――たとえそれが間違っていようと――与えてくれるものすべてに喜びを見出す。もしこうした純粋で有益な傾向が強まっていくのを妨げなければ、彼らは早晩共同体に結びつくある種の敬意を、いわば街への誇り、地域への誇りといったものを抱くようになるだろう。これは彼らにとって喜びでもあり、徳ともなる。しかし権力の嫉妬心は彼らを監視し、警戒し、萌え出でんばかりだった芽を摘み取ってしまうのだ。

地域の慣習に対する愛着は、あらゆる公平無私にして高貴、かつ敬虔な感情に根ざしている。これを反逆と見なすとはなんと嘆かわしい政策であろう！　そこから何が帰結するだろうか？　どんな国家であろうとこのように地域ごとの生活を破壊し尽くしてしまえば、中心に小国家を生み出すことになる。あらゆる利益は首都に集中し、そこへ活躍の機会を窺うすべての野心が寄り集まってくる。だがそれ以外の地域は一切の動きを止める。個々人は自然に反した孤独のうちに彷徨《さまよ》い、生まれた土地においてさえ異邦人となる。過去との繋がりも持たず、めまぐるしい今だけを生きる。そして広大かつ均された平野に原子のごとくばらばらに放り出されて、見失った故郷に背を向ける――もはや故郷そのものに興味が持てないのは、彼らの愛情がそのどこにも休らうことができないからである。

多様性は組織であり、画一性は機械である。多様性は生であり、画一性は死である。*

＊　画一性の擁護論として引き合いに出される理屈すべてに反駁するわけにはいかない。読者諸氏の注意を二人の権威ある大家へと向けるだけにとどめるべきだろう。モンテスキュー『法の精神』(XXIX, 18)、そして『人間の友』のミラボー。後者は以下のことを見事に論証している。すなわち、画一性の確立がきわめて有益であると考えられている問題、たとえば度量衡においてさえ、抑圧や間諜行為、強制的手段などによってそれを手に入れようとするのであれば、利点は想定を著しく下回り、そのうえさらに多くの不都合を引き起こすことになるだろう、と。

したがって征服は今日、古代には有していなかった付随的な不都合までもそなえている。征服は、従えられた人びとをその存在の内部にまで追いかけてゆく。同一の型に押し込めるために、彼らの体を切り刻む。かつて征服者たちは降伏した国民の代表者が彼らの前に跪《ひざまず》くことを要求したが、今日彼らが屈服を求めるのは人間の精神に対してなのだ。

人びとは絶えず大帝国について、全国民について、いかなる現実性も持たない抽象的な観念について語り続ける。地方を抜きに考えるとすれば、大帝国など何の実体もない。構成要素から切り離すなら、全国民など何の意味も持たない。全国民の権利を護ることができるのは、個々の権利を護ることによってである——なんとなれば、全国民とはその部分のなかに偏在するものなのだから。もし人びとがこの構成員たちから彼らが手にする最も尊いものを次々に奪ってゆくとしたら、そしてもしその犠牲者として孤立させられた人びとが皆、奇妙な変容によって再び大いなる全体の一部となり、そうして他の部分の犠牲を正当化する口実として働くのであれば、抽象的な存在のために現実に存在するものが犠牲にされることとなろう。人民全体のために、個々の人民を生贄に捧げるのだ。

偽るわけにはいくまい、大いなる国家は大いなる欠陥を抱えている。法律は適用されるべき場所からあまりに遠く離れたところに起源を持ち、したがって頻発される深刻な過ちの数々はこの乖離の必然的帰結なのである。政府は自分の周囲の意見を――せいぜいがところ自分の拠点となっている地域の意見を帝国全体の世論と見なす。ある地域の一時的な情勢が一般的な法の根拠となるのだ。最も遠隔の地域に暮らす住人たちはある日突然、彼らの予測の基礎や利益の保証といったものすべてへの思いもよらない改革、不当な厳格さ、苛酷な規定によって不意を突かれることになる。それというのも、彼らにとってまったくの他人である誰かが、自分たちから二百里も離れたところに何らかの危機を予見したり騒乱を察したり、あるいは一定の有用性を見出したと思い込んだからなのだ。

大地が無数の活発な部族によって埋め尽くされ、人類があらゆる方面において自らの力に見合った領分で行動し力を発揮していた頃を懐かしまずにはいられない。人びとを従わせるために政治権力が厳格である必要はなく、自由は荒々しくも無秩序に陥らずにいられた。雄弁が精神を捉え、魂を震わせていた。栄光は才人たちの手の届くところにあり、凡俗に対する闘いのなかでのしかかる無数の群衆の波に呑まれることもなかった。道徳は身近な周囲の人びとによって支えられ、彼らはあらゆる行為を最も細かい点やごくごく繊細な意義にいたるまで観察し、判断を下していた。

このような時代はもはや存在しない。郷愁は何の役にも立たない。少なくともこれらすべての美点を放棄せねばならないのだから、次の点を地上の支配者たちにいくら言い聞かせても度が過ぎることはあるまい――彼らの広大な帝国のなかに許容できるかぎりの多様性を、自然が求め経験が承認した多様性を存続させておくこと。規則はあまりにばらばらな事例に適用されると歪んでしまう。束縛は、きわめて雑多な状況に一様に当て嵌めようとすれば、それだけで重荷と変わるのだ。

そしてまた、この画一性に対する偏愛は征服の体制において敗者から勝者へ反作用を及ぼす、という点を付け加えておきたい。誰もが国民性や本来の特色を失い、全体としてはもはや生気のない塊にすぎず、時には目覚めて懊悩《おうのう》することもあるが、そうでなければ専制政治のもとで打ちひしがれ眠り込んでいる。というのも専制政治の過激さのみが、ともすれば空中分解しようとする結合を永らえさせ、分離の道を探るあらゆる要因をはらんだ諸国家を単一の支配のもとにとどめおくことができるからである。モンテスキューが述べている、無制限の権力の迅速な確立こそがこのような場合において解体を未然に防ぐ処方箋なのだ、と。そして彼はこう付け加える——解体は拡張がもたらすものに続く、さらなる害悪であると。

だがこの処方箋は、害よりもたちが悪く、効力が長続きしない。事物の自然な秩序は人びとのたくらんだ陵辱に報復を与える。そして圧力が暴力的であればあるほど、その反作用もまた恐ろしいものとなるのだ。

第一四章　征服を志向する国民の成功が迎える避けがたき終焉

ある国民が他のすべての国民を服従させるために必要とされる力は、今日いつの時代にもまして永続しえない特殊な能力である。このような帝国たらんと望む国は、最も弱い小部族よりもなお危険な状況に身をおくことになるだろう。一国が世界中の憎悪の的となるのだ。一切の世論、一切の誓言、一切の嫌悪がこの国を脅かし、そして遅かれ早かれ、この嫌悪と世論と誓言とが国を覆い尽くそうと襲いかかってくるだろう。

一つの国民全体に対するこのような激昂には確かに何かしら不公正なものがある。指導者が国民に犯させる暴虐の罪は、国民全体には決してない。彼らを惑わせているのは、あるいはよりありがちなことだが、惑わすことすらせず支配しているのは、彼らの指導者である。

しかし彼らの嘆かわしい服従の犠牲となった国々にとっては、常軌を逸した行為の隠れた心情など考慮できようはずもない。操った手の罪を、道具のほうに着せることになる。フランス全体がルイ一四世の野望に苦しめられ、それを嫌悪していた。しかしヨーロッパはこの野心のためにフランスを非難し、またスウェーデンはカール一二世の錯乱の責めを負わねばならなかった。(21)

世界が正気を取り戻し勇気を再び手にした時、脅かされた侵略者は弁護者を求めるその視線を地上のどこに向けるのだろう？　はたしてどんな感情に訴えようとするのだろう？　一体どんな弁論が信用を損なわれずにすむというのか、もしそれが罪深い繁栄を謳歌していた頃に多くの侮辱をまきちらし、多くの空言《そらごと》を吹聴し、多くの破壊的な命令を下した同じ口から発せられるならば？　正義を持ち出すのか？　それを蹂躙したのは彼ではないか。人間性？　それを足で踏み躙ったのは彼だ。公然たる誓い？　すべてのたくらみは誓約違反から始まったのだ。神聖なる同盟？　彼は同盟国をまるで奴隷のように扱った。一体どんな国民が誠意をもって彼と同盟を結び、その誇大妄想に加勢できるというのか？　確かに誰もがこの高圧的な軛のまえに一時は頭を垂れた。だが人びとはそれを、いずれ過ぎ去るべき災いと考えていたのだ。彼らは待っていた、急流が自らの逆巻く波を止めるのを——いつかそれが乾いた砂に吸い込まれて消え、災禍に傷ついた土を足を濡らさずに踏みしめられることを信じながら。

侵略者は彼の新たな臣民の助けを期待することができようか？　だが彼らの愛し尊ぶものすべてを奪い去ったのは彼だった。祖先の灰を掻き乱し、子孫の血を流させたのは彼だった。

万民が彼に抗して手を結ぶ。平和、独立、正義がこの同盟全体の合言葉となるだろう。しかもまさに長いあいだ蔑《ないがし》ろにされていたというそのことによって、これらの言葉はまるで魔術のごとき力を獲得したのである。狂気のもてあそぶ玩具となっていた人びとが、良識の掻き立てる情熱を心に点《とも》したのだ。解放の叫びが、連帯の叫び声が、地球のすみずみに響き渡る。公衆の良俗は最も優柔不断な人びとにまで伝わり、最も臆病な者をも捉える。自らを裏切ることを恐れ、何人もあえて中立にとどまろうとはしないだろう。

その時征服者は理解するのだ、自分が世の堕落を過信していたということを。そして彼が素晴らしい発見と誇っていたこの不道徳と卑劣な行為とに基づく計算は、偏狭であるとともに不確かであり、卑しいのと等しく誤りであることを学ぶだろう。彼は美徳の愚かさを笑っていた。公平無私への信頼は妄想としか思えず、それを高めようと呼びかける声については動機が何かもどれほど続くかも理解することができず、急性の疾患が一時的に紛れ込んでくる通路にすぎないのだと思い込もうとして、これらを皆せせら笑っていたのだ。今や彼は、エゴイズムもまた愚かさを抱えており、廉直が悪しきものについての知識を持たぬのに劣らず善きものに対して無知であること、そして人びとを理解するためには彼らを軽蔑するだけでは不十分であることを知った。人類は彼にとって謎となる。彼の周りでは口々に鷹揚さ、犠牲、献身について語られる。この聞き慣れない言語が彼の耳を打つ。こうした言葉を使って交渉する術を彼は知らない。彼は自分の思い違いに落胆し、身動きができなくなる——自らの堕落によって欺かれたマキアヴェリズムの好例である。

だがしかし、この終局まで指導者が引き摺ってきた国民は何をすべきだろう？　もし彼らが本来は穏和で開明的であり、社交性もそなえあらゆる繊細な感情と英雄のごとき勇気を抱くことのできる人びとであったとするなら、そして彼らに降りかかった運命がこんなふうに文明や道徳の道筋から遠く離れた場所に彼らを打ち捨てたのだとしたら、一体そうした国民に同情せずにいられようか？　なんと彼らは自らの不幸に深く打ちひしがれることだろう！　近しい人への打明け話や会話、手紙など、彼らが監視の目を逃れられると考えていた一切の心情の吐露はみな苦悩の叫びとならざるをえない。

彼らは自分の指導者と己の良心とに代わるがわる問いかける。

良心はこう答えるだろう、強制されていると自らに言い聞かせるだけでは免罪には不十分だ、意見と行動とを切り離したり自分自身の行為を否認したり、犯罪に加担しながらそれに対する非難を口の中で呟いたりするだけでは足りないのだ、と。

支配者はきっと、戦争の不確実性や移ろいやすい運、気紛れな運命などを呪うだろう。これが成果なのだ、あれほど多くの恐怖と苦悩、そして何世代にもわたって人びとを不吉な風で吹き払い墓場へと慌しく追いやったことの麗しき果実なのだ！

第一五章　戦争の体制が現代にもたらす帰結

近代ヨーロッパの商業国は事業に勤しみ文明化を遂げ、欲求に十分見合うだけの領土を構えており、他の諸国民とのあいだに結ばれた関係の断絶が災いをもたらす以上、征服から期待すべきものは何一つない。したがって無益な戦争は今日において政府が手を染めうる最も悪質な犯罪ということができよう。戦争は何の補償もないままにすべての社会的保証を動揺させる。それはあらゆる種類の自由を危険にさらし、一切の利益を損ない、いかなる安全をも揺るがし、すべての運命に重くのしかかり、内外を問わずあらゆる形態の暴政を結合させお墨付きを与える。そして法的手続きに、その目的とともに神聖性をも破壊するような性急さを導入する。政府当局の要員が敵視する者は皆、外敵の協力者と見なされることになる。戦争は新しい世代の人びとを堕落させる。国民は二分され互いに軽蔑しあい、折あらば喜んで軽蔑から不正義へと移行する。過去の破壊行為によって未来の破壊が準備され、現在の不幸で将来の不幸が買われるのだ。

これは幾度もいくども繰り返し語られねばならない真実である。何となれば権力側は、尊大な軽蔑をもってこれらを逆説と見なし、平凡な決まり文句と呼ぶのだから。

そのうえわれわれのあいだには、常に支配的な体制に奉仕し勇気以外の点においてはまったく傭兵というにふさわしいような著述家たちが多数存在するのだ。彼らには矛盾を犯すことなど何でもなく、馬鹿馬鹿しさに二の足を踏むこともない。意志を原理に還元してしまえる勢力はないかとあちこち嗅ぎ回り、最も対立し矛盾する理論をすべて再生産し、確信に支えられる必要もないほどの飽くなき精力と熱狂とをそなえている。これらの著述家たちは、指示を受ければ、平和は世界の要請であるとうんざりするほど繰り返した。だが彼らはそれと同時に、軍事的栄光こそ最上の栄光であり、武力の輝きによってフランスは名を高からしめなければならないと述べる。一体どのようにして軍事的栄光が戦争以外の手段によって得られるのか、あるいはどのようにして武力の耀きが世界の望むこの平和と両立するのか、私には理解しかねる。だがそれが彼らにとって何であろう？　彼らの目的はその時々の趨勢に従って文章を綴ることにある。その薄暗い書斎の奥からある時は衆愚政治を、ある時は専制政治を、あるいは殺戮を褒めそやし、人類に向かって力の許すかぎり災いの種を振りまいては、自分ではできもしない害悪の効用を説いて回るのだ。

私は時折自問したものだ、もし国民が口を開き次のように問うなら、カンビュセスやアレクサンドロス、アッティラを蘇らせようと望むこうした人びとの一人ははたして何と答えるだろうか、と。「自然はあなたに、すばやい判断力と果てしない活力、強烈な感情への渇望を、そして危険を克服するためにそれに立ち向かい、障害を乗り越えるためにこれと向き合おうとする抑えがたい欲求を与えました。ですがこうした能力の代価を支払うのは私たちなのですか？　それが発揮される費用を払うためだけに私たちは存在しているのでしょうか？　私たちがここにいるのは、このぼろぼろの体と引き替えにして名声への道をあなたの前に切り開いてあげるためにほかならないのです！　あなたには戦争の才があります――それが私たちにとって何だというのです？　平和という閑暇はあなたを退屈にさせる、けれどあなたの退屈が私たちに何の関係がありましょう？　豹だってたくさんの人であふれかえった私たちの都市に連れてこられれば、深い森や広い草原を見つけられずに嘆き悲しむでしょう。あちらでなら彼も獲物を追いかけ、捕まえ、貪り食ったりして楽しみ、疾走や並外れた跳躍などで精力を存分に発散することができるのに。あなたはこの豹のように、私たちとは違う風土、違う土地、違う種類の存在なのです。もし文明化された時代に支配権を握りたいと望むなら、文明を学びなさい。平和を好む国民を治めるというなら、平和を知りなさい。そうでないなら、どこか他の場所であなたによく似た道具をお探しなさい。休息に意味を見出さず、乱闘のさなかで危険に身をさらす時にしか生の喜びを感じない人、社会からいかなる優しい愛情も安定した習慣も洗練された技芸も静謐《せいひつ》で深遠な思想も与えられず、あるいは記憶が貴さを増し安寧がそれを倍増させるような、そうした高貴で優雅な喜びを一つも教えてもらえなかった人、そういう人を探すのです。こうしたものはみな私たちの父祖の遺産、私たちの受け継ぐ財産です。異境の人よ、この世界を略奪する手を止めなさい」。

このような言葉に誰が賛同せずにいられるだろう？　自由であることのみを望む国々と、矯正さえすれば世界から刃を向けられる理由のない国とのあいだには、すぐにも条約が結ばれるだろう。われわれは喜びとともに眼にするのだ、この国民がついに長かった忍耐をかなぐり捨て、久しく続いた過ちを改め、あまりに嘆かわしい用いられ方をしてきた勇気を自らの名誉回復のため発揮するさまを。栄光の輝きに包まれて、彼らは文明化された諸国民の列に肩を並べる。そして征服の体制、このもはや存在しないものの破片であり、現に存在するものすべての秩序を乱そうとする要素は、新たに大地から一掃され、その最期の顛末によって未来永劫弾劾されるという責めを負うのである。

第二部　簒奪について

第一章　簒奪と君主政とを比較することの精確な目的

本書における私の目的は統治の多様な形態を吟味することでは決してない。私は正当性を有する統治にそれを持たぬ統治を対置したいのであって、正当な統治同士を比較したいわけではないのだ。われわれは君主政を自然に反する権力と指差す時代にはもはや生きていない。そして私が文章を綴っている国においても、共和政は反社会的な体制であると言明せよなどと命じられることはない。

今から二〇年前、思い出すもおぞましいある男が――死がこの人物に正義をもたらした以上、もはやその名で書物が汚されることがあってはならない――イギリスの国制を考察するなかでこう述べた。「私はそこに王の姿を見、そして恐怖に後退《あとずさ》りする(22)」。また今から一〇年前には、これと同様の非難がある匿名の者によって共和政体に向けられた。(23) ことほどさように、時代によっては正気に戻るのに狂気の輪をたっぷり一回り遍歴しなければならないのだ。＊

＊　愚かな党派的精神と無知蒙昧は、共和政と君主政の問題を単純な定式へと還元したがるものである――前者は複数の人間による統治であり、後者は単独者のそれである、というような。このような定式に押し込めてしまうなら、一方は平安を約束せず、他方は自由を保証しないこととなろう。ネロやドミティアヌスやヘリオガバルスの統治するローマに、あるいはディオニュシウスの支配するシュラクサイに平安があったろうか？　ルイ一一世、またシャルル九世治下のフランスには？　十人委員会や長期議会、国民公会、総裁政府のもとでさえ、はたして自由は存在していたのだろうか？　一見自らの意志で選んだかのような人びとに統治されていながらも、もしこの人びとが国内に党派を築いておりその権力が無際限なものであるならば、こうした国民が何らの自由も享受しえぬことは理解されよう。また同様に、単独の支配者の統治下にある国民は、もしその支配者が法によっても世論によっても抑制されていないならばいかなる平安をも味わいえない、ということも想像に難くない。他方、秩序を保つに十分な政治的権威が得られるほどに共和政が組織化を遂げることもありうる。君主政については、一つだけ例を挙げれば十分だろう。一貫性に欠け不完全な制度が恣意的支配を広め暴君を蔓延《はびこ》らせるばかりであったフランスの共和政の試みでは、ついぞ提供すること

がでさなかったほどの私的な安寧と政治的権利とが、イギリスにおいてはこの一二〇年間というもの享受され続けているということをはたして誰が否定できようか？

それでもなお個別に吟味せねばならない詳細な問題のなんと多いことだろう！　はるか昔の時代にまで建国の時を遡るものと近年の日付が記されたものとは、一体同じ君主政といえるだろうか？　王家がユーグ・カペーの子孫のごとく太古の昔に起源を持っているか、一六八八年のイギリスにおけるごとく異境出身の者が国民の希望によって王座へと請い招かれたものであるか、あるいは同胞の群衆のなかから幸運な状況によって台頭したまったく新しい家系であるのか――またさらに、ほとんどのヨーロッパ諸国におけるごとく君主政が古い世襲制の貴族階級をともなっているか、それともたった一つの家系が単独で台頭したために父祖を持たぬ貴族階級を大急ぎでこしらえねばならない仕儀となるのか――あるいはドイツのようにこの貴族階級が封建的であるか、フランスのごとく純粋に名誉のみの存在であるか、はたまた〔一八一四年憲章において国王および下院とともに立法権を分有すると定められた〕貴族院のような国権の一種を成すものであるのか、等々、等々？

私としては、共和政を誹謗中傷する人びとの列に加わるつもりはない。人間の能力が広範に発展を遂げ、活力と誇りに満ちあふれた人びとが持てる力のかぎりを捧げていた古代の共和政は、何らかの資質をそなえたあらゆる人間の魂をある種の深く特別な感情で満たしてくれる。前時代の、つまりわれわれ以前の精神に宿っていた旧《ふる》びた要素も、こうした記憶のなかではわれわれのうちにありありと蘇るようだ。われらが近代における共和政はそれほど輝かしくもなくより平和的であるが、能力に別様の発展を促し、異なる美徳を生み出した。スイスの名は五世紀にわたる私的な幸福と公的な忠誠とを思い出させる。オランダという名からは、内紛のさなかでも外的の軛のもとでも失われなかった良識、方正、誠の実直さという三つの資質が想起される。そしてか弱げなジュネーヴこそは、一〇〇倍も広大で強力な帝国よりはるかに豊かな収穫を科学、哲学、道徳の研究にもたらしたのであった。

他方われわれの時代における君主政を考察すれば、そこでは国民と国王とが相互の信頼で結ばれており、そうした国家同士が互いに真摯な同盟を締結しているのだから、(24)われわれとしては喜んでこれに敬意を捧げぬわけにはいかない。かつての主の帰還がこれらの諸国民にもたらしている喜びを冷淡に眺め、人にとっても一つの高貴な喜びとなるこの忠誠への熱情を眼の前にしてなお鈍感であるような人びとは、人間性を尊ぶようには生まれついていないのだろう。

そして最後に、イギリスが君主国であること、そしてそこではすべての市民的権利が不可侵のものとされ、実際以上に眼につくいくつかの悪弊にもかかわらず民選が政治体の生命を保ち、出版の自由が尊重され、才能には成功が約束され、そしていかなる階級に属する個人にも祖国の法に護られた人間の誇り高く静かな安寧が宿っていること——それは最近まではわれわれの憐れむべき大陸において記憶の最後の片鱗まで完全に失われてしまっていた安寧である——に鑑みれば、一体このような幸福を保証してくれる制度の価値を認めずにいられるだろうか？　数か月前には誰もが周囲を見回しながら自問していたものだった、もしイギリスが降伏するならばほかにどのような人知れぬ隠れ家で文字を書き、語り、思索し、呼吸することができようかと。

しかし簒奪は人びとに対し君主政の利点も共和政の利点も提供しない——簒奪は王政ではない。この真実が見落とされてしまったのは、どちらにも権力を掌握する一人の人間の姿を見て取って、そのほかには何らの類似点も持たない二つの事柄を十分に区別しなかったせいなのだ。

第二章　簒奪と君主政との相違*

慣習は誰しもの心の奥底にて眠らずにおり
彼らをみな畏れで打ち、恐怖で追い立て
束の間道を見失った盲目の群衆に
不可視にして神聖なる力を揮《ふる》う。
時の遺産、記憶の賛美、
未来を常に過去へと召還するその力を。

『ヴァレンシュタイン』第二幕第四場(25)

誰にしろ、新規に力を握った者は、荒々しいのが習いだものな。

アイスキュロス『プロメテウス』(26)

ヨーロッパの大半の国に見られるような君主政は、時間とともに修正を重ね慣習によって和らげられてきた制度である。これを支えると同時に抑制もするような中間団体が周囲を取り巻いており、継承が規則的に平和裏に行われることによって服従はより容易になり、権力への猜疑心が抑えられる。君主はある意味において抽象的な存在である。人びとが彼のなかに見るのは個々の人間ではなく王の血統そのもの、幾世紀にもわたる伝統なのだ。

＊ 簒奪に関する私の定義にはいくつかの反論が寄せられた。そのなかのあるものは、少なくとも、簒奪と見なされるべきものといかなる面からもその名にあたらないものとの区別を、私が十分明確にしなかったという点に根拠を置いていた。その結果ある才能あふれた著述家は、ウィリアム三世の例に見られるがごとき、一切の権力を簒奪された場合の痛ましい結果について私が述べた主張に対して、反論を提示しうると考えた。したがって私は、本書の終わりにこれらの異論に要求された詳論を付け加え、私が誤って見落としてしまった本質的な欠落を埋めることとしたのである。

簒奪は何によっても改変されず、緩和もされない勢力である。それは必然的に簒奪者の個性を刻印されており、またこの個性はかつての利害関心と対立関係にあるため、常に不信と敵意のなかに身をおくことになる。

君主政は他者を犠牲にしてひとりの人間に与えられるような特恵ではない。この優越性ははるか昔に確立したものであり、野心は妨げるが虚栄には傷をつけない。だが簒奪はたった一人のためにすべての人が即座に身を投げ出すことを要求する。そしてあらゆる権利の主張に火をつけ、あらゆる虚栄心を興奮に投げ込む。ペダリトス(27)がある言葉を三〇〇人の市民に向かって発した時も、相手がたった一人しかいないよりは心安かったはずである。*

＊ 賛同を求めて得られなかった議会を去りながらペダリトスはこう言ったのである——「祖国に私より優れた市民が三〇〇人もいることを神に感謝する」。

自ら世襲の君主だと名乗れば事がすむわけではない。そうあらしめるのはすでに継承された王座であって、これから継承させたい王座ではないのだ。第二世代となるまで人は世襲君主とはなりえない。その時を迎えるまでは、確かに簒奪は君主政を名乗るかもしれない——だがそれを創設した革命の動揺は内在し続ける。この自称・新興王朝は過激な党派と同じくらいの混乱を抱え、暴政にも匹敵しうるほど高圧的になる。すなわちポーランドの無秩序か、コンスタンティノープルの専制政治か。その両方ということもよくある。

父祖たちの占めてきた王座に上ろうとする君主のたどる道は、彼自身の意志で飛び込んだものではない。彼は名声を獲得する必要がない。肩を並べる者はなく、誰かと比較されることもない。簒奪者のほうは後悔、嫉妬、期待から生まれるあらゆる比較に身をさらされる。彼は自分の栄達を正当化するよう迫られる。幸運に見合うだけの偉大な成果を挙げると無言のうちに誓約したのだ。こんなにも強く煽り立ててしまった民衆の期待を裏切るのではないかという不安が彼を常に苛む。何もしないでいることがどれだけ理に適いどれだけ正当な根拠を有していたとしても、それは彼にとって危険を意味するようになる。この点に誰よりも精通していたある男が言った、「フランス人には三か月ごとに何か新しいものを与えねばならないのだ」と。(28) そして彼はその言葉を守ったのだった。

さて、もし公益に求められてのことであれば、偉業にふさわしい人間たることは実に一つの美点であろう。だが公益が要請しない場合、自らの個人的な理由からこうした大掛かりなことを余儀なくされるのは悪である。人びとは怠惰な王たちをひどく罵ったものだった。神よ、簒奪者の活力よりもむしろ彼らの無為をわれわれに与えたまわんことを！

また地位にまつわる不都合に人格上のひずみも加味しなくてはならない。というのも、簒奪が包含する欠陥もあれば、簒奪の生み出す欠陥もあるのだから。

何という姦計が、暴力が、偽りの誓いが簒奪に求められることか！　踏み躙るつもりで原理を引き合いに出し、違反も辞さぬような誓約を結び、人びとの誠意を蔑ろにしては他の誰かの弱さにつけこみ、眠っていた貪欲さを目覚めさせ、陰に隠れていた不正義と縮こまっていた堕落に勝手を許す――一言でいえば、一切の罪深い情念を温室に置いて成熟を急がせ、収穫をより豊かにせねばならないのだ！

君主は気高く堂々と王位につく。しかし簒奪者は泥と血に塗れてそこに滑り込み、その地位を手にした時には彼のたどってきた道が汚れた上衣に痕を残している。

成功が、魔法の杖をふるって彼を過去から洗い清めてくれるとお思いだろうか？　だが事実はまったくの逆である――仮にその時点では汚れていなくとも、この成功だけで彼の堕落には十分事足りるのだ。

王子たちの教育にはさまざまな点で欠陥がありうるにせよ、また最高位の任務をそれにふさわしく果たすためとは必ずしもいえぬかもしれないが、少なくともその輝きに眼を眩ませぬよう用意させるというだけの利点はそなえている。権力の座に到達する国王の子は未知の領域に連れ出されるわけではない。誕生の時から自らのものと考えてきたものを、彼は冷静沈着に享受する。腰を下ろしたその高さも彼には眩暈《めまい》一つ引き起こさない。だがしかし、簒奪者の頭脳がこの突然の昇進に耐えられるほど強いことはありえないのである。自らの全存在を一変させるようなこの変化に、彼の理性は決して耐ええない。市井の人であっても、突然に途方もない富を与えられれば欲望や気紛れ、無秩序な妄想にとらわれるというのはよくあることだ。過剰な富裕が彼らを酩酊させてしまう、なんとなれば富は権力と等しく一つの力だからである。どうして同じことが非合法的に一切の力を奪い取り、あらゆる財宝を掌握した者に起きないといえようか？　非合法的に、と私がいうのは、正当性に関する認識のうちに何かしら奇跡のようなものが存するためである。あらゆる種類の経験を豊かに積んだわれわれの世紀が、その知識のなかから驚くべき証拠を提供してくれている。この二人の人物をご覧いただきたい。一方は国民の望みおよび国王との養子縁組によって王座へと招かれ、他方は自分自身の意志と恐怖により力ずくで捥ぎ取られた同意のみに支えられ、自らそこに上りつめた人間である。(29)前者は自信に満ちあふれ穏やかであり、過去という味方を有している。彼は自分を受け入れた先代の養父たちの栄光にもひるむことなく、自分自身の栄光でそれをさらに高めてゆく。後者は不安と苦悩に苛まれ、彼が横奪した数々の権利を、誰もがそれを認識するように強いていながら自ら信じることができない。非合法性が彼を亡霊のごとく追い回す。豪奢を誇示し勝利することに逃げ道を探すがそれも虚しい。幽霊は虚飾に紛れ込み戦場にあっても彼につきまとう。彼は法律を公布し、そして改変する。憲法を制定し、蹂躙する。帝国を築き、転覆させる。自分の建てた砂上の楼閣に決して満足することはない。その基礎は深淵へと呑み込まれて消え失せる。

中央と周辺における統治の細部を総覧すれば、われわれはいたるところに簒奪の欠陥と君主政の利点との相違を見出すことだろう。

国王には自らの軍隊を指揮する必要などない。彼のために他の人間が戦うその傍らで、平和を尊ぶ美徳が彼自身を国民のより深い敬愛の対象とする。しかし簒奪者は常に親衛隊の指揮官でなくてはならない。もし自らその偶像たりえないならば、彼らから軽蔑されることとなるだろう。

モンテスキューはこう述べている――「ギリシアの諸共和国を腐敗させた人びとが必ずしも暴君(僭主)とならなかったことは事実である。〔これは、すべてのギリシア人の心の中に、共和政体を転覆した人びとに対する仮借なき憎悪があったことのほかに、〕諸共和国を腐敗させた人びとが軍事技術よりも雄弁術に専念していたからである」と。[*30] だがわれわれの巨大な共同体において雄弁さに力はない。簒奪は軍事力のほかに支えを持たない。実現のためばかりかその維持にもこの力を必要とするのである。

＊『法の精神』VIII, 1.

それゆえに、簒奪者のもとでは戦争がやむことなく繰り返され続けるのだ。それは自分の周りを衛兵に取り囲ませるための口実である。それはこの衛兵たちに服従を教え込むための機会である。それは人びとの心を幻惑させ、古典古代の威光を征服のそれで補うための手段である。簒奪はわれわれを戦争の体制へと引き摺り込み、したがってこの体制においてわれわれが蒙ってきたような一切の不都合を呼び込むのだ。

正当な君主の栄光は、それを取り巻く他の栄光によって増幅される。大臣らを十全な敬意とともに遇することが彼の利益となる。彼には危惧すべき競争など存在しない。簒奪者のほうは、つい先ごろまで道具たる臣下たちと同等かそれより下位にいたがゆえに、彼らを貶めて自分の競争相手とならぬようにしなければならない。家来として使うために心を挫《くじ》くのだ。したがって——どうか目を凝らしてご覧いただきたい——あらゆる誇り高い魂が身を引き遠ざかってゆくことになる。そしてあらゆる誇り高い魂が去ってしまうならば、後には何が残るだろう？　へつらうばかりで盾となってはくれぬ人間、褒めそやしていた指導者が失墜すれば真っ先に嘲《あざけ》り罵るような人間ばかりである。*

＊　この箇所はボナパルトが失脚する六か月前に書かれた。

　このために簒奪は君主政よりも高くつくのである。まずは臣下たちを腐敗させるために金を払い、それからこの腐敗した臣下たちを使いこなすためにまた金を払うのだ。金銭が世論と名誉の代わりとならなければならない。だがこのどこまでも堕落し熱に浮かされた臣下たちは、統治することに慣れていない。彼らも、彼らと等しく新参者の指導者も、問題を解決する術を知らない。暴力は彼らにとってあまりに簡便な手段であるため、困難に遭遇するたび、それが不可欠とさえ思えるのである。たとえその意図はなかった場合でも、無知のゆえに彼らは暴君となるだろう。君主政においては幾世紀にもわたって同一の制度が存続することがある。簒奪者のほうはといえば、まるで新米で堪《こら》え性《しょう》のない労働者が自分の道具を壊してしまうかのように、自ら制定した法律を何度も廃止したり、確立したばかりの手続きを蔑ろにしたりせずにはいられないのだ。

　世襲君主は、歴史ある輝かしい貴族階級の傍らに、さらにいえばその頂点に位置することができる。君主自身が、彼ら同様に豊かな記憶を湛えているからである。だがこの君主が支えを見出すところに、簒奪者は敵の姿を見る。自分よりも前から存在しているすべての貴族が彼に不安を抱かせずにはいない。自らの新興の王朝を基礎づけるために、彼は新しい貴族階級を創出しなくてはならない。

しかし、世襲制を生み出すことは可能だと結論づけるために既存の世襲制の利点を引き合いに出す人物には、観念の混乱が起きているといえよう。貴族階級がある人物とその子孫たちに捧げるのは何世代にもわたる敬意であり、それには未来だけではなく、自分の時代も含まれている。そしてこの最後の点こそが難しいのだ。生まれた時すでに広く認められていたのであれば、このような取り決めを受け入れることもたやすくできよう。だが自分が利益を受ける立場にでもないかぎり、このような契約の場に居合わせながら甘んじて受け入れることなど到底不可能である。

世襲制は素朴な時代、あるいは征服の世紀において導入される。だが文明のただなかで創設されることはありえない。維持することは可能であっても、設立することはできないのだ。すべての威信ある制度は、決して意志の産物などではない。それは状況の所産である。どんな土地でも幾何学的に境界線を引くことは可能だが、絵画のような眺めや効果を生み出すのは自然だけである。世襲制を新たに作り出そうとしても、もしそれが神秘的ともいえる尊重すべき伝統によって支えられていないならば、想像力を支配することはないだろう。熱情は武器を下ろさない。それどころか、眼の前で自分たちを犠牲にして唐突に築かれた不平等に対し、いっそうの苛立ちを覚えるだろう。クロムウェルが上院を設立しようとした時には、イングランドの世論全体に反対の声が広がった。かつての貴族院議員たちは参加を拒み、国民のほうも招待に応じた人びとを貴族と認めることを拒否したのであった。*

* クロムウェル時代のいわゆる上院〔第二院〕に異議を唱えて出版されたあるパンフレットは、この種の制度における政治的権力の無力さを示す目覚ましい証拠といえよう。v. a. seasonable speech made by a worthy member of parliament in the house of commons, concerning the other house, March, 1659.

それでも新たな貴族たちは創出されているではないか、と反論されるかもしれない。それはこの階級全体の栄誉が彼らにも及んでいるというだけのことである。しかし団体と構成員とが同時に生み出されるのだとしたら、名誉の起源は一体どこにあるのだろう？

同種の議論は、いくつかの君主国において国民を擁護し代表する議会に関してもやはり適用される。イギリス国王は議会の中にあってなお敬うべき存在とされている。だがこれは、繰り返しになるが、彼が単なる一個人ではないためにほかならない。彼は先んじる王たちの長い血統を代表しており、国民の代理人たちによってその光を遮られることはない。だが群衆から脱け出したひとりの人間ではあまりに器量が矮小であり、この対照性を維持し続けるためには自ら恐怖の対象となる必要がある。国民の代表たちも、簒奪者のもとで彼の主人となるのを避けようとすればその奴隷とならざるをえない。ところで、一切の政治的な災禍のうちで最もおぞましいのは、ただひとりの人間の道具に堕した議会である。議会が国民の願いの自由な解釈者と自称しているならば、自らの道具に望めと命じたものを望むのに、あえて己の名を持ち出す者など誰一人いないだろう。ティベリウスの元老院を、ヘンリー八世の議会を想像していただきたい(31)。

貴族階級について私が述べたことは、土地所有にも等しく当て嵌まる。古くからの地主たちは正当な君主にとって自然な支えである――だが簒奪者にとっては生まれながらの敵となる。さて、ある統治が平和的であるためには権力と財産とが見合うものでなくてはならない、という点はすでに認められていることと思う。もしこれらを分かつならば闘争が引き起こされ、その果てには財産が破壊されるか政府が転覆するかのどちらかとなろう。

実際、新たな貴族を生むよりは新たな財産家を作り出すほうがたやすいように思える。だがしかし、権力を得た人びとを富裕にするのは、生まれながらに富を持つ人間へ権力を与えるのと同じこととは言えない。富には遡及効果がないのである。唐突にある人物に授与されたとしても、富は彼に対し、その境遇に存する安心感も偏狭な利害関心の欠如も、またその主たる利点をなしている充実した教育も与えることができない。財産家の精神は、財産ほどすばやく身につくものではないのだ。かといって、富裕層は特権階級を構成すべきだなどと仄めかすつもりは毛頭ない！　あらゆる天与の才能は、一切の社会的優位と等しく政治組織のうちに自らの適所を見出すべきであり、才能という宝は確かに富裕に劣るものではない。しかし、よく秩序立てられた社会においては、才能が所有へと導いてゆく。古くからの資産家階級がこうして新たな構成員を受け入れる、それこそが漸進的で人目を引かず、かつ常に部分的に生じる変化がたどるべき唯一の道程なのである。正当な財産をゆっくりと段階的に獲得していくことと、財産を奪い取る暴力的な征服とは、まったく別のものである。自らの勤勉や能力によって富を殖やす者は、獲得したものにふさわしくあることを学ぶ。略奪で富を得た人間は、自分の奪ったものよりも下等にならざるをえない。

混乱が続くなか、富裕層による政府を懐かしむわれわれの声を耳にした束の間の支配者たちが、より統治にふさわしい者となるために自ら財産家たらんと誘惑に駆られたのも一度や二度ではない。だがいざ彼らが法と呼ぶ意志によってひとときに莫大な財産を手に入れると、国民も彼ら自身も、法によって与えられたものは法が奪い返すことも可能だろうと考えた。財産は制度を保全するどころか、絶えず制度によって守られる必要があったのだ。富においても、他と同じく、時の代わりになるものなど何もないのである。

そもそも、一部の人間に富を与えようとすれば他の人びとを貧窮させざるをえない。新たな富裕層を創出するには、古い財産家たちから奪うほかない。簒奪は、その体制全体を砦のように守る部分的な簒奪を重ねて周囲を固めねばならないのである。そうして一つ利益を取り込むごとに、十の刃を背負うことになる。

したがって、どちらも等しく単独の人間に帰せられた権力だという、簒奪と君主政とのあいだに存在するかのごとき偽りの類似点にもかかわらず、これほど互いにかけ離れたものはない。後者に力を与えるもの一切が前者を脅かす——君主政において団結と調和と平安の原因となるあらゆるものが、簒奪においては抵抗、敵意、そして動揺の原因となるのである。

これらの論理は、古くから存在する共和政にも劣らぬ強さで作用する。こうした共和政なら、君主政と同様に伝統および慣行と慣習の遺産を受け取ることとなる。ただ簒奪のみがこうしたものから切り離され裸にされて、その恥辱を覆い隠そうと、引き剝がす時に自ら千切って血塗れにしてしまうぼろきれを求めて、剣を片手にあらゆる土地を嗅ぎ回りながらあてもなく彷徨し続けるのだ。

第三章　簒奪が最も絶対的な専制政治にもまして害あるものとなる状況について

私が専制政治の支持者でないことは確言しよう。だがもし簒奪と安定した専制との間で選択を迫られるのであれば、あるいは後者のほうが好ましく思えるかもわからない。専制政治はあらゆる形式の自由を駆逐する。簒奪は自分が取って代わろうとするものの転覆を正当化するのにこれらの形式を必要とするが、我が物顔で引き合いに出しながら同時に侮蔑する。公共精神の存在自体は危険だがその装いだけは必要なので、簒奪は真の世論を窒息させようと片手で国民を打っては、もう一方の手で偽りの世論という見せかけを強いるためさらに彼らを叩くのである。

不興を買った大臣にスルターンが紐を送りつける時、(32) 死刑執行人は犠牲者と同じように口を噤《つぐ》む。簒奪者が無実の人間を追放する時には誹謗中傷を命じるが、それは繰り返されるうちに国民全体の判断かのように見えてくるのを狙っているのだ。僭主は議論を禁じ服従のみを求めるが、簒奪者は賛同の前置きとしてうわべだけの審理を命じる。

こうした紛い物の自由は、無秩序と奴隷制のあらゆる害悪を一緒くたに混ぜ合わせる。同意のしるしを掻き集めようとする暴政はとどまるところを知らない。穏和な人びとは無関心のために、活発な人びとは危険であるとして迫害される。隷従には休息がなく、興奮は歓喜をともなわない。この興奮と道徳的な生との共通点など、役に立つ以上におぞましいというべき技術が、蘇生もさせぬまま死体に引き起こす不気味な痙攣と身体的な生命活動との類似くらいのものでしかない。

これら見せかけの承認、意見表明、単調な祝辞や決まりきった称賛は簒奪による発明であり、あらゆる時代を通じて同じような人びとがほとんど同じ言葉によって、まったく対照的な政策についてまき散らしてきた。さらに恐怖がそこに加わり、勇気の振舞いをことごとく猿真似しては、恥辱を誇り不幸に感謝する。なんと奇妙な策略であろう、一人として騙される者はいないのだ！　誰も感動させない陳腐な芝居など、とうの昔に嘲笑の的となって息絶えるべきであったのに！　だが嘲笑はあらゆるものを攻撃するが、何一つ破壊しない。みな嘲りによって自立の名誉を回復したものと思い込み、自らの行いを発言で否定することに満足しきって、その発言を行動で裏切ることに何の抵抗も覚えないのである。

政府が高圧的であればあるほど、恐怖に囚われた市民たちがますます偽りの熱意で我先に賛辞を表そうとする道理をわからぬ人があろうか！　お目に入らないだろうか、震える手で人びとが署名する台帳の傍らに立つ、あの密告者と兵士たちの姿が？　お読みにならなかったろうか、反対票を投じる人間は反逆的ないし反抗的だと宣言するあの布告を？　牢獄のなかで、そして恣意的な支配のもとで国民を尋問するのが、体制への反対者たちを特定し思うまま攻撃するために名簿を要求することでないなら、一体何であろう？

にもかかわらず、簒奪者はこの喝采と演説とを記録する――後世が、彼の建立した記念碑によって彼を審判にかけるだろう。そして彼らは言うだろう、国民のかくも下劣であった時代ならば、必ずやその政府も暴君的であったに違いない、と。ローマはマルクス・アウレリウスの前ではへつらわなかったが、ティベリウスとカラカラにはこぞって頭を下げたのだ(33)。

専制政治は出版の自由を窒息させるが、簒奪はそれを戯画化する。さて出版の自由が完全に押しつぶされている時、世論は眠りについているが騙されることはない。だが逆に買収された作家たちがその役割を奪うなら、彼らはまるで説得が必要であるかのように議論を交わし、反論されたかのように激昂し、人びとが異論を唱えうるかのごとく侮辱し罵る。彼らの不条理な中傷は乱暴きわまりない有罪宣告を導き、残酷な冷笑が不当な量刑の前触れとなる。彼らの派手な身振りを眼にして、われわれは犠牲者たちの反抗を信じてしまう。あたかも、野蛮人が自分たちの拷問する捕虜たちの周りで踊り狂っているのを遠巻きに眺めながら、あれはこれから貪り食うつもりの不幸な人びとを相手に戦っているのだ、と言うかのように。

一言でいえば、専制政治が沈黙によって支配し人びとに口を噤む権利を残しておくのに対し、簒奪は人びとに強いて喋らせるのである。簒奪は思想の奥底にある聖域まで彼らを追いかけ、良心に対して嘘を吐かせ、虐げられた者に残る最後の慰めさえも奪ってしまうのだ。

ある国民がやむを得ず奴隷に身を落としながらも、なお品性を堕落させていない時には、事態を改善する余地がまだ彼らにはある。もし何らかの幸運な状況がより良い境遇への道を開くなら、自分がそれに値すると証明すること——専制政治はこの機会を人類に許している。フェリペ二世の圧制もアルバ公による処刑も高潔なオランダ人たちを堕落させはしなかった(34)。しかし簒奪は国民を抑圧すると同時に、その品位を引き下げる。自分たちの尊ぶものを踏み躙り、軽蔑しているものに阿《おもね》り、自分自身を蔑《さげす》むことに慣れさせる。そして少しでも簒奪が永く支配すれば、その崩壊のあとでさえ、一切の自由と改善が不可能になるのである。コンモドゥスは打ち倒された。だが皇帝の親衛隊が帝国を競売にかけ、国民はその買手に服従したのだった(35)。

幾世紀ものあいだ人びとがわれわれに褒めそやしてきた簒奪者たちのことを考えるにつけ、私を驚嘆させるのは唯一、彼らに向けられる称賛だけである。カエサル、そしてアウグストゥスと呼ばれたかのオクタヴィアヌスはこうした人物の典型といえよう。彼らはローマの卓越した存在をみな追放することから始め、続いて残っていた高貴なるものをおしなべて堕落させ、仕上げにウィテッリウス、ドミティアヌス、ヘリオガバルス(36)、そしてヴァンダル族とゴート族を世界への遺産として去っていったのである(37)。

第四章　文明の栄えるわれわれの時代においては簒奪の存続しえぬこと

このような簒奪の絵図のあとでは、それが今日において征服の体制に負けず劣らず野蛮な時代錯誤であることを示すのが慰めとなろう。

共和政は、各市民が自らの権利について抱く深い感情によって、また自由の享受が人間にもたらす幸福、理性、静穏と活力によって存立するものである。君主政は時と慣習、そして過ぎ去った世代の神聖さを支えとする。だが簒奪は簒奪者個人が握る覇権によるほか成り立ちえない。

ところで人類の歴史上には、簒奪を可能とするために必要な覇権が存在を許容されなかったような時代がいくつか見られる。それはギリシアにおけるペイシストラトスの追放からマケドニアのフィリッポスによる支配までの一時期であり、あるいはタルクィニウスの失墜から内戦までというローマの最初の五世紀間であった(38)。

ギリシアでは、個々人が自らの力で群を抜きん出て位を昇り、人民を導いていた。それは才能による輝かしい支配ではあったが、争いと奪取の対象となる儚《はかな》い統治でもあった。ペリクレスは一度ならず支配権が自分の手を離れそうになるのを眼にしながらも、伝染病に倒れたがゆえに権力の頂点で死ぬこととなった。ミルティアデス、アリスティデス、テミストクレス、アルキビアデスらが権力を掌握しそして失った時も、騒乱らしい騒乱はほとんど起きなかった(39)。

ローマにおいては、個人がすべてを掌握するような覇権の不在がより際立っている。五世紀にわたって数限りなく現れた共和国の偉人たちのうちにも、彼らを単独で長期的に支配したような人物の名は見当たらないのである。

しかし他の時代においてはそれと反対に、諸国民の政府は最初に名乗り出た個人に掌握されてしまうように思われる。才覚と豪胆さにあふれる一〇人の野心家たちがローマ共和国を服従させようとしたが失敗に終わった。カエサルが王座への道のとば口に立つには二〇年ものあいだ危険と業績および勝利を積み重ねねばならず、しかもその座に上る直前に暗殺者の手にかかって死んだ。一方クラウディウスは絨毯の影に身を隠していたところを兵士たちに発見され――そして皇帝となり、その統治は一四年も続いたのである。[40]

この違いは、永く続いた動乱の果てに人びとを捉える倦怠ばかりに由来するものではない。それは文明の進歩とも結びついているのだ。

人類がいまだ無知と粗野の深い淵に沈みこみ、ほとんど一切の道徳的能力を持たず、同様にまったくといっていいほど知識を、したがって物理的な手段を欠いている時には、特別優れた美点をそなえた人物ばかりか偶然によって群衆の前に投げ出されたような人間にさえ、諸民族はまるで家畜の群れのように付き従う。知性が進歩を遂げるに応じて、理性は偶然の正当性を疑いはじめ、思考は比較によっていかなる排他的な支配権とも対立する平等性を個々人のあいだに認識していく。

これこそが、アリストテレスをして彼の時代には真の王国と呼びうるものはほとんど存在しない、と言わしめたのである。そして彼はこう続けた――「しかるに〔いまは〕、その力量が似たりよったりの者は数多くいるけれども、王の支配の偉大さと尊厳に似つかわしいほど傑出した人物は誰もいない」[*(41)]。このくだりは、スタゲイラの哲学者がそれをアレクサンドロスのもとで綴ったというだけに、ますます瞠目に値する。

* アリストテレス『政治学』V. 10.

野蛮なペルシア人を従えるためにキュロスが費やした苦役と才覚とは、あるいは一六世紀のイタリアにおいて小さな僭主が自分の簒奪した権力を保持するのに必要としたものより少なかったかもしれない。マキアヴェリの助言そのものがこの増大する困難の証言となっている[42]。

正確に言えば、個人の覇権に障害となるのは知性の程度ではなく、その均等な広がりである。このことは、先にわれわれが述べた点——各時代は自分の代表者として奉仕する人物を待ち望む、という主張と少しも対立しない。それはすべての時代がそうした人物を見出すことを意味しないからだ。文明が進歩すればするほど、これを代表するのは難しさを増していくのである。

二〇年前のフランスとヨーロッパの情勢は、この点で前述のようなギリシアやローマの状況に似通っていた。いずれ劣らぬ知性にあふれた人びとがあまりに多く存在したため、自らの個人的な優越から排他的な統治権を導き出すことができた者は一人もいなかった。そしてわれわれの苦難においても最初の一〇年のうちは、誰であろうと抜きん出た地位につくことはかなわなかったのである。

不幸にも、こうした時代においては常に、ある危険が人類を脅かそうとする。大量の冷えた液体が沸騰した液体に注がれるとその熱は弱まる――それと同じように、文明化された国民が蛮族の侵略をうけると、あるいは無知な大衆がその中心になだれ込みその運命を握ると、その歩みは止まり、文明は後退りを始めるのだ。

ギリシアにとってそれは、マケドニアの影響の浸透であった。ローマにとっては被征服民の相次ぐ併合であった。そしてローマ帝国全体にとっては北からの蛮族の侵入がこの種の出来事を意味していた。個人の覇権が、したがって簒奪が再び可能となった。皇帝を生み出したのはほぼいつでも蛮族の軍団だったのである。

フランスでは、革命の混乱が政府の中に無教養な階級を呼び込み教養層の気を挫いた。この新たな蛮族の侵入も同一の効果を及ぼしたが、それが大して長続きせずにすんだのは、不均衡がさほど激しくなかったためである。われわれのうちで簒奪を企てた人物は、ひととき文明の道から逸れることを余儀なくされた。彼はまるで他の時代へと遡るように、より無知な諸民族のもとへ向かい、そこで自らの優位性の基礎を築いたのだ。ヨーロッパの中心に無知と野蛮とをもたらすことができなかった彼は、ヨーロッパ人を野蛮と無知に慣らしてしまえるかどうか確かめようとしてアフリカへと引き連れていった(43)。そしてそのうえで、自らの権威を保持するために、ヨーロッパを退歩させようと躍起になったのだった。

諸国民はかつては誰かひとりのために自らを犠牲にしながらそれを誇りとしていたが、われわれの時代においてはそうした人物のほうが、あたかも国民の利益と善のためにのみ行動しているかのように装わねばならない。彼らも時には自分たちについて、自分たちのような存在に対する人びとの義務について語り、カンビュセスやクセルクセス(44)以来廃れきっていた体系を蘇らせようとする。だが誰も彼らの望むような応答はせず、追従者たちにさえ沈黙によって見放され、否が応でも平等の尊重という偽善に立ち戻らざるをえない。

もし、うわべだけは自分たちを抑圧する簒奪者に服従して見せている人びとの影の部分をつぶさに眺めたならば、さながらぼんやりとした直観に従うようにして、彼らの眼がすでに簒奪者の倒れる瞬間へと向けられていることに気づいただろう。彼らの熱狂は分析と嘲りの奇妙な調合である。自らの確信を軽んじ、気晴らしの歓声と口直しの嘲弄《ちょうろう》に同時にいそしみながら、威光が消え去る時はいつかと眼を光らせているのだ。

現代における征服および簒奪の二重の不可能性を、事実がどの程度証明しているかご覧になりたいだろうか？　この六か月のあいだにわれわれの眼の前で次々と折り重なるように生起した出来事をお考えいただきたい。征服はヨーロッパのほとんどにおいて簒奪を成し遂げた。そして決してそれを承認せぬことこそ利益となったはずの人びとによって承認され、正当と見なされたこの簒奪は、自らを強化するのに役立つあらゆる形式を身にまとうことにした。ある時は諸国民を脅かし、ある時は阿った。恐怖を引き起こす強大な軍隊、精神を眩ます詭弁、良心に平安を与える約束も首尾よく掻き集めた。簒奪がかせいだ数年という時間が、その素性を覆い隠し始めていた。共和政であれ君主政であれ、打倒された政府にははっきりとした希望も、具体的な手段も何もないありさまだったのだ。だがそれらは、人びとの心の中で生き続けていたのである。数多の敗戦もそれを根絶することはできなかった。そしてたった一つの戦いが勝ち取られるや否や、簒奪はいたるところから瓦解し霧散していった。今となっては、この簒奪がかつて何らの抵抗もなく支配していた国々を訪ねても、旅行者がその痕跡を認めることは難しいだろう。

第五章　簒奪が力によって生き延びることは可能ではないのか？

しかし簒奪が力によって永らえることはないのだろうか？　他のすべての政府と同じように、自由にできる牢番と鉄鎖、そして兵士たちを手にしているのではないのか？持続性を獲得するためにほかに必要なものがあるだろうか？

こうした議論は、簒奪が王座を占め片手に黄金、片手に斧を握っていた頃から驚くほど多様な仕方で繰り返されてきたものである。経験自体もこの主張に有利な証言をするかのように思えるが、私はあえてこの経験に疑問を呈することとしよう。

これらの兵士、牢番、鎖は、正当な政府にとっては最終手段であるのに対し、いたるところで障害に遭遇する簒奪にとっては常套手段とならざるをえない。前者のような政府は臣民に対し強権の発動を断続的かつ危機的状況でしか感じさせないが、この横暴は簒奪にとって常態であり、日常的な実践なのである。

ところで、強権発動の言説が著述家や雄弁家たちによって純理論的に擁護されているのは、言葉というものがありとあらゆる過ちに従順に手を貸してしまうからといえる。しかし恒常的な強権の行使は今日においては不可能である。それは征服や簒奪と並ぶ、第三のアナクロニズムなのだ。

この主張をいま少し展開してみよう。まず、なぜわれわれの世代はこうした専制を甘受すると考えられたのか。それはもはや不可能になった形態の自由を無知と強情、粗野によって押しつけられ、しかるのち自由の名において、歴史がその記憶を伝えている他のいかなる専制よりも恐るべき暴政を見せつけられたためである。こうした世代が自由に対し、自分たちを最も卑しむべき隷従へと突き落とした理不尽な恐怖を思い起こしたとしても驚くにはあたらないだろう。

専制政治は幸いにも、そして実にありがたいことに、われわれをこの恥ずべき過ちから癒すために最善を尽くしてくれた。一切の偽装も小細工も取り払ってその正体を眺めれば、かくも不条理に自由と称されていた代物と少なくとも同じくらいの災いを引き起こすことを、自ら証明してみせたのである。したがって、今やこの論点に関していくつかの理に適った考えを吟味しうる段階にきたといえよう。

第六章　前世紀末において人びとに示された種類の自由について

前世紀の終わりに人びとへ提示された自由は、古代の共和国からの借物であった。さて、古代人の好戦的な傾向の原因として本書の第一部で明らかにした諸状況は、もはやわれわれには不可能な類の自由を可能にする際にも一役買ったのである。

この自由は、個人の自立を平穏無事に享受することよりもむしろ集合的権力への積極的な参加を意味していた。そしてその参加を確かなものとするためには、こうした享受の大部分を市民らが犠牲にすることさえ必要であった。だが、諸国民が到達したこの時代においてこうした犠牲を要求することは馬鹿げており、実現することもまず不可能である。

古代の共和国では、その領土の小ささゆえに市民一人ひとりが政治的に著しい影響力を有していた。ポリスの権利を行使することは皆の仕事であり、いわば楽しみでもあった。全市民が法の制定に参与し、判決を宣告し、戦争か和平かの決定を下していた。国民の主権に対して個人の担う役割は今日のような抽象的な想定ではなかった——各人の意志は実際の影響力をそなえていたのである。この意志を行動に移すことは繰り返し実感される喜びであった。それゆえに、古代人は自らの政治的影響力と国家行政における役割を保持するためならば、すすんでその私的な自立を投げ出すことができたのである。

この放棄は必要なものだった。国民に最大の政治的権利を享受させるには、つまり各市民に主権の一端を担わせるためには、平等を維持する制度——財産の増大を妨げ、差異を無くし、富と才能、時には美徳の影響にさえも逆らうような諸制度が欠かせないからだ。* だが一切のこうした制度は自由を制限し、個人の安全を危うくするものである。

＊ その結果としての陶片追放、橄欖《かんらん》追放、土地均分法、検閲、等々、等々である。

また一方、われわれが市民的自由と名づけるものは、ほとんどの古代人の与り知らぬところであった。* ギリシアの共和国はみな、よしアテナイを例外とするにせよ、** 諸個人をほぼ無際限の社会的権限に服従させていたのである。個人に対する同様の服従は黄金期のローマの特徴でもあった。市民は自らが帰属する国民全体の一種の奴隷となり、立法者や主権者の決定にその身を捧げ尽くした。彼はそうした人びとに自らの行為すべてを監視しその意志を強制する権利を許していたが、それは順番さえ巡ってくれば彼自身がこの主権者や立法者たりうるからであった。市民一人ひとりが権力者となるからこそ、彼は小規模な国において自分の票がいかなる価値を持つかを理解し誇りに思っていたのである。そして自分自身の価値に対するこのような認識が彼にとっては十分な埋め合わせであった。

＊　より詳しい証拠としては、コンドルセによる公共の制度に関する報告書(*Mémoires sur l'Instruction publique*)、およびシモンド＝シスモンディの『イタリア共和国史』(*Histoire des Républiques Italiennes*〔原文ママ〕) IV, 370を参照。著者の才能と等しく際立って高貴な品格をそなえたこの書物を引用できることは、私にとって喜びである〔コンドルセとシスモンディについては「近代人の自由と古代人の自由」訳註(7)と(19)をそれぞれ参照〕。

＊＊　今日の改革者たちが模範とするのをあえて避けたのがアテナイであった、というのはずいぶんと奇妙なことである。アテナイがあまりにわれわれに似すぎていた、というのがその理由なのだ。彼らはより多くの利点を引き出すために、よりいっそうの相違を求めたのである。アテナイ人たちの実に近代的な性格についてさらに深い理解を求める読者は、何よりクセノフォンとイソクラテスを参照することができよう。

近代の諸国家においてその様相は一変する。領土は古代の共和国のそれよりはるかに広がり、その結果住民の大部分は、いかなる統治形態をとっているにせよ、この統治に対して何らの積極的な役割も担っていない。彼らが主権の行使を呼びかけられるのはせいぜい代表を通じてでしかなく、つまるところフィクションによるものにすぎない。

古代人が理解したところの市民に与えられる自由の利点とは、実際に統治者の一員となることにある。人を気分良くさせるような、それでいて確固とした喜びという、現実の利点だ。近代人のあいだで自由が人びとに提供する利点は代表されること、そして自分の選択を通じてこの代表の過程に関わることである。それは確かに利点である、一個の保証なのだから。だが直接に味わうことのできる喜びにはいくぶん力強さが欠けている。そこにはいかなる権力の楽しみも含まれない。それは思索する喜びである。古代人たちの喜びは活動する喜びだった。前者のほうが魅力薄いことは明らかであろう。その獲得と保持を理由にして人びとに同じだけの犠牲を求めることはできない。

同時に、この犠牲はより多くの苦痛をともなうこととなるだろう。文明の進歩、時代の商業的傾向、諸国民間の交流は、個々人の幸福にいたる手段を無限なまでに増大させ多様化させた。幸福であるために人びとが望むのは、彼らの仕事、企て、活動領域、空想に関わるすべてのものについて、完全無欠の自立性のうちに放っておかれることだけなのだ。

古代人は自分たちの公的存在により多くの喜びを見出していたし、私的な存在としてはさほどのものを感じていなかった。したがって彼らが政治的自由のために個人的自由を犠牲にする時には、少ない損失でより大事なものを手にしていたのである。近代人の喜びはほとんどすべてが私的存在のなかにある。常に権力から排除される圧倒的多数者は、必然的にごくわずかな利害関心しか自分の公的存在に見出さない。ゆえに古代人を模倣するとき、近代人はより多くの犠牲を捧げながらより少ないものしか受取らないのである。

かつてに比べ、社会的関係性ははるかに複雑かつ広範になった。敵同士と思われる集団でさえ眼に見えない、しかし解くことのできない繋がりによって結びつけられている。財産は人間の存在自体とより緊密に関連づけられ、そこへの打撃はより大きな苦痛をもたらすことになる。

われわれは、知識において獲得したものを想像において失ったのである。そしてそれゆえに、われわれは精神の昂揚を長続きさせることさえできない。古代人たちは道徳的生におけるまったき青年期のなかにあった。われわれが生きるのは壮年期、もしかすると老年期であろうか。われわれはどこに行くにも、経験から生まれた何らかの底意を引き摺っており、それが情熱を冷ましてしまう。熱中の第一の条件とは、あまり細かに自分を精査せぬことである。ところがわれわれは騙されることに、何より騙されやすいと思われることに大きな不安を抱いているがゆえに、最も激しい感情に駆られているときでさえ常に自分自身を観察し続けている。古代人は一切の事象に対して、揺るがぬ確信を抱いていた。われわれはといえば、ほとんど何についてもあやふやで移ろいやすい信念しか持っておらず、その欠陥から眼を逸らそうと虚しく足掻いているのだ。幻想という言葉がいかなる古代語にも存在しないのは、事物がもはや存在しなくなった時に初めてこの単語が生み出されるからである。

世論に力強く訴えかけようとするならば、立法者は人びとの傾向を一変させるようなことはその試みにいたるまで完全に放棄せねばならない。* リュクルゴスの時代は去り、ヌマはもはや存在しない。(45)

* モンテスキューが述べている。「民衆政体のもとに生活していたギリシアの政治家たちは、徳の力以外にはこの政体を持続させうる力を認めていなかった。今日の政治家たちがわれわれに語ることといえば、手工製造業《マニュファクテュール》や商業や財政や富、さらには奢侈についてだけである」。『法の精神』Ⅲ, 3. 彼はこの相違を共和政と君主政とに帰している——だが真にその因を帰

せられるべきは、古代と近代との対立する精神である。共和国の市民も君主国の臣民も、誰もがみな快楽を求め、社会の現状においてはそれを欲せずにおられる人間など一人として存在しないのである。

今日においては、奴隷のごとき人民からスパルタ人を作り出すほうが、自由によってスパルタ人を育てるよりまだしも可能だろう。かつて自由が存在していたところでは、人びとも窮乏を耐え忍ぶことを知っていた。今や窮乏あるところではどこでも、人びとがこれを甘受するために隷属が必要となる。

近代においては、最も自由にこだわる人民は同時に最も快楽に執着する人民でもある。彼らが何よりも自由を欲するのは、そこに快楽の保証を見出しうるほどに開明を遂げているからなのだ。

第七章　古代の共和国を真似る近代の模倣者たちについて

これらの真理は、人類を生まれ変わらせる義務を負っていると思い込んでいた前世紀末ごろの人びとによって完全に無視されていた。私は彼らの意図を告発したいわけではない。彼らの運動は気高く、目標は献身的であった。彼らが切り開いたと思われた道のとば口に立ち、希望に胸を躍らせなかった者などわれわれのうちにいただろうか。過ちを認めることは、人間性の友たる人びとがあらゆる時代を通じて声高に謳いあげてきた原理の放棄を意味しない――今でもなおそう宣言する欲求を感じぬ者にこそ災いあれ。というのも、彼らが導き手として選んだ著述家たちは、彼ら自身、二千年にわたる時間が諸国民の傾向と欲求とに何らかの変化をもたらしうるということを予想だにしていなかったのである。

いずれこれらの著述家のうちでも最も著名な人物(46)の理論を吟味し、そこに含まれる誤謬と現実に適用不可能な点とを指摘するかもしれない。『社会契約論』の巧妙な形而上学もわれわれの時代においては、あらゆる種類の暴政——単独者によるもの、少数者によるもの、全員によるものを問わず——のため、そして時に法的形式をともない時に民衆の狂乱に突き動かされた暴虐のため、武器と口実を提供する役割しか果たさぬことが明らかになるはずだ。*(47)

＊　ルソーを誹謗中傷する者の列に加わるつもりは私には毛頭ない——こうした人びとは現在大変多いのだが。下等な精神しか持たぬ烏合の衆は、あらゆる優れた真理に疑問を呈し、その栄光を貶めることによって一時的な成功を導き出そうとする。彼を非難するのに慎重を期すべきいま一つの理由といえよう。彼は、われわれの権利にまつわる意識を広く世に知らしめた最初の人物である。彼の声によって高潔な心と独立心にあふれた魂が目覚めたのだ。だが、自分の強く感じていたものを精確に定義することが彼にはできなかった。『社会契約論』のいくつかの章はまるで一五世紀のスコラ学者が書いたかのようである。人びとがより完全な仕方で放棄すればするほどより多く享受できる権利とは、一体何のことだろう？　各人が自らの固有の意志に反することをより完璧になせばなすほどより自由になる、そうした自由とは何であろうか？　暴政の扇動者たちはルソーの諸原理から計り知れない利点を引き出すことができよう。私はそうした人物を一人知っているが、彼はルソーと同じように無制限の権威が社会全体に存すると想定し、権威はこの社会の代表者、つまり人格を与えられた種全体、個人の姿をした団体として彼が定義するひとりの人物に引き渡されるものと考えた。社

会という団体は、自らの構成員を全体としても個々の人間としても害することはありえない、と唱えたルソーと同じく、彼もまた次のように主張した。権力の担い手、社会を体現した人物が社会に悪をなすことは不可能だ、なぜなら犯したすべての過ちがそっくりそのまま彼に跳ね返ってくるほどに、彼は社会そのものだからだ、と。ルソーが、個人は社会に抵抗しえない、なぜなら彼は社会に対し一切の権利を留保なしに放棄したのだからと言えば、もう一人もまた、権力の受託者が有する権威は絶対的である、なぜなら社会のいかなる構成員もその集合全体と争うことはできないのだから、と主張する。そしてまた、権力の担い手には責任などない、なぜならいかなる個人にも自分がその一部をなす存在と対峙することは不可能であり、この存在は個人を元来逸脱すべきでなかった秩序へと引き戻すことによってしか、彼に応答することができないのだから、と。さらに、われわれが暴政について不安を抱かぬように、彼はこう付け加える。「ところで、これこそ彼の権威(権力の受託者のそれ)が恣意的にならぬことの理由である。それはもはや一人の人間ではない、一つの人民なのである」。このような言葉の置き換えが、なんと素晴らしい保証をもたらすことだろう！　この種の著述家たちがみなルソーを抽象のなかに迷い込んだと非難するのはおかしなことではあるまいか？　個人によって体現された社会について、そしてもはや人間であることをやめ人民となった主権者についてわれわれに語る時、はたして彼らは抽象を免れているだろうか？

ルソーほど雄弁ではないが、原理の峻厳さにおいては引けを取らず、その適用にいたっては彼以上に誇張された主張を展開したもう一人の哲学者は、フランスの改革者たちに対しほとんどルソーと同等の影響力をふるった。すなわちアベ・ド・マブリ(48)である。彼こそ多数のデマゴーグからなるこの集団の代表者と見なすことができよう。彼らはその善意と悪意とを問わず、演壇の高みから、あるいはクラブやパンフレットのなかで、主権的国民について語りつつ市民の完全な服従を目指し、人民の自由を唱えつつ個々人の最も完璧な隷属を求めたのである。

アベ・ド・マブリ*は、ルソーやその他多くの者と同じように、権威を自由と見なしていた。彼にとっては、人間存在の御しがたい部分にまで権威の作用を波及させるためならどんな手段も善と思え、この部分が自立性をそなえているのは遺憾なことであった。法が行為にしか及びえないのは残念だと著作のあちこちで訴える彼の望みは、法が思想や束の間の印象にまで干渉し、人間を一切の休息なしに、そしてその権力を逃れうるような避難所一つ与えずに追及し続けることだった。どんな国民のもとでも、抑圧的な方策を認めるや彼はそれを発見と思い、模範として提唱した。そして個人の自由を自らの仇であるかのように忌み嫌い、この自由を奪われた国民を眼にすると、そこに政治的自由がなくても、これを称賛しないではいられなかった。エジプト人が自分を陶酔させるのは――と彼は語っている――彼らのもとでは一切が法によって規定されていたからである。そこでは気晴らしや欲求にいたるすべてが立法者の支配権に屈従していた。一日は隅々まで何らかの義務で埋め尽くされていた。愛情さえもがこの権威ある干渉に服従させられた。婚礼の褥を順々に開いたり閉じたりするのは法であった。**

＊ 立法および法の原理に関するマブリの著作〔*De la législation, ou principes des lois,* 1776〕は、およそ人が想像しうるかぎりで最も完璧な専制政治の法典である。以下の三つの原理を組み合わせていただきたい。一、立法権は無制限であり、それは一切のものに及び、一切のものがその前に屈服せねばならない。二、個人的自由は災いの種であり、もしこれを根絶することが叶わぬならば、少なくとも可能なかぎり制限しなくてはならない。三、所有は悪であり、これを破壊することが不可能であれば、あらゆる手段を講じてその影響を弱めねばならない。これらが結合すればコンスタンティノープルとロベスピエールを一つに合わせた政体が出来上がるだろう。

＊＊ いくらか前から、フランスにおいてはエジプト人に関する同様の戯言が繰り返されてきた。われわれはある国民を模倣せよと言われたが、この国民は二重の隷属の犠牲者であり、神殿の神官たちによってあらゆる知識から排斥されたうえ、階級を分けられ、その最下層は一切の社会状態に対する権利を奪われ永遠の幼児にとどめ置かれていた。群衆は不活発であり、知識を獲得する術も自らの身を護る術も持たず、彼らの領土を最初に侵しに来た征服者

の餌食となるのが常だった。だがこうした最近のエジプト支持者たちも、同じ内容の賛辞をまきちらす哲学者よりは首尾一貫していることを認めぬわけにはいかない。彼らは自由にも、われわれの本性の尊厳にも、精神の活動と知的能力の発展にも一切の価値を認めない。彼らは専制政治をひたすら褒めちぎっては、その手足となって働いているのである。

スパルタは共和政の形態をこうした個々人の服従に結合させ、この哲学者の精神にさらに激しい熱狂を引き起こした。かの戦う修道院は彼にとって自由な共和国の理想と映ったのである。アテナイに対しては深い軽蔑を抱き、このギリシア第一の国民に関してある大貴族のアカデミー会員がアカデミー・フランセーズについて言ったことをすすんで口にして憚らなかったろう――「何たる度しがたき専横か！　ここでは誰もが好き放題に振舞うのだ(49)」。

事態の趨勢はフランス革命の際、哲学に凝り固まり民主主義を狂信的に掲げた人びとを国家の中枢へと押しやったが、こうした人びとはルソーへの、マブリへの、同じ学派に属するすべての著述家らへの際限ない崇拝の念に囚われていたのだった。

ルソーの精妙、マブリの峻厳と不寛容、一切の人間的情念に対する嫌悪とそうした情念すべてを服従させようとする貪欲さ、法の権限に関する極端な原理、彼の推奨したものとかつて実際に存在したものとの乖離、富や所有そのものにさえ反対する大袈裟な言説、こうしたすべてのものが勝利の興奮さめやらぬ人びとを魅了し、法という名の権力を手に入れた征服者たちは易々とその力をあらゆる対象へと拡大した。公平無私な態度で問題に臨み王政に対し激しい非難を訴えてきた著作家たちが、王座の転覆よりはるか前から、共和政の名のもとに最も恣意的な専制政治を組織するため必要とされる教訓のすべてを、格率として書き綴っていた——そのことが彼らにとっては一つの価値ある権威となったのである。

われわれの改革者たちはしたがって、その導き手から古代の自由な国家で行使されていたと教えられたとおりの仕方で、公的権力をふるうことを望んだ。また彼らは集団的権威の前には何もかもが屈服せねばならず、個人の権利に対する一切の制限は社会的権力への参加によって補われうるのだと信じた。そうしてフランス人を専制的な無数の法に従わせようとした。これらの法はフランスの人びとと彼らの手にしていた最もかけがえのないものを痛々しく踏み躙った。喜びを知り尽くした歴史ある国民にすべての快楽を犠牲とするよう奨励した。自らすすんで行われるべきことを義務にした。自由を寿《ことほ》ぐことさえも強制でがんじがらめにされた。改革者たちは、数世紀間の記憶が一日の命令で一瞬にして消え失せぬことを心外に思った。彼らによれば、一般意志の表現たる法は他のすべての権力、それこそ記憶や時にそなわる威信にさえも優越すべきであった。子供の頃に受けた印象が及ぼすゆっくりとした段階的な影響、想像力が長い年月のうちに学んだ指針などは、彼らにとって反社会的行為と思えた。彼らは慣習に悪意という名を与えた。悪意は魔力であると言われ、そしていかなる奇跡によってか知らぬが、国民を彼自身の意志に逆らった行為へと絶えず仕向けるものであるとされた。彼らは不和という災いを異論のせいにした――あたかもこうした異論を巻き起こすような変革など政府当局には許されていないかのように、またそうした変革の遭遇する困難そのものが変革者への裁きを意味しないかのように。

だがしかし、これらの試みはすべて自らの過激さという重荷に絶えず押しつぶされ続けた。最もさびれた集落の最も控えめな聖者が、戦列を組んだ国家の権威そのものを向こうに回して見事な抵抗を示した。社会的権力はあらゆる面で個人の自立を傷つけたが、その欲求までは打ち砕かなかった。国民は、抽象的な主権に観念上参加するだけでは自分たちの味わっている苦しみに見合わないと考えた。その彼らにむけてルソーの言葉が虚しく繰り返された――「自由の法は暴君の軛より千倍も峻厳なものである」(50)。であればこそ、国民はこのような峻厳な法を望まなかったのだ。そして当時は暴君の軛なるものを風の便りにしか知らなかったがために、彼らはむしろそちらのほうが好ましいように思ったのだった。*

* こうした方策すべてとフランスの時代状況とのずれは、はじめからすでに——それが頂点に達する以前にさえ——およそ教養ある人びとには感得されていた。しかしある奇妙な誤解のゆえに、変わるべきは国民であって押しつけられている法律のほうではない、と彼らは結論づけたのである。一七八九年にシャンフォール(一七四一頃—一七九四)、フランス革命前後にわたって活躍した著述家)はこう述べた。「国民議会は人民に、人民自身よりも力強い政体を与えた。議会は国民をそれに見合う水準まで急いで引き上げなければならない。立法者たちは、衰弱しきった患者を扱いながら健胃薬の力を借りて食事を摂取させる、熟練した医師のように振舞うべきなのである」。この比喩にひそむ不幸は、われわれの立法者たち自身が、医者と自称する患者にすぎなかったということだ。自らの性質が到達できぬ高みに国民を立たせることなど不可能である。そうするためには暴力をふるわねばならず、しかも暴力がふるわれることそのものによって、国民は結局前よりもさらに低いところへ崩れ落ち倒れてしまうのである。

第八章　近代人に古代人の自由を与えるために用いられた手段について

どのような肩書においてであろうと政治的権威を担う人物の過ちは、私人のそれのように無実とされることはありえない。これらの誤謬の背後には常に強制力が控えており、その恐るべき手段を役立てる準備を整えているのだ。

古代的自由の信奉者たちは、自分たちのやり方に従って自由になるのを近代人が望まぬことに憤慨した。彼らが抑圧を強めれば国民もそれだけ激しく抵抗し、過ちのあとに犯罪行為が続いた。

マキアヴェリは「暴政のためには一切を変容させねばならない(51)」と述べている。同じくこうも言うことができよう、一切を変容させるためには暴政が必要である、と。われわれの立法者たちはそのように感じ、自由を確立するためには専制政治が不可欠であると主張したのだった。

簡潔であるというだけで一見明白に思える格率がある。狡猾な人びとはそれを餌のように群衆へと投げ与える。愚か者は考える手間が省けるゆえそれに食らいつき、理解したように見せかけるため幾度も繰り返してみせる。こうして、分析してみればあまりの馬鹿馬鹿しさに驚くような提案も千の頭脳に浸透し、千の口から繰り返され、人びとはその証明に追われるばかりとなる。

われわれが先に引用したものもこの種の格率に数えられるだろう。それは一〇年ものあいだ、フランスのすべての演壇に響き渡った。だがそれは何を意味するのだろう？自由が計り知れぬ価値を持つのは、ただそれがわれわれの精神に正しさを、われわれの人格に力を、われわれの魂に気高さを与えてくれるがためである。しかしこれらの恩恵は、自由の存在にこそ結びついているのではないか？　その実現のために専制政治に頼るというなら、そこに生み出されるものとは一体何だろう？　ただの抜け殻だ。貴重な宝は失われて跡形もなくなる。

ある国民が自由の長所を存分に理解するためには、彼らに何と語ればよいだろうか？あなたがたは特権を手にした少数者たちの圧制に苦しんできた。大勢が一部の人間の野心の犠牲となり、不公平な法律は弱者ではなく強者の味方をした。あなたがたに許されていたのは、いつ何時恣意的権力に奪われるかもわからないかりそめの喜びばかりで、法の制定にも為政者の選出にも関与することはできなかった。これら一切の悪弊が消滅するとき、すべての権利があなたがたのもとに返還されるだろう。

しかし専制政治によって自由を確立するのだと主張する人びとに一体どんな言い分があるというのか？　いかなる特権も市民を抑圧することはない、ただし嫌疑をかけられた人びとは来る日も来る日も事情も聞かれぬまま罰せられるだろう。美徳が第一のあるいは唯一の基準となる、だが恐怖によって維持される特権階級の座に収まるのは迫害と暴力に最も長けた者たちだろう。法律は財産を保護する、だが疑わしいとされた個人や集団には徴収が命じられるだろう。国民が為政者を選出する、だが前もって決められた方針に従って選ぶのでなければその選択は無効と宣言されるだろう。意見は自由だ、だが制度全体に対するものばかりでなく現場での細々《こまごま》した措置に反するというだけでも、その意見は反逆として罰せられることとなるだろう。

長きにわたって、これがフランスにおける改革者たちの語法であり、実践だったのである。

彼らは勝利を収めたかに見えたが、この勝利は彼らが打ち立てようとした制度の精神に逆らうものであり、敗者を納得させなかったがゆえに勝者を安心させることもなかった。自由を教え込むために、人びとは処刑の恐怖で囲い込まれた。倒された政府による思想への横暴な施策が大袈裟に言い立てられる一方、思想への隷属が新たな政権の際立った特徴となった。専制的な支配を声高に非難する人びとが、あらゆる支配のなかで最も専制的な政府を組織した。

反対派が静まる時まで自由を保留するのだと人は言ったが、反対派が静かになるのは自由の保留が終わる時だけである。公共精神の準備段階としての独裁という体《てい》で暴力的手段を取れば、公共精神の到来そのものを妨げることになる。人びとは悪循環にはまってゆく。ある時代を指し示しながらそこには到達できぬとわかっている、なぜならその実現のために選択した手段が到達を許さないからだ。暴力が暴力をますます必要なものとし、怒りは憤怒《ふんぬ》をいっそう掻き立てる。法律は武器のように鍛え上げられ、法典は宣戦布告となる。自由を理解しないまま愛した人びとはそれを専制によって強制するつもりでいたが、あらゆる自由な魂をみな敵に回し、権力にへつらう最も下劣な連中しか味方に持てなくなる。

われわれのデマゴーグが戦うべき敵陣の最前線に位置していたのは、打倒された社会組織から利益を得ていた階級であり、その特権はあるいは不当なものだったかもしれないが、しかし余暇と進歩と開明へと繋がる手段であった。財産の揺るぎない自立性はある種の卑しさや悪徳から身を守る。敬意を払われているという確信は、いたるところに侮辱を感じ軽蔑を勘繰るような不安で疑り深い虚栄心――自らの舐めた辛酸をその手で引き起こす不幸によって埋め合わせようとする過激な情熱――への予防線となる。穏和な形式に則ること、精妙なニュアンスに慣れ親しむことは、魂に繊細な感受性を、精神に俊敏なしなやかさを与えてくれる。

この貴重な資質を活用すべきだったのだ。騎士道精神には、越えられない柵で囲い込んだうえで、自然によってすべての人に開かれた馬場での高貴な躍動を許しておくべきだったのだ。ギリシア人たちは、エウリピデスの詩行を暗誦できる捕虜がいればこれを寛大に扱った。ほんのわずかな知識、小さな思想の芽、穏和な感情のほのかな動き、振舞いのささやかな優美さ、これらはみな大切に守られるべきものなのだ。いずれも社会の幸福にとって欠かすことのできぬ要素であり、激しい嵐のなかから救い出さなくてはならない。ぜひともそうせねばならない、正義のために、そして自由のために。なんとなれば、これらはみな大なり小なり真っ直ぐな道によって自由へと通じているのだから。

われわれの狂信的な改革者たちは敵愾心に火をつけ燃やし続けるために、時代を混同した。かつて抑圧的な差別を容認するためフランク族やゴート族に起源が求められたように、まったく逆の抑圧に口実を見出そうと彼らもまたその時代まで遡った(52)。虚栄心が栄誉ある称号を探して古文書や年代記を漁れば、さらに貪欲で執拗な虚栄心が歴史書や古い記録から起訴状を借用してきた。時代を考慮すること、ニュアンスを区別すること、不安を落ち着かせること、ちょっとした思い上がりを見逃すこと、取るに足らない不平不満が薄れ子供じみた脅しは消え去るに任せること、いずれも彼らは望まなかった。自尊心に駆り立てられた論争を銘記し、身分の違いを無くそうとして迫害という新たな線引きを増やした。そして階級差の撤廃に不当なまでの厳しさを示したために、かえっていつかそれが正義とともに蘇るという確信に満ちた希望を繋ぐこととなったのだった。

暴動のさなかではいつも、利害関心は過激な意見へと殺到する――まるで猛禽類が戦う準備の整った軍隊の後を追うように。憎悪、復讐心、強欲、忘恩が図々しくも最も気高い手本を真似て貶めるのは、迂闊《うかつ》に模倣を勧めた者がいるからである。不実な友、恩知らずな債務者、隠れた密告者、不正な裁判官は、自分たちの弁解を既存の紋切り型の表現に見出した。愛国心があらゆる犯罪行為のありふれた言い逃れとなった。偉大な犠牲、献身的な行い、古代の厳格な共和主義が自然な性向に打ち勝ったことは、エゴイスティックな情念のとどまるところを知らぬ暴走に口実を与えた。というのも、かつては無慈悲だが正義を知っていた父親たちが罪を犯した息子を告発したのに対し、その近代の模倣者たちは無実の敵を死刑台に送り込んだからだ。最も目立たぬ暮らし、最も不活発な生き方、最も取るに足らぬ名前も盾としては無力だった。行動せぬことは罪であり、家庭への愛着は祖国の忘却であり、幸福はいかがわしい快楽と見なされた。脅威と前例の両方に毒された群衆は、震えながら指示された言葉を繰り返し、自分自身の声の喧《かまびす》しさにぎょっとする。誰もが多数派に加わりながら、自ら増大に寄与したその数に怯えていた。こうしてフランス中に恐怖政治と呼ばれるあの惑乱が広がっていったのである。こんな道を通って連れていこうとしていた目的地から人民が遠く離れてしまったことに、はたして驚く者があろうか？

両の極端は単に似通ってくるだけではなく、互いの後を追うように連続して生じる。行き過ぎは、必ず行き過ぎた反動を生み出すのだ。＊ある思想が何らかの言葉に結びついた時には、いくらその結合が恣意的であると証明したところで不毛であり、これらの語は長いあいだ繰り返されるたびに同じ思想を想起させ続ける。牢獄、死刑台、数知れぬ迫害がわれわれに与えられたのは、実に自由の名においてであった。この名詞は、無数の忌まわしく横暴な手段の象徴となり、憎悪と恐怖を呼び起こさずにはいなかったのである。

＊　一七九〇年にクレルモン＝トネール氏（一七五七－一七九二）、三部会の貴族議員）が述べている。「王権の濫用は記憶に新しく、したがって国王の大権を拘束しようとしたものはみな熱意をもって歓迎された。あるいはいつか、人民の権利を制限しようとするものがみな同じ熱狂に駆られて受け入れられるかもしれない。無秩序の危険を負けず劣らず強烈に感じるがゆえに」。

しかし、だからといって近代人たちが専制政治を甘受すると結論づけるのははたして正しいだろうか？　自由として与えられたものに対し、彼らが粘り強く抵抗し続けた理由は一体何であったか？　自分たちの平安も慣習も喜びも犠牲には捧げぬ、という彼らの固い意志だ。だがもし専制政治が一切の平安と喜びにとって最も和解しがたい敵であるならば、自由を嫌悪していると信じながら近代人たちが憎んでいたのはほかならぬ専制だったのだ、という結論にならないだろうか？

第九章　かの自由と称されるものに対する近代人の反発は、彼らのうちに専制政治への愛着があることを含意するか?

私が専制政治という言葉で意味しているのは、権力は明示的な制限を受けていないが中間団体が存在するような統治でもなければ、自由と正義の伝統が行政府の役人たちの歯止めとなっているような統治でもない。公権力が慣習に配慮を示す統治でも、裁判所の独立が尊重されているような統治でもない。これらの統治は不完全である。そこで確立される保証が不確かであればあるほど、不完全なのだ。だが、純粋に専制的というわけではない。

私が専制という語で指すのは指導者の意志が唯一の法であるような統治である。団体は——もしそんなものがあればだが——その道具にすぎない。この指導者は自分ひとりが帝国の所有者であると考え、臣民のことは用益権者としか見ない。公権力はその動機を説明せずに、また人びとのほうから告知や説明を求めることもできぬまま、市民から自由を奪うことができる。裁判所は権力の気紛れに振り回される。判決文は抹消されるかもわからない。無罪放免となった者は新たな判事のまえに召喚されるが、この判事たちは、自分がここにいるのはただひたすら有罪判決を下すためだと前任者の姿から学んできているのだ。

二〇年前にはこのような統治は一つとしてヨーロッパに存在しなかった。それが現在は一つある、すなわちフランスの統治である。その実際に及ぼした影響についてはここでは触れず、のちに検討するとしよう。いま私が語っているのは原理についてのみであり、それは自由の旗を掲げていた頃に近代人の嫌悪の対象となった政府の原理と同じものであると確言する。その原理とは専断である。唯一の相違は、全体の代わりにひとりの人間の名において実行されるということだ。だからといってより許容しやすいと、人びとがよりすすんで和解できるということになるだろうか?

第一〇章　ひとりの人間が行う恣意的支配を擁護する詭弁

確かなことは――と擁護者たちは口にする――一つの手に集中させられた恣意的支配は徒党を組んでそれを争いあう時ほど危険ではないということだ。絶大な権力を与えられたひとりの人間の利益は、国民のそれと常に一致するのだ、と[*(53)]。しばしのあいだ、経験がわれわれに与えた知識を脇によけておきたい。主張をそれそのままに分析することとしよう。

＊　あるフランスの著述家が言っている。「神の至高の正義は主権的権力に付帯している」。彼はしたがって主権的権力は常に至高の正義であると結論するのだ。論理を完成させるためには、この権力の担い手が常に神に似ていることを証明しなくてはならなかったのだが。

無制限の権威を委ねられた人間の利益は、必然的にその臣民の利益となるだろうか？ これら二つの利益が、それぞれたどっている道の先で重なり合うというのは私にもよくわかるが、中途では袂を分かっているのではあるまいか？ 課税や戦争、治安維持の措置といった問題において、正義にかなうものすなわち必要不可欠なものと、明らかに指導者自身にとって危険なものとの隔たりは広大である。もし権力が無制限であるならば、それを執行する人物は——彼が理性的であると想定するとして——後者までは踏み込まないまま、前者を幾度も逸脱することだろう。だがこの逸脱がすでに悪ではないか？

第二に、このような利益の一致を認めるとして、それがわれわれに提供する保証は絶対に確実なものであろうか？　各人の正しく理解された利益は正義の原則を尊重するよう彼らを促す、という言い回しは毎日のように耳にする。にもかかわらず、法は法を犯す人びとに対抗するものとして作られている。人間が自らの正しく理解された利益から容易に乖離するのは、それくらい認められた事実なのだ。*(54)

＊　スピノザが述べている。最も強力な誘惑に取り囲まれ、しかもその誘惑に屈しやすく危険も少ない状況にいる人間だけが情念に流されないと考えるのは馬鹿げている、と。

最後に、いかなる形態をとっているにせよ、実際に統治は最高の権威をそなえている人間に存するのであろうか？　権力は再分割されているのではないか？　それは多数の下位の官吏によって分有されているのではないか？　そうとすれば、これら無数の統治者たちの利益は被支配者たちのそれと同一であろうか？　明らかに否だ。相手の損失が自分の富となり、恥辱が虚栄心をくすぐり、姿が見えなくなれば競争相手と厄介な監視から解放される。そうした同輩や目下の者が、彼らそれぞれのすぐ傍にいることだろう。確立したがっている体制を擁護するならば、証明すべきは利益の一致ではなく利益に対する無関心の遍在なのだ。

政治的ヒエラルキーの頂点には、情念も気紛れも持たず、誘惑にも憎悪にも贔屓《ひいき》にも怒りにも嫉妬にも揺るがず、活動的かつ細心、すべての意見に対し寛容にひらかれ、犯した過ちに固執させるような自己愛とも縁がなく、善を貪欲に求め、にもかかわらず逸《はや》る気持ちを抑えて時の力に任せることを知っている人物がいる。権力の階段を下れば、同様の美徳に恵まれた大臣たちが隷従ではない従属関係に身をおいており、恣意的支配の中枢にいながら恐怖ゆえにそれに加担したりエゴイズムからこれに乗じたりという誘惑にかられることもない。そして最後に、下位の官吏のうちにも同様の世にも稀な美点の結合と正義への愛があり、同様の無私無欲が見出される。こうした仮定が必要なのだ。はたしてここに蓋然性があるとお思いだろうか？

もしこの超自然的な美徳の連鎖が環のたった一つでも途切れたなら、一切が瓦解する。時間を隔てられた両半分は虚しくその完璧さを保つことになる。真実が権力の頂点まで正確に厳密に伝わることはもはやない。名もなき国民のあいだまで正義が完全に純粋に降りてゆくこともない。権威を欺き無辜の人びとに対して刃を向けさせるには、不実がひとつ間に挟まるだけで十分なのだ。

専制政治を褒めそやす人は、専制的支配者についてのみ語っていると思い込むのが常だが、下位の官吏たちすべてにも不可避的にふれているのである。ひとりの人物に卓越した能力、何事にも揺るがぬ廉直さを帰してすむどころではない。人間のあらゆる弱さとあらゆる悪徳を超越した天使のごとき被造物が十万や二十万いると想定しなくてはならないのである。

したがってこう語られた時、人びとは欺かれていたのだ。「指導者の利益はあなたがたの利益と一致します。どうぞご安心を、恣意的支配はあなたのもとまで及びませんから。叩かれるのは怒りを買った無思慮な輩だけです。大人しく従い沈黙する人はどこにいても守られていると感じることでしょう」。

この空ろな詭弁によって安心させられ、人びとは圧制者に対して蜂起するのではなく抑圧された人びとの粗探しをはじめる。勇気をふるうことは誰にもできない、分別によってさえも。手厚く保護されていると錯覚した人びとは、暴政に自由な道を開いてやる。

誰もみな視線を落とし、安全に墓場へと導いてくれる細い小道を歩いてゆく。だが許されれば恣意的支配はどこまでも広がり散らばってゆき、最も無名の市民さえもがある日突然、それが自分に向けて武器を構えているのに出くわすこととなろう。

臆病な魂が何を期待していようと、人類の道徳にとっては幸運なことに、他者から身を遠ざけて打たれるままに放っておくだけでは不十分である。数え切れぬほどの繋がりがわれわれとわれわれの同胞とを結びつけており、最も飽くなきエゴイズムでさえこれをすべて断ち切るにはいたらない。自ら望んだ暗闇のなかでは誰にも傷つけられないとお思いだろう。だがあなたには若さに逸った息子がいる。あなたよりも無分別な兄弟が不平を漏らす。かつて傷を負わせた旧敵はいくらかの影響力を手に入れた。アルベ(55)にあるあなたの館が近衛隊員の眼を惹く。そうしたらあなたはどうするだろう？　苦々しくあらゆる抗議の声を非難し、不満を切り捨ててきたあとで、今度はあなたが自分の番とばかりに不平を訴えるのだろうか？　あなたは前もって罰せられているのだ、それも自分自身の良心と、自分自身が加わって作り出した醜い世論によって。抵抗せずに膝を屈するか？　だが人びとはあなたにそれを許すだろうか？　邪魔な存在、不正義の記念碑は排除され追い払われるのではなかったか？　無実の人びとは姿を消し、あなたは彼らを有罪だと断じた——ならばあなたは、次には自分が歩むことになる道をその手で切り開いたのだ。

第一一章　人間存在のさまざまな部分に恣意的支配が及ぼす影響について

恣意的支配は、その行使がただ一人の名においてであれ全体の名のもとであれ、いずれにせよ人間を平安と幸福のためのあらゆる手段にいたるまで追求してやまない。

恣意的支配は道徳を滅ぼす、なぜなら安全なしにはいかなる道徳も存在しないからだ。愛情の対象が身の潔白を守りとして隠れ家に憩っているという確信がなければ、温かな愛情は生まれない。恣意的支配が疑わしい人物を躊躇なしに攻撃するとき、その迫害の対象は個人にとどまらず、国民全体をまず侮辱し、しかるのち堕落させているのである。人間はいつでも苦悶を逃れようとする。愛するものが脅かされているならば、愛するのをやめるか守るかのどちらかだ。デ・パウ氏が述べている――「ペストに襲われた村において風紀は突然に頽廃する、そこでは死にかけた者たちが互いに盗み合うのだ」、と(56)。道徳にとっての恣意的支配とは身体にとってのペストである。誰もみな、自分にすがろうとする不幸な仲間を追い払い、かつての生活における繋がりを切り捨てる。身を守るために孤立し、助けを乞う弱さや友情にも、自分の安全に対する障害のほか何も見ない。変わらぬ価値を保っているものは一つしかないがそれは世論ではない、強者の栄光も犠牲者への敬意ももはや存在しないのだから。それは正義でもない、法は無視され手続きは踏み躙られているのだから。それは富である。富裕は暴政に武装を解かせることができる。一部の政府の役人を堕落させ、禁則を軽くさせ、逃亡を容易にし、絶え間ない脅しにさらされている日々の生活にもちょっとした束の間の快楽をちりばめることができる。人びとは享楽するために貯え、避けがたい危険を忘れるために享楽する。他人の不幸には冷酷さをもって、自分自身のそれには無頓着で応じる。祝宴のかたわらで血が流れているのを眺めやり、共感は冷酷な禁欲主義で押し殺して、放蕩と悦楽の喜びに溺れるのだ。

ある国民が次々と続く圧制の暴挙を冷たく凝視する時、牢獄があふれかえり国外追放の令状が増えていくさまを不平も言わずに眺めている時、このような唾棄すべき事例を眼の前にして、廉直かつ高潔な感情を再び燃え上がらせるためには月並みな文句で十分だなどと考えられるだろうか？　人びとは父親のごとき権力の必要性に言及する、しかし息子の第一の義務とは虐げられた自分の父を守ることである。そして子供たちから父親を奪うなら、かつ子供らに臆病きわまりない沈黙を強いるなら、その格率や法典、朗々たる演説、法律は何をもたらすというのだろう？　人びとは結婚の神聖さに敬意を表する、にもかかわらず密やかな告発やただの疑惑をもとに、公安と称される手段によって、夫を妻から、妻を夫から引き剝がすのだ！　一体彼らは政治権力の都合に合わせて夫婦の愛情が消えたり点ったりするとでも思っているのだろうか？　人びとは家族の絆も褒め称える。だが家族間の繋がりの基盤は個人的自由であり、正義が市民に保証する庇護のもと共に暮らし、自由に生きることに根ざす希望なのである。家族の絆というものが存在するならば、父親、子供たち、夫、妻、友人、恣意的支配の抑圧にあっている人びとに近しい間柄の者たちが、このような支配に服従などするだろうか？　人びとは信用について、商業や工業について語る、だが逮捕された人間にはその財産を自分の財産の基盤としている債権者がおり、彼の事業に利害関係を持つ出資者たちがいるのだ。そうした人間を拘留することの影響は、ただ一時的に彼の自由を喪失させるというだけでなく、彼の投機の中断、もしかしたら彼の破滅さえもたらすのである。この影響は利害関係のあるすべての事業者にも及ぶであろう。それればかりではない、この影響はすべての意見に衝撃を与え、すべての安全を動揺させるだろう。有罪であると確定せぬまま個人が苦しむこととなれば、知性を失っていない者は誰しも自分が脅かされていると感じるであろうし、それもまた道理である。なにしろ保証が崩壊してしまったのだから。人びとは口を噤む、恐怖に囚われて――だがすべての交際にその影響は滲み出る。地面は大きく揺らぎ、人びとは怯えずにその上を歩むことができない。*

* フランス国民が犯した大きな過誤のうちの一つは、かつて一度も個人的自由に十分な重要性を認めてこなかったという点にある。恣意的支配によって苦しめられれば人びとはこれに対して不満を口にしたが、それも不正義というよりは過ちとしてであった。そして長きにわたってさまざまな抑圧が続いても、自分と異なる党派に属する個人のために抗議する、というささやかな功績を挙げた人物はほとんど存在しなかったのである。私はあいにく、これまでに次の点を指摘した著述家がいたかどうかを知らない。モンテスキュー氏は、個人の所有権は国益に反してまでも力強く擁護したが、それに比べて個人の自由を扱う際にはひどく熱意を欠いていた――あたかも人間は財産ほど神聖ではないかのように。注意力散漫でエゴイストな国民においては、個人の自由という権利が所有権ほど手厚く保護されない、ということには一つ単純な理由がある。自由を奪われた人間はこの事実そのものによって武器を奪われてしまうが、所有権を取り上げられた人間にはそれを要求するだけの自由が残っている。

した がって、自由は虐げられた者の味方によってしか擁護されえないが、所有権は抑圧を蒙った本人によって守られることとなるのだ。これら二つの場合において訴えの強さがどれだけ異なるかは容易に見て取れよう。

われわれの多数からなる共同体内のかくも複雑な結びつきのなかでは、何もかもが関連しあっている。部分的と思われた不正義を源泉として、全体に関わる災厄がとめどなく湧き出していく。それをかぎられた領域に封じ込めることは権力にもできない。不正を隔離する術を知っている者はいないのである。ただ一つの野蛮な法が法体系全体の性格を決めてしまう。どんな正しい法律であっても、一度でも不正に適用されれば不可侵とはいえなくなる。ある人びとに自由を拒みながら、他の人びとにそれを与えることは許されない。有罪と宣告されていない人びとにひとたび苛酷な処分が下れば、一切の自由が不可能となる。出版の自由？　それは、あるいは無実かもしれない犠牲者に有利なほうへ人びとの心を動かすのに用いられるだろう。個人的自由？　追われる者は、追跡の手から逃れるためにそれを利用するだろう。勤労の自由？　追放された人間に資力を提供する手段となるに違いない。したがってこれらはすべて枷をはめ、また等しく根絶させねばならない。人間は正義をうまく誤魔化し、何か不都合があった時に束の間その枠から飛び出したあと、また秩序のもとへ復帰することを望むものだ。規則による保証と、例外が成功に結びつくこと、その両方を求めるのである。自然はそれに逆らう――その体系は完全であり規則的である。たった一つの逸脱が、この体系を崩してしまう。算術においては、一の位の間違いも千の位の間違いも等しく結果を歪めるのと同じように。

第一二章　恣意的支配が知的発展に及ぼす影響について

人間が必要とするのはただ安寧、勤労、家庭の幸福や私的な美徳ばかりではない。自然は彼に、いっそう高貴とまではいえないかもしれないが、少なくともより輝かしい能力をも与えた。これらの能力は他のどれにもまして恣意的支配によって脅かされる――暴政もはじめは自分の用途に従わせようと試みるが、抵抗にあって苛立つと、最後にはこれを窒息させるのである。

コンディヤックが述べている。「野蛮には二種類ある、一つは開明の時代に先立ち、もう一つはその後に続いてやってくる」(57)。後者と比較すれば、前者のほうがまだしも望ましい状態といえよう。だが今日において恣意的支配が諸国民を引き連れていくのは後者の方角にほかならない。そしてそれゆえに彼らの堕落もいっそう速まるのだ。なんとなれば人びとの品位を貶めるのは能力を持たぬことではなく、それを捨て去ることなのだから。

このような国民を想定してみよう。教養深く、何世代も勤勉に積み重ねられた業績によって豊かさを得、あらゆる領域にそれぞれの傑作を有し、学問と芸術において偉大な発展を遂げている。もし政治権力が、思想の表明や精神の活動に枷をはめるならば、この国民もかつての資源に、つまりすでに獲得された知識にすがってしばらくは生き延びるかもしれない。だがその思想は何も革新されぬままとなるだろう。新たなものを生み出していた原理も干凅《ひから》びてしまう。数年間は虚栄が知識への愛の代わりになるだろう。詭弁家らは、かつて文芸がもたらした栄光と敬意を思い出しながら、うわべだけはこの同じ領域の仕事に取り掛かるはずだ。だがそれは著述によって生み出されてきた善に対し、著述で戦いを仕掛けることにほかならない。自由の原理の痕跡が何かしら残っているかぎりは、文芸において何らかの運動が、このような著作と原理とを相手取ったある種の闘争が起きるかもしれない。しかしその運動が破れ去った自由の置き土産となるだろう。最後の名残、最後の伝統が消滅させられるにつれて、攻撃を続けるに足る成果も利点も乏しくなり、日々無意味さを増していくことになる。すべてが消え去れば闘いは終わる、なぜなら闘争者たちはもはや敵の姿を眼にせず、勝者は敗者と同じく沈黙を守るであろうから。沈黙を強いるのが得策と政府当局が判断しないかどうかなど、一体誰が知ろう？　消滅した記憶を呼び覚ましたり放置された問いを持ち出したりするのは、彼らのお気に召さぬはずだ。熱狂が過ぎる手下には、かつて敵にしたのと同じように圧力をかけることだろう。人類の利益について書き綴ることは、たとえ当局の意図に沿うものであっても禁止するだろう、どこかの信心深い政府が善きにつけ悪しきにつけ神について語ることを禁じたのと同じように。どのような問いに人間の精神を働かせてよいかは明確に言い渡される。当局の意に適った囲いの中でならどんなに跳ね回ってもよろしいとお許しが出る、ただし服従の姿勢とともに、だ。しかし人間精神には激しい叱責が浴びせかけられるだろう――この囲いを越えようものなら、あるいはその崇高な起源を捨て去らずに禁じられた思索に打ち込むなら、そして自分の最も高貴な目標はくだらぬ対象を器用に飾り立てることでも巧妙なお世辞を捻《ひね》り出《だ》すことでもどうでもよい問題について朗々たる雄弁をふるうことでもなく、天とその本性の導きによって、一切が分析され、一切が吟味され、一切が終局的に裁定されるあの法廷となることなのだ、などと考えつこうものならば。こうして、本来の意味における思想の活動は決定的に封印される。教養ある世代は徐々に姿を消していく。続く世代は知的営為のうちに何らの利点も見出さず、危険さえ感じて、背を向けて遠ざかり二度と戻ることはないだろう。

あなたがたは虚しくもこう仰るかもしれない。人間精神は軽妙な文学においてもなお輝きうる、精密な自然科学にも力を注ぐことができる、芸術にだって身を捧げられるではないか、と。自然は、人間を造ったとき政治的権威に相談などしなかった。われわれの能力すべてが互いに親密な関係を結び、そのいずれかが束縛を受ければ他のすべてが影響を蒙らずにはいないようにと、自然は望んだのだ。思想の自立は軽めの文学や科学、芸術においても、身体的生命にとっての空気と等しく必要不可欠なものである。これでは人を空気ポンプのもとで働かせ、呼吸などしなくてよいから腕と足を動かせとさえ言い出しかねない――精神の活動を与えられた主題だけに限定し、尊厳を思い出させ力を与えてくれるような重要な問題には取り組ませないというのはそういうことである。このようにして束縛を受けた物書きは最初のうちは賛辞を書き連ねるが、だんだんと称賛することさえできなくなり、文芸はアナグラムと行頭の縦読みのなかに消え去って息絶える。学者はもはや過去の発見の保管者にすぎず、その知識も鉄鎖に繋がれた両手の狭間で綻び朽ちてゆく。芸術家の湛える才能の泉は、自由のみが培うことのできる栄光への希望とともに枯渇する。そして、それぞれ切り離しうると人びとが思い込んでいた諸事物間の神秘的だが疑う余地のない繋がりゆえに、人間の魂が品位を貶められれば、人間の姿形を高貴な仕方で表現する能力は失われてしまうのだ。

しかもこれで終わりではない。やがて商業、そして最も欠かすことのできない職業および仕事がこの無気力状態に感染する。商業もそれだけでは十分な活動の動機とはならない。個人的利益の作用はやたらに高く見積もられているが、個人的利益はその活動のために信念《オピニオン》の存在を必要とするのである。信念が締めつけられ萎れさせられると、人はたとえ利益によってであろうとさほど長く活動的でいることができず、ある種の自失状態に襲われてしまう。そしてあたかも麻痺が身体の一部から他の部分へと広がるように、この無感覚もわれわれの能力から能力へと伝染してゆくのである。

信念から切り離された利益は、自分自身の欲求だけにとらわれ、快楽にも容易に満足を覚える。今この瞬間に必要なだけは働くが、未来のために何か準備することはない。そうして、信念の抹殺を望み利害関心を焚付けているつもりでいた政府は、二重の効果をともなう迂闊な施策のせいで、両方の息の根を止めてしまったことに気づくのだ。

恣意的支配のもとでも消滅しない利益が、一つ確実に存在する。だがそれは人間を仕事に導く類のものではない。それは人をして物乞いさせ、略奪に誘い、権力の恩顧で私腹を肥やし弱者から奪い取るよう仕向ける。この利益は、勤労階級に必要な意欲とは何の関わりも持たない。暴君の側近には大いに活力を与えるが、産業における勤労にとっても商業における投機にとっても原動力にはならないのである。

知性の自立は軍事的な成功にさえも影響を及ぼす。国民の公共精神と軍隊の規律ないし勇敢さとのあいだに存在する連関は、一瞥では気づかれないが、不変的かつ必然的な繋がりである。今日において人びとは、巧みに操る術さえ覚えればよい従順な道具としてしか兵士たちのことを見ようとしない。これはある面では真理を抉《えぐ》っている。にもかかわらずこの兵士らは、自分たちの後ろに何らかの世論が存在するという意識を抱いていなくてはならない。この意識は、彼ら自身もほとんど知らぬまに兵士たちを鼓舞するものであり、この兵らが響きに合わせて敵に突進する時のあの音楽にも似ている。その響きに長く注意を向ける者はいないが、それによって誰もが心を動かされ、勇気づけられ、突き動かされるのである。フリードリヒ大王は、その軍隊とともにプロイセンの公共精神を味方にして、ヨーロッパの連合軍を撃退した。こうした公共精神が醸成されたのは、かの君主が常に知的能力に自由な発展を許してきたためである。七年戦争のあいだに彼は幾度も敗北を喫した。首都は陥落し、軍隊は潰走した。だが倒れても立ち上がるいわく言いがたい力が、彼から臣民へ、そして臣民から彼へと伝い流れていた。国王に従う民の願いは国王の護り手たちを奮い立たせた――世論が醸すある種の空気によって臣民は彼らを支え、励まし、その力を倍増させたのである。*

＊　八年前に私が記したこれらの考察は、その時以来、真なる原理が明確な勝利を収めたことの素晴らしい実例となってくれた。開明された国民の道徳的力を表す例として私が描いたプロイセンは、突如としてその精力と勇猛な徳を失ったかに見えた。私が著作を送り届けた友人たちは、イエナの戦いの後、公共精神と勝利との関係はどうなったのかと尋ねてきた。だが数年が経ち、プロイセンはその失墜から再び立ち上がり諸国列強の第一線に並ぶまでとなった。彼らは後世に感謝され、人類の友みなから尊敬と熱狂を集めるだけの権利を獲得したのである。

このようなことを綴っていれば、ある著述家たちの集団からは物笑いの種としか思われないことも承知している。こうした人びとは、人類の統治には道徳などかけらも存在しないことを力のかぎりに訴え、持てる能力のすべてをその能力の無益と無力とを証明するのに注ぐ。そしてわずかばかりの非常に単純な要素で社会状態を構成してみせる――すなわち人びとを欺く偏見、怖れを呼ぶ煩悶、堕落させる渇望、品性を貶める軽薄さ、思いどおり操るための恣意的支配、わけても欠かせないのが、この支配に抜け目なく奉仕するための確かな知識と精密な科学である。これが四〇世紀間にも及ぶ営みの行き着く果てだとは、私にはどうにも信じられないのだが。

思想こそはあらゆるものの原理である。思想は産業にも兵学にも、すべての科学、すべての芸術にも働きかけ、進歩を促す。そしてこの進歩を分析しながら、思想は自らの地平を広げてゆく。もし恣意的支配がこれを拘束しようと望むならば、そのために道徳は健全さを、事実認識は精確さを、科学はその発展における活発さを減じ、兵学は歩みを遅らせ、産業は新たな発見によって富を得ることが少なくなるだろう。*

＊ バロー〔一七六四—一八四八〕、東洋学者、政治家〕の中国紀行〔*Travels in China*, 1804〕は、支配的権威によって無気力に追い込まれた国民が、他のすべての側面と同様、道徳においてどのような存在と成り果てるかの証左となるだろう。

最も高貴な部分に攻撃を受けた人間存在は、すぐさまいちばん遠い部位にまで毒が回ってゆくのを感じる。せいぜい中身のない自由に閉じ込めるか、無用な飾りを奪うだけのつもりだったのに、毒を塗った武器でその心臓を一突きにしてしまったのだ。

人間精神は避けがたい運命によって開明の次には無知へ、文明に続いて野蛮へと導く輪のようなものを巡っている、と唱える人が少なくないことは私も知っている。しかしこの説にとっては不運なことに、時代時代のあいだには必ず暴政が、何やかやと順番に紛れてくるのを非難せずにはいられないような仕方で潜り込んできたのである。

諸国民の歴史に見られるこうした有為転変の真の理由は、人間の知性が静止したままではいられないということにある。引き留めなければ知性は前進し、引き留めれば後退してしまう。気力を殺《そ》ぐようなことをすれば、どんな対象にも無気力にしか働かなくなる。人びとは言う、本来あるべき領域から排斥されたことに気づき憤慨した知性は、高貴なる自殺によって自分に加えられた恥辱に復讐しようとするのだ、と。

自分の都合や一時の幻想にまかせて諸国民をまどろませたり目覚めさせたりすることは、政治的権威の権能ではない。生は、誰かが代わるがわる奪ったり返したりできるようなものではないのだ。

もしも政府が、枷をはめられた世論の本来の働きを自分自身の活動によって補おうとするなら、あたかも囲いの中で繋いだままの馬を円柱のあいだに立たせて足踏みさせるがごとき困難な仕事となるだろう。

第一に、人為的に作られただけの活気は長続きさせるのに手間がかかる。自由の身であれば、人びとはみな自分のなすこと、語ること、書き綴ることに関心を抱き、楽しみを見出す。だが国民の大多数が観客の役回りを押しつけられ沈黙を強いられている場合、その観客が喝采するには、あるいは単にその視線を惹きつけるには、見物の支配人はどんでん返しと場面転換によって好奇心を刺激しなくてはならない。

しかも、この作られた活気は現実というよりむしろ見せかけである。あらゆる物事が前に進んでゆくが、それは命令と脅しのためだ。何もかも以前ほどすんなり運ばないのは、何ひとつ自発的でないからだ。政府は支持されるのではなく服従されるようになり、ほんの一瞬の中断ですべての歯車が停止してしまう。これはいわばチェスの勝負である。権力の手が盤面を左右し、どの駒も逆らうことはない。だが一瞬でも腕が止まれば、駒はまったく動かなくなる。

そしてついに、世論を欠いた国民の麻痺状態は政府にまで伝染する――たとえ何をどうしようとも。国民の目を覚まさせておくことができなかった政府は、結局彼らとともに眠り込んでしまう。こうして、思想を隷属させられた国民のもとでは誰もが沈黙し、衰弱し、退歩し、堕落することになる。遅かれ早かれこのような帝国は、ピラミッドが乾いた砂に重くのしかかり静まり返った砂漠を支配する、かのエジプトの平野さながらとなるだろう。今ここでわれわれが描写した展開は、理論ではなく歴史の範疇《はんちゅう》に入る。それはギリシア帝国〔東ローマ帝国〕の歴史、ローマの後継としてその軍事力の大部分と知識の一切を授けられ、恣意的な権力をその安定に最も有利な条件で確立しながら、専断はどんな形式であれ衰亡せねばならぬという定めのままに衰退し滅び去った帝国の歴史なのである。それはいつかフランスの、自然と運命とに恵まれたこの国の歴史ともなるだろう——もし専制政治が、長いあいだ対外的な勝利の虚しい輝きで覆い隠してきた密かな抑圧にこのまま固執し続けるならば。*

* もしより多くの証拠を挙げる気があれば、私はここでも中国について語ることができたろう。この国の政府は思想の支配を実現し純粋な道具に変えてしまった。学問は命令に基づき、政府の指導と統制に従ってのみ研究された。新たな道をあえて切り開いたり、命じられた見解の方向性から逸れたりする者は一人もいなかった。だからこそ中国は、数では劣るはずの異民族に幾度も征服されてきたのである。精神の発展を滞らせるためには、彼ら自身と彼らの政府とを守るのに役立っていた原動力を挫く必要があったのだ。ベンサム(一七四八—一八三二)、イギリスの思想家)は次のように述べている。「無知な民の首長たちはその狭窄で臆病な政略の犠牲者となって果てるのが常であった」と(*Principes de Législation*, III, 21)。これらの民は、統治しやすいよう彼らを愚かなままにしておく教師のもとで幼くして年老い、最初に侵略してきた者にいつも易々と戦利品を差し出してきたのだ。

最後の考察を付け加えることにしよう、これもそれなりに重要な点である。思想にまで手を掛けた恣意的支配は、才能に対しその最も目覚ましい活躍の道を閉ざしてしまう。だが、才覚ある人びとの誕生を妨げる術までは持たぬ以上、彼らの活動は必ずや活路を見出す。はたして何が起きるだろう？　彼らは二つの集団に分かたれる。自らの本来の使命に忠実な人びとは、政治的権威を攻撃する。その他の者はエゴイズムに身を投じ、自分たちに残された唯一の慰めとして、快楽のあらゆる手段を掻き集めるのにその卓越した能力を用いる。こうして暴政は才気のある人間のうちに二つの集団を作り出すことになる。叛徒となるほうも堕落するほうもどちらも罰せられるだろうが、罪を犯さずにいる術はない。彼らの野心がその高潔な希望と努力のために自由な活躍の場を見つけていれば、前者はなお平和的、後者はなお有徳でありえたろうに。往来する権利を持つ本来の道から追い払われたのでなければ、罪深い道をあえて求めたりはしなかったはずだ――彼らにはその権利があったと言おう、称賛も名声も栄光もみな人間が手にするべきものなのだから。それを同胞より正当に奪い、生命からその輝きの源を引き剝がし萎れさせることなど何人にもできはしない。

人間に与えられる報いを彼自身をも超えたところに置いたこと、栄光を求めて燃える名状しがたい炎を人の心の中に灯したことは、自然の定めた美しい理《ことわり》のひとつであった。

この輝く炎は高貴なる望みを糧として、すべての偉大な行為の源泉、一切の悪徳への防壁、世代と世代とを結び人間と宇宙とを繋ぐ絆となり、野蛮な欲求をはねつけ下劣な快楽を軽蔑する。この聖なる炎を消す者に禍《わざわい》あれ！　彼は現世において悪しき原理の働きを担い、鋼鉄の手をもってわれわれの額を地へと俯《うつむ》かせてしまう――だが天は、頭を高く掲げて歩み星々を眺めて思いを致すものとして、われわれを創りたもうたのだ。

第一三章　恣意的支配のもとにある宗教について

人は言うだろう、最も横暴な統治形態のもとでさえ一つの避難所が人間には残されていると――宗教である。そこには密かな苦悶を吐露し、最後の希望を託すことができる。そしていかなる権威もこの隠れ家まで追ってこられるほどに巧妙かつ鋭敏であるとは思われない。しかし、それでも暴政の手は人を追ってここまで届くであろう。暴政にとっては自立しているというだけで一切合財が苛立たしいのだ、自由なものは何もかも己を脅かすがゆえに。かつて暴政は宗教的な信念を統御することを望み、そこから好きに義務やら罪やらをこしらえられると考えていた。今日では経験からよく学んだ結果、もはや宗教に対し直接的な迫害を指揮したりはしないかわり、これを貶める機会を待ち構えている。

時に暴政は、民衆にとってのみ必要なものとして宗教を奨励することがある。その場合暴政は、民衆は自分の頭上の出来事を鋭い直観に従って賢く判断するものであり、上に立つ人びとが軽蔑するものに敬意を払ったりはせぬこと、そして人真似か自尊心かによってそれぞれが宗教を低く貶めるだろうということを、十二分に意識している。またある時には暴政が宗教を自分の気紛れに従わせ、そこから一個の奴隷を作り出すこともある。こうなってはもはや地を畏れさせ改めるために天より降る、神聖な力とはいえない。控えめな従者、臆病な道具となって宗教は権力に跪き、その振舞いを伺い命令を仰ぎ、自分を軽蔑する相手にへつらって、諸国民に永遠の真理を説くにも権威の意向に従ってばかりいる。聖職者たちは鎖に繋がれた祭壇の下で切り刻まれた文句を口ごもる。古びた聖堂の天蓋に勇気と良心の調べを鳴り響かせることなど到底できはしない。ボシユエ(58)のように、この世の権力者に向かって王の裁き手たる厳格な神について講ずるどころか、彼らは支配者らの軽蔑しきった視線のなかに、どうやって彼らの神について語るべきかを怯えながら探るのがせいぜいなのだ。彼らが非人間的な法律や略奪者の命令に宗教のお墨付きを与えるよう強いられなければ、まだしも幸いだったものを！　何たる恥辱か！　人びとが目にしたのは、聖職者たちが平和な宗教の名において侵略と虐殺を命じ、政治上の詭弁で聖なる書物の崇高を穢《けが》し、説教を政府の声明文へと歪め、罪の勝利のために天を称え、その片棒を担いだと説いて神の意志を冒瀆するさまだった。

こうした数々の卑屈な振舞が彼らを侮辱から免れさせるなどとはお考えにならぬよう。とどまるところを知らぬ人間は時に突然の熱狂に駆られ、それだけでいかなる抵抗も彼に理性を取り戻させることができなくなってしまう。儀式の最中にアヌビス神の像を運び込ませたコンモドゥスは、突如この虚像を棍棒に変え、彼に付き従っていたエジプトの神官を殴り倒そうと思いついた。* これは、われわれが眼にするものを——自ら守っているものを虐待し、命じたばかりの内容を貶めることで密かな勝利を味わおうとするあの尊大で気紛れな庇護者の姿を——見事に象徴しているといえよう。

* 〔Aelius〕Lamprid. in〔*Historiae Augustae Scriptores*〕*Commodo*, cap. 9.

宗教はこれほどの堕落、これほどの陵辱に耐えうるものではない。愛想をつかした視線はその荘厳さから逸れ、萎れきった魂はその希望から離れてゆく。

次の点を認めぬわけにはいくまい。開明を遂げた国民にとっては、暴政が摂理の真実性に対する最も強力な反論となるのだ。開明を遂げた国民にとって、と言うのは、いまだ無知な国民であれば宗教的信念を薄れさせぬまま抑圧に従うことが可能だからである。しかし一度でも人間の精神が合理的思考の道に踏み込めば、そして不信仰が生まれてしまえば、暴政が繰り広げる光景はこの不信仰の主張を恐るべき証拠で裏付けるように映るだろう。

不信心は人間に対し彼らの運命に心を配ってくれる正しき存在などありはしないと語ってきたのであり、事実運命は人間の最も獰猛で下劣な気紛れのまえに打ち捨てられている。不信心は言う、美徳の報いや罪の被る罰など、衰退した信仰が約束してきたはずの物事は脆弱で卑屈な想像力の生み出した幻影にすぎないと。そしてまさしく、報いを受けるのは罪であり、罰せられるのは美徳のほうである。また不信心はこうも言ってきた、この束の間の生、奇妙な出番を務めるあいだ、過去も未来もなく現実とも思えぬほどのわずかな時間において何かすべきことがあるとすれば、それはわれわれを飲み込もうと待ち構える奈落に対して眼を瞑《つむ》るために刹那を味わい尽くすことであると。専制政治も同じ教訓をその一挙手一投足で説いている。専制は人間を脅威で囲い込むことで、彼を逸楽へといざなう――今を生きるのだ、次の瞬間にはどうなるかわかったものではないのだから。冷酷と狂気の支配を見せつけられながら眼に見えぬ賢慮と善性の支配を待ち望むには、よくよく強力な信仰が必要であろう。

だがそうした力強い不屈の信仰は、おそらく歴史ある古い国民の性分とはなりえない。知的な集団はそれと反対に、不敬虔のうちに自分たちの隷属に対する惨めな埋め合わせを見出そうとする。大胆さを装い、もはや畏怖を感じなくなった権力に挑みかかることで、怯えているほうの権力に対し卑屈な態度を取りながらも自分がいくらか軽蔑すべき状態から脱したように感じるのだ。来世が存在しないという確信は彼らにとって現世における汚名の慰めになる、とさえ言えるだろう。

にもかかわらず、人びとは当代の開明を、霊的権力の崩壊を、国家と教会との闘争が全面的に終結したことを褒めそやす。私自身は、はっきり申し上げるが、もしどちらか選ばねばならないとすれば宗教の軛のほうを政治的専制よりも好む。前者のもとでは少なくとも奴隷のうちには信念が宿り、腐敗しているのはただ暴君のみである。だが抑圧が一切の宗教的観念から切り離されれば、奴隷もまた支配者たちと同じように堕落し卑しく成り果てるのだ。

迷信と無知という重荷を背負う国民は憐れむべきだが、敬うこともできよう。こうした国民はその誤謬のなかに誠意を残している——彼らを突き動かすのは今なお義務の感情なのである。たとえ誤った方向へ導かれたものだとしても、美徳を身につけることは可能だ。しかし信仰を持たない下僕は従順に這いつくばり、熱狂に突き動かされ、神々を否認しながら一人の人間のまえに怯え、恐怖を唯一の原動力とし、動機といえば自分たちを抑圧する人物が玉座の高みから投げ渡す褒美のほかには何もない。自ら望んで退化する道を選んだ種には、鼓舞してくれる幻想も弁明となる誤謬もない。彼らは天の摂理が人類に与えた地位から転げ落ちたのである。その手に残された能力および彼らの発揮する知性は、人類にとっても世界にとっても、ただ不幸と恥の上塗りにすぎない。

第一四章　いかなる形態においても、人間がすすんで恣意的支配を甘受するのは不可能であるということ

もしこうしたことが恣意的支配の作用であるならば、どんな形態をまとっていようとも、人びとはすすんでこれを受け入れることなどできない。したがって、フランスで自由と名づけられたものと同じく、恣意的支配の一形態である専制政治を甘受することもまた不可能である。さらにいえば、このいわゆる自由が専制政治とは異なる形態の恣意的支配だったと述べている時点で、私は必要以上に譲歩しているのだ。実際それは、呼び名が違うだけの専制政治にほかならなかった。

フランスの革命政府について叙述する人びとがこれをアナーキー、すなわち政府の不在と呼んだのはまったくの誤りである。もちろん革命政府にも革命法廷にも反革命容疑者法のなかにも、政府の不在などは認められなかった、そこにあったのは残虐な政府の恒常的かつ普遍的な実在だったのだ。

真実はこうだ。アナーキーと呼ばれたものは専制政治にほかならなかったし、現在のフランス人の支配者はそこで実例の示されたあらゆる方策を模倣し、当時発布されたすべての法律を維持した。自ら何度も約束したにもかかわらず、彼はこうした法律の廃止を何だかんだと避け続けた。時にはその施行を中断する手柄を自分のものにしつつ、行使権は手元に残しておいた。自分自身が生みの親であることは否定しながらも、相続人として名乗りをあげたのである。それは彼が好き勝手に投げ捨てたり手に取ったりできる、毒を塗った武器の倉庫だった。これらの法は覆いかぶさる雲のようにすべての人びとの頭上を漂い、最初の合図でまたすぐにも飛びかかれるよう待ち伏せていたのだ。

こう書いていたところで一八一三年一二月二七日のデクレ(59)を受け取り、私はその中に以下の三つの条文を見つけた。

「四、われわれの特別委員は、諸状況と公共の秩序維持から必要な高等警察による措置の一切に対して、その命令権を有する。五、同様に彼らは、軍事委員会を組織し、敵を幇助《ほうじょ》し内通した罪、あるいは公共の安寧に対し陰謀を企てた罪に問われているすべての人間を、この委員会あるいは特別法廷に召喚する権限も有する。六、彼らは布告を制定し法令を発布することができる。当該の法令はすべての市民に対し拘束力を有する。

司法、文民、軍事当局はこれに服従し施行させる義務を負うものとする。」

はたしてこれは国民公会の派遣議員のことではないのか？　この法令にはまたしても無制限の権力と革命法廷の姿が現れているのではあるまいか？　もしロベスピエールの支配がアナーキーだったとすれば、ナポレオンのそれもアナーキーであろう。しかし、それは間違っている。ナポレオンの支配は専制政治であり、ロベスピエールの支配はまさに専制政治以外の何物でもなかったと認めねばならない。

アナーキーと専制政治には類似点がある、すなわち保証を打ち砕き形式を踏み躙ることだ。だが専制政治は自ら破壊した形式を自分のために要求し、生贄にせんとする犠牲者たちを鎖に繋ぐ。アナーキーも専制政治も社会状態のなかに野蛮状態を呼び込むが、アナーキーはそこにすべての人間を逆戻りさせてしまうのに対し、専制政治は己ひとりをその状態におき、自分のかなぐり捨てた鎖に繋がれたままの奴隷たちを虐待するのである。

それゆえ、今日では人間が専制政治をかつてなくすすんで甘受する、というのは真実ではない。一二年にわたる激動に疲弊した国民が倦怠に陥ってしまい、耐えがたい暴政のもとで一瞬眠り込むこともあったかもしれない――強盗が出没するにもかかわらず疲れきった旅人が森でまどろむように。だがこの一時的な昏迷を永続的な状態と考えることはできない。

彼らが専制政治を求めていると述べるのは、彼らの望みが抑圧を蒙ることか、あるいは圧制者になることか、そのいずれかにあると述べるに等しい。第一の場合は自分で自分を理解しておらず、第二の場合は人に理解されることを求めていないのだ。

専制の何たるかを階層ごとに区別して評価すべきだと仰るだろうか？　ならば思い浮かべていただきたい、教養ある人びとについてはトラセアやセネカの死を(60)――人民についてはローマの大火と属州の荒廃を――支配者当人についてはネロの死を、そしてウィッテリウスの最期を(61)。

簒奪が専制政治によって維持されうるかを検討する前に、右の問題を詳説するべきだと私は考えたのだ。今日、この手段を確実な方途として簒奪に指し示す者は、われわれにむかって人びとの欲望や願望、無制限の権力に捧げられた彼らの愛情について延々と語る。この権力は国民を抑圧し束縛しながら、彼ら自身が犯す誤謬から守り、自分で自分に害をなすのを――権力そのものによる場合は別として――防ぐのだという。いっそ自由の名においてそうするのではないとはっきり宣言してしまえば、われわれは喜んで自らを踏み躙る足に身を投げ出すだろう、とさえ言い出しかねない。この不条理あるいは偽りの主張を拒絶し、どんな言葉の濫用がその論拠となっているかを示すのが私の目的であった。

ここまでくれば、偽りの自由から帰結した最近の不幸な経験にもかかわらず、実際には人類が専制政治を好意的に受け入れることはあるまい、という点には納得されるはずである。そこで、次に検討すべきは、はたして暴政にそなわった手段すべてを総動員することで、簒奪が無数の敵の手を逃れ自分を取り囲む多くの危険を避けうるか否かである。

第一五章　簒奪を持続させる手段としての専制政治について*

簒奪が専制政治によって維持されうるためには、専制政治そのものが存続できなくてはならない。そこで私が問うのは、近代ヨーロッパの文明化されたいかなる民のもとで専制政治が維持されたか、である。専制政治という語で私が何を意味しているかはすでに述べた。そして歴史に鑑みれば、専制政治に接近した政府はどれもみな自らの足元に奈落を掘り、最後には必ずそこへ転落していったように思われる。絶対的権力が崩れ去るのはいつも、長いあいだの努力が実を結んで一切の障害を取り払い、平和な存続を許すかに思えたその瞬間であった。

＊　以下の専制政治に関する考察の公表が、およそフランス政府を例外とする現在のヨーロッパ諸政府に対し、彼らに最もふさわしい敬意を捧げることになるだろうと信ずる。われわれの時代は、なお多くの苦悩が蔓延り、人間性というものが治癒に長い時間を要するような傷を負った時代ではあったが、少なくともある一点においては幸福である。利害によって理性

によって道徳によって、あるいは互いに捧げあった奉仕に対する相互の認識によってとさえ言いうるだろう、そうしたものが王と国民とをかくも強く結びつけているがゆえに、邪悪な人間も彼らを引き離すことはできないのだ。君主たちにとっては国民の権利を認め、その享受を保障することが寛大という称賛に繋がる。また国民のほうは、暴力的な動乱からは何も得られないということ、そして時の流れのなかで認められてきた制度はまさに時を通じて改善されるがゆえに、他の何にもまして好ましいものだということを知っている。もし人がこれら両方の信念を巧妙に、つまり誠実に義《ただ》しく(というのもそれが真の政治的な巧妙さであるから)活用するならば、警戒すべき革命も専制政治も当分のあいだ現れないであろうし、したがってわれわれの忍んだ数々の悪も十二分に報われることとなるだろう。

イングランドにおいてこの権力はヘンリー八世の治下で確立され、エリザベスがそれを強化した。人びとはこの女王が手にした無制限の権威を褒め称えた。だが彼女の後継者は隷属したはずの国民と絶えず戦い続けることを強いられ、さらにその息子は名高き犠牲者として自らの死によりイングランド革命の歴史に血の染みを印すこととなった。その衝撃は一世紀半にわたる自由と栄光をもってしてもほとんど和らぐ様子がない。ルイ一四世は『回想録』[62]のなかで、高等法院と聖職者、および一切の中間団体の権威を打ち砕くためになしたあらゆることを満足げに語っている。彼は自らの権力が無制限にまで増大したことを寿ぎ、後を継いで王座を占めるはずの国王たちに向けても自慢げだった。彼がこれを書いたのはおよそ一六六六年ごろのことである。その一二三年後、フランスの王政は転覆した。*(63)

* 絶対的権力の最も熱心な支持者には、ある滑稽な物忘れが見受けられる。とはいえ、彼には少なくとも簒奪に勇敢に立ち向かったという稀有な美点があるのだが。彼曰く、「フランス王国はルイ一四世の単一なる権威のもとに力と繁栄に関わるすべての手段を集結させた。(……)王国の栄華はあらゆる悪弊によって長い遅延を蒙っていた。この悪弊は野蛮な時代が背負わせたものであり、その錆を完全に削ぎ落とすにはほぼ七世紀という時間が必要であった。しかしこの錆はついに払い落とされた。すべてのばねは今まさに仕上げの焼入れを受けたところである。動きはより自由に、働きはいっそうすばやく確かになった。もはやあれこれ他の部品の動きに邪魔されることもない。今はたった一つの装置が他のすべてに推進力を与えるようになったのだ」。嗚呼なるほど！　ではそれが何をもたらすだろう？　この唯一無二にして強力なばねとやら、この無制限の権力は？　光輝満てる治世、それに続く恥ずべき統治、そして弱々しい支配、最後には革命である。

事態がこのように不可避的に推移する理由は単純明快である。権力に対し障壁として働く諸制度は、同時にその支えともなっている。制度は権力を導き、その取組みを支える。暴力に走れば宥《なだ》め、無気力に陥れば励まし勇気づける。制度は権力の周囲にさまざまな階級の利益を結集させる。権力が制度と対立する場合にさえ、その過ちから危険性を殺ぐ何らかの節度を与えるのだ。だがこうした諸制度が破壊されれば、権力は自らを導いてくれるものも抑制してくれるものも失って、あてもなく彷徨しはじめる。足取りは不規則に、気紛れになる。確かな規則を何一つ持たないために、権力は前進しては後退りし、むやみに動き回る。自分の行動が十分であったのか、行き過ぎだったのか、権力には決してわからない。逆上しても静めるものはいない。沈鬱になったところで誰も力づけはしない。敵を厄介払いしたつもりで味方を追放してしまったのだ。権力が恣意的支配をふるうのはある種の責任であり、悔恨の念に悩まされ苛まれたせいともいえる。

自由な国家の繁栄など一時だけだ、と人びとはよく口にしたものであった——だが絶対的権力の隆盛はそれよりはるかに儚い。イングランドの自由に匹敵するほどの長きにわたって全盛期にとどまりえた専制国家など、一つとして存在しないのである。

専制政治には三つの可能性がある。国民を憤慨させ国民がこれを転覆するか。国民の気力を挫き、そこに他の国から侵略を受け異国人の手で覆されるか[*(64)]。あるいは外敵からの攻撃がなければ、速度は遅いが同じくらい確実な、かついっそう恥ずべき仕方で自ら衰弱していくか、だ。

＊ フィランジェーリが記している、「ガリア人の征服のためにカエサルは一〇年間に及ぶ疲労と苦心と交渉という代価を費やしたが、クロヴィスにとってはほぼ一日しか掛からなかった。それでもカエサルに抵抗したガリア人は、ローマ流の戦術を仕込まれてクロヴィスと戦った者達に比べ、明らかに統制がとれていなかったのだ。一五歳か一六歳という年頃のクロヴィスがカエサル以上に優れた将軍であったはずもない。だがカエサルが相手にしたのは自由な民であり、クロヴィスの相手は奴隷の一族だったのである」。

何もかもが、権力が強大となるに応じて君主の安全は低下していくというモンテスキュー＊の格言の確かな根拠を示している(65)。

＊ モンテスキュー『法の精神』liv. VIII, ch. 7.

いや違う、と専制政治の擁護者たちは言う。政府が崩壊するのは、常に政府の弱さのせいだ。政府は無用な形式に囚われずに監視し、厳罰を加え、獄に繋ぎ、弾圧すべきなのだと。

この主張を裏づけるために彼らは、一見それに頼ったおかげで政府が救われたかと思われる暴力的で非合法な措置の例を二、三、引いてくる。しかしこうした事例を有力なものとするには、範囲をわずかな年数にかぎってそこに巧いこと閉じこもらなければならない。もしさらに遠くまで視野に入れたならば、強固になるどころか、このような措置によって政府が消滅してしまった様子を眼にすることになるだろう。

この主題はきわめて重要なものである、なぜなら時には正当な政府でさえも右のごとき理論に誘惑されてしまうからだ。だからここから少しのあいだ脱線しても、私がその危険性と誤謬とを浮き彫りにするとすればお許しいただけることだろう。

第一六章　非合法かつ専制的な措置が正当な政府そのものに及ぼす影響について

恣意的支配に手を染めることを正当な政府が自らに許せば、自己の存在を守ろうと用いた手段のために存在意義のほうを犠牲にしてしまうことになる。われわれの財産や自由、生活に害をなす人間を政治的権威が取り締まるよう人びとが望むのは何のためか？　これらの享受がわれわれに保障されるためだ。だがもし恣意的支配によってわれわれの資産が失われ、自由が脅かされ、生活が乱されてしまうならば、権威によって庇護されることに一体どんな利点を見出せよう？　国家の体制に対し陰謀を企てる人物を罰することが望ましいのはなぜか？　こうした陰謀家たちが合法的で穏健な組織を抑圧的な権力で置き換えるのではないかと人びとが恐れるからだ。だがもし権威自らがこの抑圧的権力を行使するなら、どんな長所が残るというのか？　もしかしたらしばらくのあいだは、事実上の利点が一つ認められるかもしれない。すでに確立された政府のふるう恣意的措置は、自分たちの権力をこれから築かなければならない党派のそれよりも頻々《ひんぴん》でないのが常である。とはいえ、この利点さえも恣意的措置の行使ゆえに失われる。一度この手段を是認すると、人はそれがはなはだ簡潔で便利だということを知って他の手段を使う気がなくなってしまうのだ。はじめはきわめて例外的な状況における最終手段として示されながら、恣意的支配はあらゆる問題の解決法となり日々の実践へと変貌してゆく。そうすれば、犠牲者とともに政治的権威に敵対する人びとの数が増加するというだけでなく、権威への不信感もまた敵勢に対する釣合を超えて増大する。ある自由への侵害は他の侵害を招き、この道に足を踏み入れた権力は結局、党派と大差ない存在に堕することとなるのである。

非合法的な措置の利点について、そしてその法規を超えた迅速さについて人びとはずいぶん気楽に口にする――そのおかげで叛徒たちに結集する暇を与えず、秩序を強固にして平和を維持するのだと。だがそうして引用される事実に尋ね、有利な証拠として引き合いに出されるものにしたがってこの説を判断してみようではないか。

グラックス兄弟(66)は共和政ローマを危機に陥れた、と言われている。どんな形式も役には立たず、元老院はやむをえず二度にわたって恐るべき法に訴え、共和政は救われた。

共和政は救われた！　その意味は、共和政の没落はこの時に始まったということにほかならない。あらゆる権利が無視されあらゆる制度が覆された。人民が望んだのは特権の平等のみであった。彼らは自分たちの守護者を殺した下手人を必ず罰すると誓い、冷酷なマリウスがこの復讐の指揮を執ったのだった。(67)

ギーズ家の野心はアンリ三世の治世を揺さぶった。ギーズ家の人間を裁判にかけるのは不可能だと思われたため、アンリ三世はそのうちの一人を暗殺させた。それによって彼の統治はより穏やかなものとなったか？　フランス王国はその後二〇年に及ぶ内乱に引き裂かれ、あるいは四〇年ののちに善王アンリ四世が蒙ったのは、ヴァロワ家最後の人物の因果であったのかもしれない。(68)

この種の危機においては、犠牲となる罪人の数はいつもわずかだ。その他の者たちは黙り込み、身を隠し、ただ待っている。そして暴力が魂の奥底へと押し込めた憤怒の情を利用する。不正義を目撃したために善良な人びとの精神にひろがった悲嘆の念を利用する。権力は、法律の軛を逃れたことでその類い稀な性質と恵まれた優位とを失ったのだ。叛徒たちが同種の武器で権力側を攻撃すれば、市民の群れは分断されるかもしれない――彼らにとっては、二つの党派のどちらを選ぶかという問いにしか思えないのだから。

人は国家の利益、遅延が引き起こす数々の危険、公共の安寧を引き合いに出して反論する。われわれはこの同じ文句を最も呪うべき体制の下で飽きるほど聞かされたのではなかったか？　一体いつになったら廃れるのだろう？　このご大層な口実、うわべだけの言葉を受け入れれば、いずれの党派も敵を打破することに国家の利益を認め、わずかな検証すら遅延の危険と見なし、裁判も証拠もなしに有罪と判決を下すことに公共の安寧を見出すだろう。

確かに、政治社会には人間の賢明さすべてをもってしても避けがたい危機というものがある。だがかといって暴力や裁判の廃止によってこれらの危険が回避されるわけではない。それはむしろ、確立された法律や庇護となる形式や予防線としての保証に、かつてないほど忠実に細心に服することを通じてなのだ。これら合法的なものにこだわりぬく勇気を示せば、そこから二つの利点が生じる。まず政府は敵方に最も神聖な法を侵害した汚名を負わせられる。さらに、極端な措置は権力者が迫りくる危機を感じている証拠となってしまうのに対し、政府が平静と安寧を示すなら、少なくとも態度を決められずにいた臆病な群衆の信頼を勝ち取ることもできよう。

どれほど穏健な政府であろうと合法性と正義に立脚した政府であろうと、正義を停止させたり合法性から逸脱したりすれば、必ずや衰退することになる。本性にしたがって遅かれ早かれこうした政府は穏和になるが、敵方はまさにその時を伺い、武力がふるわれた記憶を政府に不利な形で利用しはじめるだろう。暴力は束の間政府を救済するかに思えたが、没落の運命はいっそう逃れがたくなった。なんとなれば、敵をいくらか取り除いたとはいえ、暴力は彼らの抱いていた政府への憎悪を国中に蔓延させてしまったからである。

正しくあれ——権力を委ねられた人びとに私は常に言い続けるだろう。正しくあれ、たとえ何が起ころうと。正義によって統治することができぬなら、不正義によっても長い支配は望めぬであろうから。

われわれの長く悲惨な革命期においては、今日の出来事の原因をあくまで前夜の行動に探ろうとする人が多かった。暴力が一時的な昏迷を引き起こした後、反動でその効用が失われると、彼らはこの反動の理由を暴力的措置の停止、追放処分の出し惜しみ、権威の緩みに帰した。* しかし不公正な命令は空文化するのが定めである。意識さえせぬうちに穏健化するのは政治的権威の本性である。煩わしくなった用心は無視される。沈黙を守っていても、世論には力がある。権力は譲歩するが、弱気ゆえの譲歩なので誰の心も味方につけることができない。陰謀の糸は再び張りめぐらされ、憎悪が湧き上がる。恣意的支配に迫害された無辜の人びとはより強靱になって姿を現す。尋問もなく処断された罪人たちは無実と見なされ、いくらか先延ばしたはずの禍には悪行が上乗せされていっそう恐ろしい災厄となって戻ってくるのだ。

＊　ルイ一四世治下においてはドラゴナードの首謀者たちが同様の理屈を捻り出した。リュリエール〔一七三五－一七九一〕、フランスの詩人および歴史家〕が述べている（『ナント勅令廃止についての解題』第二部、二七八頁）〔*Éclaircissemens historiques sur les causes de la Révocation de l'Édit de Nantes, et sur l'état des protestants en France, Depuis le commencement du Règne de Louis XIV, jusqu'à nos jours*, 1788〕、「セヴェンヌにおける暴動の頃、信者たちへの迫害を要請した側の人びとは、カミザールの反乱の原因も厳戒な措置を緩めたことにほかならないと主張していた。彼らは言った、もし抑圧が継続していれば蜂起など起きなかったろうと。このような暴力に反対する立場の人びとはこう答えた、抑圧がそもそも始められていなければ、不満自体が存在しなかったはずではないか」。

どんな意図にもどんな目的にも等しく役立つような手段にまっとうな言い分などあろうはずがない、正直者が悪党に対して持ち出したものが今度は悪党の口から飛び出し、しかもその正直者たちの権威をかさに着たうえに必要性という弁解、公安という口実までそっくり同じときている。暴政を目指す者は誰であれ一切の手続きなしに殺害してよいとしたウァレリウス・プブリコラの制定した法律は(69)、貴族の怒りにも民衆の憤りにも交互に奉仕し、共和政ローマを崩壊させることとなった。

実際よりも自分を上等に見せようとすること、そうした性癖はほとんどすべての人間にそなわっている。作家の癖は政治家ぶろうとすることだ。結果として、超法規的権力の際立った増大のことも危機的状況における非合法な手段への訴えについても、時代を問わずいつも敬意と媚《こび》をこめた筆致で語られてきたのである。安全に書斎におさまりかえった作者は、あらゆる側面から恣意的支配を宣伝し、その措置において彼が推奨している迅速性を自分の文体にも取り入れようと努める。濫用を勧めればほんのひとときの権力を手にした気になれ、自作の辞句で飾り立てた力と権力をあの手この手で描き出すことは、彼の思弁的生活に活気を取り戻してくれる。そうして政治的権威の快楽の何がしかを自分のものとするのだ。彼は人民の安全、最高法規、公益といった大袈裟な言葉を大音声で繰り返す。自分の深遠さにうっとりし自分の精力に驚嘆する。哀れな愚か者よ！　彼が扱っているのは、彼の主張を喜んで聞き、機があればすぐにその理論を彼自身で実験しようとするような人物たちだというのに。

こうした虚栄はあまりに多くの著述家の判断を狂わせ、われわれの内紛の時期には思った以上の害悪をもたらした。すべての凡庸な精神、権威の分け前に与った束の間の征服者たちはこれらの格率をすべて頭に詰め込んでおり、それは愚かさだけでは振りほどけない結び目を断ち切るのに役立ったぶんだけ、愚か者には好都合だったのだ。彼らが見据えていたのは公安を謳った措置、大上段に振りかぶった措置、国権発動のことだけだった。一歩ごとに通常の道から遠ざかるがゆえに自分たちのことを非常な天才であると思い込み、正義がその眼には卑小なものと映るからといって偉大な頭脳を自称していた。政治的な罪を一つ犯すたびに、こう叫ぶ彼らの声が人びとの耳に響いた――「われわれはまたしても祖国を救ったのだ!」。確かに、この点はわれわれも十分認めざるをえないのだが、こうして日々救われてゆく祖国はまた早晩失われる祖国でもあるのだ。

第一七章　以上の考察から導き出される専制政治に関する帰結

専制政治のように一切の利害を自分に敵対させ結集させることのない正当な政府においてさえ、非合法的な措置はその存続に有利に働くどころかこれを危険にさらし脅かすとすれば、こうした措置一般によって構成されている専制政治が自らのうちに安定性の萌芽をかけらも宿しえないことは明らかである。専制はただその日その日を過ごしており、斧を手に無実の人間にも犯罪者にも襲いかかっては、自分が巻き込みおだてて富を与えた共犯者に怯えながら、恣意的な権力行使によって自分を維持しようとする——別の人物に掌握されたその恣意的な支配権が、自ら手先を操って専制を打ち倒すその時まで。*(70)

＊　サン＝クルーの簒奪を皮切りとして、ナポレオンによる統治の最初の四年間を特徴づけた一連の重大な恣意的行為を考察してみるのも興味深いだろう。ヨーロッパがこの簒奪を許したのは、彼らにとってはこれが必然と思えたことと、にもかかわらず自分たちが沈静化に一

役買ったと自慢しているあの内紛が、合憲的な権力行使のみによって終息した後でなければ決して到来しなかった事態だと考えたことによる。まずはこの簒奪直後の様子をご覧いただきたい。裁判もなしに三、四十人もの市民が国外追放を受けたあと、さらに一三〇人が二度と戻ることのないアフリカの地へ送られた。その後軍事委員会を存続させたまま特別法廷が設立されると、次に裁判所の廃止、残っていた代表制組織の解体が続いた。そしてモローの追放、アンギアン公爵の殺害、ピシュグリュの暗殺、等々である。私は無数にあるこうした行為をいちいち取り上げはしない。銘記していただきたいのは、これが彼の支配における最も平和な時期と考えられていること、そして合法性を装うことが政府にとっては疑いようのない利益だったことである。簒奪と専制は、このような手段と本質的に分かちがたく結びついているのだ。というのもこの明白な利益でさえ、例の簒奪者をそうした手段から遠ざけるにはいたらなかった――彼は非常に狡猾で、素質というほかない苛烈さをそなえながらもきわめて平静であり、もし心の卑しい面にまつわる認識を知性と呼ぶならば、多分に知的であった。また善悪に無関心というその中立性ゆえに、より確実なものとして前者を選ぶことも、そして暴政のあらゆる原理を研究した結果、巧みな手腕を見せつけるためある種の穏やかさを示して自惚れを満足させることもできたはずの人物だった――のだから。

不満を抱く世論を血の海で窒息させること、それは心中にたくらみのある政治家には好適の格率となる。だが世論の息の根を止めることはできない――血は流れるだろう、だが世論は生き延びて再び戦いを挑み、そして勝利する。世論は抑圧されるほどに危険さを増し、人びとの吸う空気とともにその精神へと浸透する。そうして各人に馴染みの感情となり強固な信念となる。陰謀を謀るために集うのではない、出逢った者たちがこぞって謀《はかりごと》を巡らすのだ。

国民の外観がどれほど堕落して見えようと、高潔な感情は常に孤独な魂のうちに身を潜め、憤った思いはそこで黙したまま高ぶっていく。集会堂の円天井には怒号が響き渡り、宮殿には人類への侮蔑がこだまするかもしれない。民衆をおだてる者が慈悲への反感を掻き立て、暴君にへつらう者が勇気ある行いを告発することもあるだろう。だが天が、専制政治の求めるまま全人類を差し出すほどにある時代を見放すことはない。一人の人間の名においてであれ全体の名のもとであれ、およそ抑圧というものに対する憎悪は、時代を超えて伝えられていく。未来はこの崇高な大義を裏切らない。正義を熱愛し、弱者の護り手たることを望む人間は常に存在し続ける。自然がこの継承を望んだのだ。いまだかつてこの繋がりを絶ちえた者はおらず、これからも決して絶たれることはないだろう。こうした人びとは必ずこの高潔な衝動に従い続ける。多くの者が苦しみ、多くの者が命を落とすかもしれない。それでも大地は、彼らの灰が混ざりあうこの大地は、その灰によって呼び覚まされ、いつか瞼を開きはじめるだろう。

第一八章　とりわけわれわれの文明の時代において専制政治を不可能なものとしている諸要因について

これまでお読みいただいてきたのは一般的な性質にまつわる議論であり、文明化されたあらゆる国民、あらゆる時代に当て嵌まる。だが近代文明の状況に特有ないくつかの要因が、われわれの時代においては専制政治に対する新たな障壁を作り出している。

この要因は大体において、平和を好む志向を好戦的な傾向に取って代わらせたもの、古代人の自由を近代人へと移植するのを不可能にしたものと重なる。

自らの安寧と快楽とに堅固に結びついた人類は、これらを脅かそうとするあらゆる権威に対し、個人としても集団としても必ず反発することだろう。私がすでに述べたように、政治的自由にかける情熱ではるかに古代人たちに劣っているがゆえに、われわれは形式上の保証をなおざりにしてきた。だが個人的自由にはよりいっそうの強い愛着を抱いているため、その基盤を攻撃されれば直ちにあらゆる手段を用いてこれを守り抜くだろう、ともいえる。そしてわれわれは、そのための手段として古代人たちになかったものを手にしているのである。

先に私は、商業がわれわれの存在に対する恣意的支配の作用をこれまでになく抑圧的なものとしたこと、そしてその理由は多様化したわれわれの商取引に対応するため恣意的支配もその範囲を拡大せざるをえない点にあることを示した。しかし商業は同時に、恣意的支配の働きから逃れることも容易にする。それは商業が所有の性質を変容させ、それによって所有の把握がほぼ不可能になるからである。

商業は所有に新たな性質を与える——流通である。流通なしでは、所有はただの用益権にすぎない。政治的権威も用益権には常に影響を及ぼしうる、なぜなら享受を奪うことが権威には可能だからだ。だが流通は、この社会的権力の作用に対し目に見えない難攻不落の障壁を配置する。

商業の影響はさらに広範にまで及ぶ。商業は個人を隷属から解放するだけではなく、信用取引を生み出すことによって政治的権威を経済的に依存させるのである。

あるフランス人の著作家が述べている——貨幣は専制政治が手にする最も危険な武器であるが、同時にその最も強力な制御装置でもあると。信用が従うのは世論に対してである。権力には何もできない。貨幣は隠れ、あるいは逃げ去り、国家の一切の活動は宙に浮いてしまう。信用は古代人たちのあいだではこれほどの影響力を持っていなかった。彼らの政府の力が諸個人に勝っていたのである。だがわれわれの時代においては、諸個人のほうが政治権力よりも強力である。富は力であり、時を問わずより容易に自由にでき、あらゆる利害に対してより広く適用が可能で、したがってはるかに現実的かつ人間をよりよく従わせることができる。政治権力は脅威を与え、富は報酬を与える。人びとは権力を欺いてその手を逃れるが、富の恩恵を蒙るためには富に仕えなくてはならない。後者が勝っているのは明らかだ。

同じ一連の要因によって、個人の存在はさほど政治的存在のうちに包摂されなくなった。個々人は自分たちの財貨を遠くへ移し、それと一緒に私的生活のすべての快楽をも運び去る。商業は諸国を結びつけ、彼らに多少とも似通った習俗と慣習とを与えた。支配者たちは敵同士かもしれないが、国民は同胞となる。古代人たちにとっては苦悶を意味した亡命も近代人には何ということもない。苦痛を引き起こすどころか快適なことさえ珍しくないのだ。* 専制政治に残された方策は国外移住を禁止することだが、禁止だけでは止められない。出国を禁じられた国々ほど人間が喜んで去るものはないのである。

したがって亡命した人物を追跡し、近隣にはじまって遠隔の諸国にいたるまで、彼を追い払うよう強制せねばならない。専制政治はこのようにして、隷従、征服、普遍的君主国の体制へと逆戻りする。おわかりいただけるだろう、それはある不可能性を別の不可能性で埋め合わせようとすることにほかならない。

＊ キケロが「われわれは祖国のために死ぬことができねばならぬ、祖国のためにすべてを捧げなくてはならぬ。およそわれわれのものは一切が祖国に属する、ありとあるものをその犠牲に差し出さねばならぬのだ」(pro qua patria mori, et cui nos totos dedere, et in qua nostra omnia ponere, et quasi consecrare debemus)〔『法律』II, 2, 5〕と語った時、その祖国にはおよそ人間の手にしうる最も貴重なものすべてが含まれていた。祖国を失うこと、それは妻と子を、友を、一切の愛情を喪失することであり、あらゆる結びつきと社会における喜びのほとんどを奪われることであった――そうした愛国心の時代は過ぎ去った。われわれが祖国のうちに愛するのは、自由におけるのと同様、財産の所有や安全、活動と休息の機会、栄光への可能性、数え切れぬ種類の幸福にいたる道である。祖国という言葉がわれわれの思考に呼び起こすのは、ある個別の国の地形学的な観念というよりもむしろ、こうした善の集合体である。誰かの手でそれが奪い去られるなら、われわれは他の場所にそれを探しに行くだろう。

ここで私が主張したことは、まさにわれわれの眼の前で立証されたばかりである。フランスの専制政治はあらゆる土地から土地へと自由を追い回し続け、しばらくのあいだは自分の支配が行き渡った全領土でこれを封じ込めるのに成功した。しかし自由は常に地方から地方へと逃げ移り、それを遠い僻地まで追跡せざるをえなかった専制は、終《つい》にそこで自らの破滅に直面したのであった。地の果てでは人類の才智が彼を待ち受けていた――その帰還をより恥ずべきものとし、懲罰をより忘れがたきものとするために*(71)。

* 私のある同僚の勇気と知性に正当な評価を捧げておきたい。彼は数年前、暴政の支配下において、ここで私が展開したのと同じ真理を世に問うたのである。ただしそれは私の用いたような、当時では出版しえなかった根拠とは異なる種類の証拠に立脚していた。「文明の現状においては、そしてわれわれの暮らす商業の制度のなかでは、すべての公権力が制約を受けねばならず、絶対的な権力は存続しえない」。(GANILH, *Hist. du Revenu public*, I, 419.)

第一九章　専制そのものが今日では存続不可能であるがゆえに、専制政治によって維持されえない簒奪にはいかなる継続の可能性も存在せぬこと

専制政治が今日では不可能とされるなら、簒奪を専制によって維持しようとするのは、いずれ倒れずにはすまないものをやはり折れんばかりの添え木で支えるようなものである。

専制を欲すれば正当な政府は自らを危険な状態に陥れることとなる。だがそれでもこの政府には習慣という利点がある。かの長期議会が、共和政にしろ君主政にしろおよそ古く神聖な権力にはつきものの崇拝の念から解放されるために、一体どれほどの時間を必要としたかをお考えいただきたい(72)。はたして簒奪者の支配下に存在する諸団体は、その軛を打ち砕くのにこれと同じ道徳上の障害を、同じ良心のためらいを感じるだろうか? こうした集団が奴隷に身をやつしても意味はない。彼らは屈従すればするほど、

あるきっかけで解放された暁にはそれだけ激しい怒りを露にする。長かった隷属の代価を要求するのだ。かつてアグリッピナの死を祝い、母を殺害したネロを称賛するため国を挙げての祭事を採決した元老院議員たちは、のちに彼を鞭打ったうえ遺体をテヴェレ川に投げ捨てよと宣告したのだった[73]。

正当な政府が専制へと転じる際に遭遇する困難は、その正当性に起因する。これらの困難は成功を妨げるが、しかし政府の試みが自らに引き寄せる危機を減少させもする。簒奪はこれほどに整然とした抵抗を蒙らない。成功は一時的であるにせよ、その時点ではより完全であるといえよう。だが最終的に巻き起こる抵抗はいっそう無秩序なものとなる――混沌に混沌が対峙するのだ。

正当な政府が権力の濫用を試した後に再び穏健さと正義の実践に立ち戻るなら、そのことですべての人から感謝されよう。政府は馴染みの地点へと引き返し、そうして呼び覚ます記憶で人びとの精神を安らかにする。自らの計画を放棄した簒奪者は無能さのほか何も立証しない。彼が立ち止まったところは、彼の目指していた終着点と同じくらい危うい。嫌悪が薄らぐこともなく、ただいっそうの軽蔑を受けるだろう。

したがって簒奪は、一切の利害関心の反発を招くため専制政治なしでは存続しえず、また専制政治が存続しえないために、専制をともなったとしてもやはり存続できないのだ。ゆえに簒奪の維持は不可能である。

フランスがわれわれの前にさらす光景は、いかなる希望をも打ち砕くかに思えよう。そこには勝ち誇り、あらゆる恐怖の記憶で身を固め、あらゆる罪深い理論を継承し、かつてなされたあらゆる行いが自分を正当化すると思い込み、過去のありとある過ちと犯罪とによって力を得、人間への蔑視と理性への軽蔑を誇示する――そうした簒奪の姿がある。周囲には一切の卑しい欲望と一切の狭量な打算、洗練を装った堕落が寄り集まり、革命の暴力のさなかに恐るべき姿を見せつけた情念は、異なった形態のもとにも再び生み落とされる。恐怖と虚栄は以前、深い憎しみに燃える党派精神を真似て猿芝居をしていたが、今はどんな卑屈な服従も顔負けの名演技を披露している。自己愛は何にもまして強《したた》かに生き延び、恐怖の避難所となっている卑劣な行いで成功を収める。強欲が大手を振って歩き、自らの堕落ぶりを暴政に保証として差し出す。詭弁はあらゆる観念を曖昧にし自分を論破しようとする声を反逆者と呼びながら、暴君の膝元にいそいそと馳せ参じ、その熱意で彼を驚かせ彼に先んじて喚声をあげる。知性も一働きしようと駆けつけてくる――良心と切り離された知性は何よりもさもしい道具である。あらゆる思想の背教者たちが、かつての教えのなかから邪な手段に慣れ親しんだものだけをその手に残し、群れをなして押し寄せる。悪徳の数々で知られた狡猾な変節漢は、昨日の隆盛から今日の繁栄へと人知れず忍び込む。宗教は政治的権威の宣伝、論理は権力の解説となる。あらゆる世代にはびこる偏見、あらゆる国に広まる不正義が新たな社会秩序の素材として掻き集められる。人びとは過去の世紀に逆戻りし、あるいは遠い国々を遍歴して、無数の線のなかからモデルとして与えうるかぎりの完璧な奴隷の姿を描き出そうとする。不名誉きわまりない文句が口から口へと飛び移るが、真実の源泉から発せられるわけもなく、そこにはひとかけらの確信も含まれない。この煩わしく無益で馬鹿げた喧騒のせいで、真理や正義には汚れなき言葉を発する余地がまったくないのだ。

このような状況は、最も激しい革命の動乱よりもさらに悲惨である。時には反乱を煽るローマの護民官に嫌悪感を抱くこともあるにせよ、帝政時代の元老院には息苦しいほどの軽蔑を覚える。チャールズ一世の敵は苛酷で罪深いかもしれないが、クロムウェルの取巻きには底知れぬ嫌悪がこみ上げる。

社会のなかでも無学な人びとが罪に手を染めたのであれば、教養ある階級には傷がつかない。不幸の伝染から彼らの身は守られている。そして遅かれ早かれ事態の成行きが権力をその手に返す以上、彼らは堕落したというよりは迷走していた世論をたやすく連れ戻すだろう。だがこの階級そのものが、かつての原理を放棄し慣れ親しんだ慎みをかなぐり捨て、自ら忌まわしい実例を示すなら、一体いかなる希望が残るというのか？名誉の萌芽、美徳の泉源をどこに見出せよう？　汚濁、血、そして粉塵、それがすべてだ。

あらゆる時代において、人類の友にはなんと悲惨な運命が待ち受けていることか！無視され、疑われ、周りにいるのは勇気も公平無私な信念も本気にすることのできぬ人間ばかり、抑圧者たちが最も力ある立場にあれば憤怒に駆られ、彼らが犠牲者となれば憐れみの情に苛まれることの繰り返しである。そうして彼らは、時に怒りに満ち、時に堕落した時代のさなかにあって、あらゆる集団から標的と狙われ孤独に地上を彷徨ってきたのだった。

それでも、人類の希望は彼らのうちに宿っている。暴君らがこぞって上書きしてきたあらゆる詭弁に反証する不滅の文字が、尊ばれながらさまざまな時代を通じてわれわれのもとに届いたのは、彼らのおかげなのである。それが伝わりきたればこそ、ソクラテスは無知蒙昧な民衆の迫害を越えて永らえ、キケロは忌まわしきオクタウィアヌスに追放を命じられながらも完全に滅び去ることはないのだ。(74) 願わくば彼らに続く人びとが勇気を失わぬよう！　後継者たちが新たに声を上げんことを！　許しを乞わねばならぬことなど、彼らには何一つない。償いも撤回も必要ない。曇りなき栄誉という宝は無傷のままその手のなかにある。どうか彼らが恐れずに高潔な観念への愛を謳わんことを！　そうした観念は彼らを非難の強い光で刺しつらぬいたりはしない。偽善を無益と断じてかなぐり捨てた専制政治がその本性を露にし、世に知られて久しいその旗印を傲岸不遜にはためかせるような時代にも報いがないわけではない。盟友の残虐行為に顔を赤らめるよりは、敵の圧制に苦しむほうがどれだけ望ましいことか！　そうすれば地上の有徳な存在すべてから称賛されよう。全世界が見守るなか、あらゆる善良な人びとの望みを背中に受けて、高潔な大義の弁護に立ち上がるのだ。

人民が真の自由を手放すことなど決してありえない。そうと主張するのは、彼らが屈辱、苦悶、貧窮そして悲惨を愛すると述べるのと同じである。愛着の対象から引き剝がされても、仕事を妨害されても、財産を奪われても、意見や心の奥底に秘めた思想にまで追いかけ回され、監獄そして死刑台へと引き摺られようとも、彼らは一切痛痒を感じないのだと唱えるのと同じなのである。なぜなら、自由の保証を確立するのはこうした事柄に対抗してのことであり、人びとが自由に訴えるのはこのような災禍から身を守るためにほかならないのだから。これこそまさに人民が恐れ、呪い、忌避する災厄である。出くわしたのがどこで、どのような名が与えられていようと、人民はこれらの災いに怖気をふるい後退りする。抑圧者が自由と呼びならわしてきたもののなかに人びとが見出し忌み嫌っていたもの――それは隷属だったのだ。そして今、隷属はその真の名において、真の形式において、人民の前に姿を現した。だからといって嫌悪が薄れるというものでもあるまい?

真理の伝道者たちよ、道が鎖されたならば熱意を募らせ、いっそう努めよ。叡智の光のすみずみまで照り渡らんことを! 雲に覆われたなら再び姿を現し、遠く追いやられても舞い戻れ! 再生し、増え広がり、変容を遂げよ! この光がどうか、迫害の手にも劣らぬ疲れ知らずであるように。ある者は勇気を抱いて歩み、またある者は巧みに懐に忍び入るだろう。真理は広まり、浸透し、時に響き渡り、時に小声で囁かれ続けることだろう。すべての理性が集結し、すべての希望が蘇り、誰もが働き、誰もが奉仕し、誰もがその時を待ち望むのだ。

暴政、不道徳、不正義はあまりに本性に反するがゆえに、この奈落から人間を引き戻すにはたった一つの努力、たった一声の勇気で事足りてしまう。道徳の忘却から生じた不幸を知れば、彼は道徳のもとに戻る。自由の忘却から生じた不幸を知れば、彼は自由のもとに戻る。いかなる国民の大義も永遠に打ち捨てられはしない。内乱の時期、イングランドは非道な行いの例をいくつも示した。その錯乱を脱したのもただ隷属に飛び込むためかと思われた。だが、にもかかわらずイングランドは賢明、有徳にして自由なる諸国民の列に席を取り戻し、今日われわれはその姿に諸国民の模範と希望とを見出したのであった。

本書の印刷は先の一一月に始められたのだが、その間に息をつくまもなく継起したさまざまな事件が、ここで私の確立したかった真理をかなり明確な形で証明してくれた。そのようなわけで、当初はできるかぎり一般的な原理のみに終始するつもりでいたのだが、結局そうして与えられた実例を援用せずにはいられなくなってしまった。

この一二年というもの、自分は世界を征服する運命にあるのだと主張し続けていた人物が、ついにそれは誤りだったと公然と認めさせられたのである。彼の言葉、彼の歩み、行いの一つひとつが、私のまとめ上げたもの以上に征服の体制への決定的な反駁となっている。同時に、彼の振舞いは同様の逆境にさらされた正当な君主たちのそれとは大分異なっており、私が君主政や共和政と簒奪とを区別するものとして描き出そうとした相違に、新たな点を付け加えたのだった。カンブレー同盟期のヴェネツィア、あるいはルイ一四世の脅威に直面したオランダを思い浮かべていただきたい(75)。国民のなんという信頼感、為政者たちのなんという落ち着きと豪胆だろう！　それもみな政府が正当性をそなえていたがゆえなのだ。老年を迎えたルイ一四世はどうであったか。彼は全ヨーロッパを敵として戦わねばならないのに、老衰に蝕まれ力を失っていた。彼の傲慢も運命に譲歩する必要性を認めた。それでも彼の言葉は威厳に満ちあふれていた。数々の危機にもかかわらず、彼にはそれ以上の譲歩を許さない一線があった。不運のさなかにおけるその気高さは、かつて彼が盛運ゆえに犯した過ちをほとんど打ち消すほどのものであり、ついには彼の過ちが罰せられたのと同じく、その魂の偉大さもまた報われることとなった。名誉ある和睦が彼の王座と彼の国民を救ったのである。最近では、プロイセンの国王が諸邦の一部を失っている。多勢に無勢のため戦線の維持は不可能である。彼は運命を受け入れたが、敗北に塗れながらも人としての毅然とした態度と王たる風格は変わっていない。ヨーロッパは彼を称え、臣民はこの王を気の毒に思い、深く愛している。国中から密かな祈りが寄せられ彼の望みとひとつになり、彼が号令を掛けるやいなや高潔なる国民はその屈辱を雪《そそ》ぐために馳せ参じるのだ。さてそれとは別の例、諸国民の歴史においてひときわ重大ではあるが特異な例についてわれわれは何と言うことができよう？　国境付近の諸州が敵に占領されたというのでもなく、異境の人間が自ら広大な帝国の中心部へと踏み入ったのである。失意の叫びが一声でも聞こえるだろうか？　弱っている仕草が一つでも眼に入るだろうか？　侵略者が進軍すれば、ほかはみな口を噤む。脅しをかけても何一つ思いどおりにはならない。(76)彼は首都の塔に自分の軍旗を樹てるが、その応答として手に入れるのは焼け落ちた都である。

彼は、まったく対照的なことに、自分の領土が侵略されぬうちからすでに隠しようもなく動揺していた。国境が破られるかどうかという時点で、自分の征服した国々を放棄してしまった。兄弟の一人には退位を迫り、もう一人は国を追われるに任せた。求められるより先に、彼はすべてを手放すと自ら宣言したのである。

この違いは一体どこから生じるのか？　たとえ敗北しようとも国王たちが彼らの威厳を捨て去ることはないのに対して、なぜ征服者は最初の挫折で歩みを止めてしまうのか？　それは、王たちが自分の王座の基礎は臣民の心の中に存することを熟知していたからである。しかし簒奪者は不当に手に入れた王座に、まるで孤立したピラミッドに腰掛けるごとく怯えながら居座っているのだ。どんな同意も彼を支えはしない。彼は一切を粉塵に帰してしまったのであり、さらさらとした砂では荒れ狂う風が彼を襲うのを止めようもない。彼は言う、自分の家族の叫び声がその心を引き裂くと。ではロシアの地で戦傷と寒波と飢餓という三重の苦しみに倒れた人びとは、この家族の一員ではなかったのか？　そもそも彼らが指揮官に見捨てられて死んでゆくころ、指揮官は自分の身は安穏と思い込んでいたのである。今ようやく彼も危険を分かち合い、不意にこみ上げてきたその感覚を味わっているのだ。

恐怖は悪しき助言者である、とりわけ良心の存在しない場合においては。不運のさなかでも、幸運な時期と同様、尺度は道徳にのみ存する。道徳が支配しないところでは幸運も狂気ゆえに消え失せ、不運は堕落のうちに破滅する。波乱のただなかにあってこの例を見ないほどの盲目的な恐怖、突然の怯惰《きょうだ》は、勇敢な国民にどんな変化を引き起こしてしまうのだろう？　というのは、数多の過激な行いに当然の報いを受けたあの革命家たちでさえ、少なくとも自分たちの人生がその大義と深く結びついていること、そして迎え撃つ力がなければヨーロッパを挑発すべきではないことを自覚していたからである。確かに、フランスは一二年前から重く苛酷な暴政の軛に苦悶の声をあげてきた。最も神聖な権利が侵害され、一切の自由は蹂躙された。だが、そこにはある種の栄光が存在していた。国民の自尊心は(誤ってではあるが)ひとりの無敵の指導者によってのみ抑圧されることに報いを見出していたのである。はたして今日、何が残されているだろう？　もはや威信もなく勝利もなく、あるのは手足をもがれた帝国、世界中からの憎悪、輝きを失い装飾を破壊された王座、それを築く途上で喉を掻き切られたアンギアン公爵とピシュグリュ、その他多くの者たちの彷徨う影のほか取り巻く者のいない王座なのだ！　君主政の誇り高き擁護者たちよ、あなたがたは聖王ルイのフランス国王旗が罪に血塗られ勝利に見放された軍旗に取って代わられることに耐えられようか？　そしてまた共和政を望む人びとよ、あなたがたの期待を裏切った支配者、あなたがたの不和にさやかな葉陰を投げかけ、過ちさえも感嘆の的に変えてくれたあの月桂樹を打ち枯れさせた支配者について、一体どのような言葉をお持ちだろう？

第四版・補遺

第一章　諸制度の刷新、改革、画一性と安定性について

どうやら、人びとにはこう思われてしまったらしい。過去に対する敬意を促しながら私はありとあらゆる革新を非難しており、観念の進歩を評価してもいなければ、時がさまざまな意見に——したがって人間にまつわるさまざまな制度にも——必然的に呼び込む不可避の変化に必要性を認めてもいないのだと。しかし過去への敬意から私はあらゆる不正な制度を除外しており、不正義を正当化するような時効などありえないと認めていたのである。とはいえ単に欠陥だけが問題であり、目指す変革が厳格な正義に求められてのことでなく、むしろそこに想定される有用性のみを動機としているのなら、じっくりと時間をかけ慎重に取りかかるのでなければ改革に着手すべきではない、と私は考える。

政治的権威が世論に対して、あたかもセイードがマホメットに対して言ったごとく「あなたの命令を先取りしたのです」と述べるならば、世論はセイードに答えたマホメットのようにこう返すだろう――「お前はそれを待つべきであった」[77]。そして権威が遅延を拒むなら、世論は相応の仕返しをする。

世論に先んじようとする者は、もしかしたら自分でも気づかぬうちに、ある奇妙な矛盾のなかに落ち込むこととなる。彼らは自らの時期尚早な試みを正当化するために、今を生きる人びとから新たな体制の恩恵を奪うわけにはいかないと言う。そして人びとがこうした体制の被害者となることに不満を訴えると、将来の子孫の利益という名目でこの犠牲を弁解するのである。

改善、改革、悪弊の撤廃など、こうしたすべての物事が有益であるのはそれが国民の望みに付き従っている時のみである。この願望に先んずれば有害となるだろう。それはもはや改善ではない、暴政の振舞いである。重視すべきは改善の速度ではなく、人びとの考えと制度とが合致することなのだ。この原則を無視するのであれば、立ち止まるべき地点がわからなくなってしまう。あらゆる悪弊は互いに絡まりあっており、そのいくつかは社会組織の核となる部分に深く結びついている。世論が先にこれを解いておかなければ、悪弊への攻撃によって組織全体を揺るがすことになる。

世論の現状と願望を精確に知るのは困難だ、という反論もありえよう。賛同の数を計ることはできず、反論が表明されるのは往々にして支持されていると思われた措置の適用後であり、その時にはもう撤廃の時期を逸していることが多いではないか、と。

まず最初に私はこう応えよう。自由に表現する余地を世論に与えておくならば、それを知るのに手間はかからない。世論を煽ってはならない。賛同してほしい方向性を示しながら、期待で世論を焚きつけてはならない。というのも、権力に媚びようとしてへつらいが世論のふりをするからである。信心深い国民の頂点に無信仰の君主を据えれば、最もなびきやすい廷臣たちは誰より不信心となるだろう。開明された国民のうえに狂信的な宮廷を戻せば、宮廷の無神論者たちはまたぞろ修道士の衣と戒律を引っ張り出すだろう。だが政治的権威が沈黙を守りさえすれば、個々人が口を開く。そして考え方の対立から開明が始まり、もはや全体に広がる人びとの思いを見過ごすことはできなくなる。だからこそ、確実であると同時に簡便な手段として、出版の自由が存在するのだ。常にこの自由に立ち戻る必要がある――それは国民にとってだけでなく、政府にとっても必要欠くべからざる自由である。この意味において、出版の自由を侵害することは国家的犯罪といえる。

第二に、世論は自らと齟齬をきたす法律や制度を、日々の実践のなかで目に見えぬかたちで少しずつ変えていくものである。世論のこの働きを奪うべきではない。ベーコンは言う、時は偉大なる改革者だと。(78)その助力を拒んではならない。時に先触れを任せれば、道は整えられるだろう。時の手で準備されていないものを設立しても、その命令は無駄となる。後継者たちがあなたの法を廃止するのは、あなたが他の人びとの法を撤廃した時以上に困難なわけではなかろう。そうして撤廃された法が後に残すものといえば、自ら引き起こした害悪のみである。

一八世紀のヨーロッパに目を向けてみよう。偶然目についた事象を例にとれば、そのどれもが私の主張に確証を与えてくれる。

私の視線の先には、ジョアン五世の死をきっかけに無知へと沈み、聖職者階級の軛に繋がれたポルトガルがある。この国家の中枢に、ある才人が姿を現す。(79)枷を打ち砕き蒙昧の雲を晴らすためには国民の性向に支えられることが必要となるが、彼はこの点を考慮しなかった。権力者にありがちな過ちによって、彼はそれを権威のなかに求めた。岩を叩いて清水の源泉を湧き出させようと望んだのである。慎重さを欠いた焦りは、彼を補佐するのに最もふさわしかった精神を敵に回してしまう。僧侶たちは迫害されることによってその影響力を増大させていく。貴族たちが蜂起する。身の毛もよだつ拷問がいたるところで悲嘆を引き起こす。宰相はあらゆる階層の嫌悪の的となった。横暴な支配が二〇年間続いた後、国王の死が彼から庇護を奪う。彼は危ういところで死刑台を逃れ、国民は自分たちを無視して一方的に開明を唱えていた政府から解放された時を祝福し、改めて迷信と無気力のうちに安らいだのであった。*

＊　私はポルトガル国民の現状について発言しているつもりはない。私がここで述べているのはポンバル侯爵が五〇年前に実現しようとした革命のことである。

オーストリアでは、ヨーゼフ二世がマリア・テレジアのあとを継いだところである。(80)彼は自分の臣民たちの教養が、近隣諸国の人民のそれに劣っていることを見抜いたように思った。彼は自分にとって不愉快なこの不均衡を消し去ろうと躍起になり、権力のもたらすあらゆる手段に訴えるばかりでなく、自由ゆえに可能となる方策にも手をつけずにはおかない。悪弊をあばく著述家たちに権力の援助を提供したのである。だが取り残されたと感じた世論は、反応もなく無関心を貫く。頑なな僧侶たちと自分勝手な特権階級は、哲人皇帝の計画にことごとく抵抗する。彼の執政は耐えがたいものとなった――

なぜなら国民の利益の名のもと、彼らの慣習と先入見とに逆らってばかりいたからである。失望を味わった善良な意図に後悔が付き添い、理解されなかったという苦しみとあいまってヨーゼフをあまりに早く墓石の下へと導いた。彼の最期の言葉は無力さの告白であり、不幸の吐露にほかならない。*

＊ ヨーゼフ二世は臨終に際し、自分は計画したことすべてにおいて不幸を味わった、と墓石に刻むよう求めた。

われわれの憲法制定国民議会の歴史はさらに示唆的である。世論はずいぶん前から、この議会の施そうとしたさまざまな改善策を要求していたように思えた。その意に沿おうとするあまり、開明的ではあるが忍耐を知らぬ人びとの集団は、事を急ぎ過ぎたり行き過ぎたりする心配は無用と考えた。だが世論はその代弁者たちの熱心さに怖気づき、自分を引き摺りまわそうとする手から身を翻したのである。気紛れなまでに繊細な世論は、自分の漠然とした気持ちを命令として受け取られると腹を立てる。非難するのを好むからといって、必ずしも破壊を望んでいるわけではない。まるで自分の言葉が側近たちの熱意によって行為へと変じられることに気を害する王のごとく、自由な発言が許されるよう世論はそれがいかなる結果もともなわぬまま語ることを望む。憲法制定国民議会による最も民衆本位の決定は国民の大多数から非難を浴びせられたが、反対に上げられた声のうちには確かに、以前これらの決定の呼び水となったものも多く混ざっていたのである。もはやその自立を脅かされなくなった世論が、過激さゆえに評価を貶められ傷つけられたこれらの改革に自ら関わるようになるのは、反対者は自分たちの痛烈に非難してきた改革から生ずる利益に与ることができない、と脅されてからでしかない。

それとは対照的に、アレクサンドル〔一世〕の治世が始まって以来のロシアをご覧いただきたい(81)。改善は緩やかで段階的である。国民は強制されることなく開明を遂げている。法律の改正は細部から行われ、その全体を覆そうなどとは思いもよらない。実践が理論に先立ち、これを受け入れる準備を精神に整えさせている。あるべきものを指し示すだけの理論が現にあるものの説明として提示され、よりいっそう歓迎される日が近づきつつある。かの君主に誉れあれ！　慎重かつ鷹揚な足取りで歩む彼は、あらゆる自然な進歩を促し、延期の求められる場合はこれをすべて尊重し、また同様に妨害しようとする疑念からも先回りを望む焦慮からも距離をとる術を知っているのである。

弊害を是正するなら、人びとが自らそこから抜け出すに任せることである。任せるのだ、強いてはならない。任せることであらゆる知性の助力を恃《たの》むことができる。強いれば多くの利害を敵に回すことになるだろう。

一つ例をとってみよう。修道院を廃止するには二通りの方法がある。扉を開くこともできようし、住人を追い出すこともできる。先の方法を採用すれば、害を一切なすことなく善を行うことが可能だ――鎖は砕くが、避難所を侵しはしない。だが第二の手段を用いるなら、公の信仰に基礎を置いた仕組みを覆すことになる。未知の世界のただなかで憔悴した無防備な老人たちを辱め、社会においてすべての個人が有する疑う余地のない権利を、すなわち自らの人生の道を選ぶ権利、財産を共有する権利、同一の教義を表明し同質の安寧を享受し同様の休息を味わうために集う権利を侵害するのである。そしてこのような不正義は、命じられた改革に対し、かつてはそれを自らの願望と認め同意を与えていたはずの世論を刃向かわせるのだ。

私はこれらの原理を画一性にも適用する。人びとは私が画一性を厳しく攻撃しすぎたと非難している。だが難点を指摘したとはいえ、いくつかの局面においては画一性にも利点があることを否定するつもりはない。

すべての社会制度は、ある同一の目的のために採用された形式にほかならない。その目的とはすなわち幸福をできるだけ増大させること、そして何より人類を可能なかぎり改善してゆくこと（perfectionnement）である。さまざまな形式のなかには必ず、他のすべてのものより望ましい形式が一つ存在する。この形式を平和裏に導入することができ、そのために全体の積極的な同意が得られるならば、成功が現実となることに何ら疑いはない。しかしもし強制や禁則やそれらに必然的にともなうもの、そして罰則が求められるとしたら、害悪のほうが利点に勝ることになるだろう。

ある村から別の村に移動するためには、最も真っ直ぐな道のりが最も近いことに議論の余地はない。もし二つの村の住民全員がこの道をたどることを望めば、時間の浪費と無駄な骨折りを免れるだろう。だが家々を打ち壊し畑を荒らすことなしには道を敷けないとすれば、そしてその後も通行者たちを以前使われた他の道に戻らせぬために厳格な手段が求められるならば――不法侵入者を逮捕する憲兵隊、彼らを収容する刑務所および監視する牢番が必要になるとしたら、はたしてこれに勝る時間の浪費と骨折りがあるだろうか？　当局が個人の財産と権利とを侵害せずに直通の道路を開くことができる場合には、事はうまく運ぶだろう。だがくれぐれも新しい道を開通するにとどめ、通い慣れた馴染みの道のほうを禁じたりはせぬよう――たとえその道のりが長く、不便であったとしても。慣習と格闘するのは利害関心に任せておくがよい。遅かれ早かれ利益が勝者となり、望んだ変化はより安価に実現されて、いっそう完全かつ決定的なものとなるはずだ。

このことは物の名前、計算方法や度量衡、一言でいえば日々の活動や個人間の交渉を簡潔にするすべての方式に当て嵌まる。これらの方式自体は改善といえる。政治的権威はこれを採用し、公布し、活用するのが望ましいが、個々人がいまだに欠陥のあるかつての方式にこだわっているかを詮索したりはせぬことだ。道から外れているのをいちいち気に留めるべきではない。もし改良が真実正しければ、つまりその方式が実際により明快で簡便であるなら、採用されるのにそう時間はかかるまい。多少遅れたとしても大した不都合ではないはずだ。強制力の行使は問題を変質させてしまう。暴力的な手段に傷つけられたと感じた人間は、提案されたものをもはや吟味しなくなり、自分に加えられた危害に反抗するのである。彼は善きものたりえたはずの目的から逸らした視線を悪しき手段のほうに向け、確立しようとしたものは彼にとって憎悪の対象となる。

法律の画一性はこれよりも扱いの難しい問題である。多様な地方が各々古くからの法律をそなえ、それらがまた互いに異なっているような国においては、これを変化させずに画一的な法律を与えることはできない。しかし、この変化の衝撃を和らげるには、新しい法に遡及効果がないと宣言するだけでは不十分である——それでもやはり、法改正は昨日和解に応じた人びとと明日そうする人びとを異なる状況におくことになるからだ。過去の交渉をふまえて現在の交渉が行われ、また後者も同じ基礎を共有すると想定したからこそ前者の多くが成立した以上、変革が人びとの期待を裏切り、安全を打ち砕いてしまうのは明らかである。

ヴォルテール氏(82)、その他の多くの著述家たち、そして彼の模倣者たちが、フランスには数多くの矛盾する慣習が共存していることに感じたという憤慨に眼を向けると、均斉美への執着が彼らをなんという誤謬に陥れたのかと呆れてしまう。「何たることだ！　——と彼らは大声を上げる——同一の帝国内で二つの部分がそれぞれ異なる法律に服しているのだ、丘や小川が互いを隔てているというだけで！　一体丘の両側や小川の両岸で正義が変わるとでもいうのか？」だが法は正義ではない。法とは正義を執行するための形式なのである。もし隣人でありながらも長いあいだ別々に生活を営んできた二つの集団が、共に暮らすようになってからも別々の形式を維持しているとしたら、その相違を地理上の近さや両者をまとめる呼称に基づいて判断してはならない。彼らのあらゆる思案考量を支える伝統的な法への道徳的愛着にしたがって評価するべきなのだ。

われわれの旧世界における最も自由なる国グレート・ブリテン*を治めている法律は実に多種多様である。どの州も、何かしら近隣の諸州に見られるのとは異なる慣習を持っている。** にもかかわらず、かの国以上に財産が保証され、個人の権利が尊重され、裁判の公正に行われる国はほかにないのだ。***

* このようには書いたが、スウェーデンが同じく大きな自由を享受していることを否定するつもりはまったくない。この高潔なる国民にふさわしい敬意を私は喜んで捧げる。他の諸国民やその政府がいまだ逡巡している時に、この国民がある偉大な人物に率いられ〔ベルナドットのこと、訳註(29)を参照〕、われらが解放者たちの最前列に躍り出るさまをわれわれはこの眼で見た。スウェーデンにおいては、公正な法律と独立した代表機関、そして国民の気高い精神によって、諸個人がいかなる恣意的行為からも護られていることを私は知っている。しかしながら、国会の最新の決議のうちには出版の自由に対する制限が見て取れる。事実、一人の非常に開明的な人物の判断へと委ねられたある種の検閲のようなものを私は感じるのだ。完全なる自由の国々の一つにスウェーデンを数えるためにも、出版の自由を限定するようなこの決議が撤廃されるのを待つばかりである――本来なら数々の法律のなかから今すぐにも削除されるべきなのだから。

** ブラックストン〔(一七二三―一七八〇)、イギリスの法学者〕を参照のこと。〔*Commentaries on the Laws of England*, 1765-69〕

＊＊＊　付言しておくと、それぞれの地方が固有の古い慣行を保持し続けることへのイングランドのこだわりは、真の自由を危険で秩序を混乱させるものとして描くのが、どれだけこの自由にとって謂れない中傷であるかを立証している。己の鉄鎖を打ち砕いた時に悪行に走るのは奴隷だけである。彼らはおそらくたくさんの害をなすだろう。しかもその不幸と恥を上塗りするのが、こうした悪行が往々にして理に適っていないことである。というのも自らの興奮に疲労困憊した彼らは、元の隷属状態に戻ろうとするのが常だからだ。

明らかにこのような多様性は、理論にとっての模範とはなりえない。まったくの新生国家にそこをはじめて訪れた人びとを住まわせておきながら、各地方へ気紛れにばらばらの法律を与えるのは馬鹿げていよう(なぜなら、もしこれらの人びとが記憶も慣習もたずさえてその国へたどり着いたのであれば、彼らに与えられる法律はその記憶と慣習とを何ら傷つけぬようなものでなければならないだろうから)。だが既存の要素を活かそうとする場合には、かつての諸制度によって創造され保証されていたすべての利益を尊重せねばならない。＊

＊　これが当て嵌まるのはこれからなすべきことにであって、すでになされたことに対してではないという点にご注意いただきたい。破壊という過ちを犯すことも多かったが、元に戻せばいいというものでもない。そうすれば二重の不都合が生じるだろう。というのは、行われ

る変革が一つではなく二つになってしまうからだ。したがって、王国を一つの統一的な法典に従わせようとして、フランスの諸地方に存在していた特色ある慣習をもしかしたらあまりに軽々しく廃止してしまったかもしれぬからといって、今度はこうした地方特有の慣習を蘇らせるためにこの法典を廃止しなくては、ということにはならないのだ。すでに起きた変化は、たとえ軽率から引き起こされたとしても、やはり過去から消せるわけではない。このゆえに変化は尊重されるべきである、二五年という時間をかけて慣習は新たに根づいてきたのだから。

道徳的な存在は、算術や機械の法則に従うことができない。過去が彼らのなかに深い根を下ろしており、痛みをともなわずしてこれを損なうことは不可能である。この根を引き抜けば、ポリュドーロスと同じ苦しみを味わわせることになる。(83) 抵抗も示さず、引き抜かれて血の数滴もこぼさぬような根などありはしないのだ。

以上の主張をわずかでも吟味してみれば、次の点はすぐに納得されるだろう。この理論は、同じくらい杓子定規で強情な人びとが必要な改善に対抗して持ち出したがる、安定性を誇張した考え方にとっては何の補強にもならない。それは正反対の極論かあるいはむしろまったく同一の過ちかを、異なる方法で適用したものにすぎない。問題となるのは結局世論の正しい扱われ方である。一方は待つのを嫌がり、他方はともに歩むことを望まない。

ある制度が設立された時点においては、当時の知識と慣習の状態に適うものとしてその制度にも有用性とそれ相応の善があった。人間精神が進歩を遂げるにつれてこれらの利点は減じてゆき、制度は変更を加えられた。最初期の純粋な形でこうした諸制度を再構築しようと望むのは、もはや重大な過失となるだろう。というのもその純粋さは明らかに時代の観念に最も反し、害をなすに最も適したものとなるであろうから。

これはほとんどの政府、そして多くの論争家が犯す過ちである。彼らはこれこれの時代において、これこれの慣習、法が有用であったこと、かつそれが現在では有害となっていることに気づく。そしてその理由が慣習や法の堕落にあると考えるのだ。だがそれはむしろ、制度が変わらぬのに観念が変化したことに起因している。彼らが治療を施そうとする害悪の原因は制度の堕落ではなく、制度と観念とのあいだに生まれた不均衡なのである。したがって彼らの用いる薬は、害をより深刻にするほかない。

人類の歩みは段階的であり、そこに暴力的な衝撃を刻みつけるような革新はおしなべて危険である。だがこの歩みは同時に前進してゆくものであり、そうした進歩を妨げるものもまた等しく危険である。妨害がうまくゆけば人間の能力には停滞が起き、じきに頽廃が訪れる。妨害が無力であれば闘争と不和、動乱と惨禍が引き起こされる。

人びとは激しい変化を恐れるものであり、それは正しい。だがそうした変動は、慎重さを欠いた改革によるのと同じく、安定性を極端に重視する考え方への盲目的で頑なな執着によっても引き起こされるのだ。これを避ける唯一の方法とは、身体的な性質にも精神的な性質にも気づかぬうちに生じている変化に順応していくことである。だが不幸にしてわれわれはある種の言葉に誘惑されてしまう。しかもわれわれのなかでは一般的に想像力よりも知性のほうが勝っているがゆえに、欠けている想像力に訴えるはずの物事を知性によって学んだあと、まるで義務を果たすかのようにそれに熱狂しているふりを装うことになる。再生という言葉はわれわれをあらゆるものの破壊へと押し進めた。安定性という言葉はあらゆるものの復古へと駆り立てるだろう。しかしこの場合における復古は変革の一形態にほかならない。今日において封建制や農奴制、宗教的不寛容、宗教裁判、拷問を復活させようとする政治的権威が、自分たちは古きよき諸制度を蘇らせるだけだと主張しても意味はない。われわれにとってこれらの旧制度はその実、馬鹿げた有害な新品にすぎないのである。のしかかる重苦しい一種の休息を麻痺によって維持するという、かつてはそなわっていたかもしれない利点も持ちえないはずだ。時代のあらゆる道徳的な力がそれに反発し、再建したところで害にしかならない。そして復古が害悪をもたらした後にはその転覆がさらに追い打ちをかけるだろう、しかも転覆を避けるすべはない。こうした制度をもう一度取り戻すというのは、あらゆる制度を打倒しようと狙っている勢力をそそのかすのと変わらないからである。

時代に従え――日々、その日に求められることをなすがよい。消えゆくものを維持しようと躍起になったり、兆しを目にしたばかりのものを打ち立てようと焦ったりしてはならない。正義に忠実であれ、正義はいつの時代にも失われることはない。自由を尊重せよ、自由はすべての善の源である。多くの物事が自分に関わりなく発展を遂げていくことを認めよ、そして過去の擁護は過去に任せ、未来の実現は未来自らの手に委ねるのだ。

第二章　簒奪についての詳論

私が簒奪について展開した考え方は、二種類の論争相手に遭遇することとなった。一方は私が世襲制に基礎をおかぬ一切の統治を簒奪者のそれと見なすと非難した。他方は、私が簒奪に帰した結果を現実における不可避の帰結と考えることを拒絶した。統治の起源にまでは遡らないと宣言することで、本書のなかに自分では正当化したつもりの空隙を残してしまったのでなければ、私は前者の反論を予測していたはずだ。もしこの問題を扱っていたら、国民の意志によって設立された政治的権威であれば簒奪という染みを負うことはない、と認めないわけに当然いかなかったろう。ワシントンは確かに簒奪者ではなかった。フェリペ二世の時代のオレンジ公も簒奪者ではなかった。ウィリアム三世もまた簒奪者ではなかった(84)。簒奪者とは民意の支持なしに権力を奪取する者、あるいは制限された権力を委ねられながらも定められた限界を覆す者である。

傍から眺めているだけでは国民の意向が存在する場合としない場合とを見分けるのは

難しい、という点を否定する気はない。まさにそれゆえに私は革命期において国民の頂点に立つ者たちを信用せず、まさにそれゆえに新興の王朝にはおよそ好意的ではない、ほとんど抗いがたい先入見を抱いてしまうのである。しかし真実を見抜くことの難しさは、真実そのものを何ら変化させはしない。自分たちの抱いていない意向を装うよう強いられた国民は、それが真正でないことをよく知っている。感じているのとは逆の感情を表明せよと人民に強制する人物は、自ら命じた表現の誠実さについて幻想は持たないだろう。したがって人民は自分たちを統治しているのが簒奪者であればそのことを知っており、政府も自らが簒奪者であればその自覚がある。さて、これこそ簒奪が自分について抱き、自分に服従する人びとのうちに見て取る認識なのである。あえていえば簒奪にその特性を与えるのも、また私がすでに記した帰結をもたらすのも、この認識にほかならない。この帰結についてはこれから第二の論敵に応答するなかで再びふれることになるだろう。

私が今から弁明を試みる人びとには、根底においてわれわれの意見は同一であることを認めていただく必要がある。私は二種類の正当性を認めている。一つは明示的で自由な選挙から生じるもの、いま一つは黙示的に世襲制に根拠を置くものである。また世襲制が正当とされるのは、そこから生まれる慣習と与えられる利点とが国民に世襲制を求めさせるためである、と付け加えよう。いずれにせよ私はこれらの論点を扱うことを好まない。他のところですでに述べたが、問う必要がない時には有害な問いとなり、問題とすべき時には答えも自明となるからだ。* だが他方、知性の進歩によって無用と断じられた制度を再構築するのはいささか慎重さに欠けよう。** 論争家たちはかのボナパルトの例から学ぶべきなのだ――その歴史はあまりに近く、われわれに向けた教訓がすでに失われていようはずもない。神授権の教義を蘇らせようと彼以上に尽力した人物はいなかった。彼は教会の首長〔教皇〕によって聖別されたのである。ありとあらゆる宗教的な荘厳さが王座を取り囲んでいた。彼がそこに上りつめる姿には、何かしら超自然的なものがそなわって見えた。教理問答に始まり学問上の高説にいたるまで、精神の捻り出したあらゆる詭弁が彼に奉仕した。黙従的義務や権威の神秘についてのお粗末きわまりない下劣な論説が、無数の作家たちの著書を埋め尽くした。はたしてこうした一切の努力の帰結とは何であったか？ 運命の時は到来した――そして一二年というもの宣誓を強制され教化され続けてきた国民のあいだには、疲れを知らぬ雄弁家たちが束になって注釈をほどこし増幅させ、従順な若者であったころから教え込まれ、さまざまな熱意の表現とともに多数の国民が幾度も公然と誓ってきたこの政治的な信仰告白を蘇らせようとする声が、ただの一つも上がらなかったのである。このことが意味するのは、その信仰告白の根拠となる議論が余計なことまで証明してしまうか、それとも何も証明していないかのどちらかである。もしこの議論をきわめて厳密に展開するならば、証明は過剰である――というのもその場合、ある別の家系を犠牲にして成り上がった家系全体の正当性を無効にしてしまうからである。もし議論を状況にあわせて曲げるのなら、その議論は何も証明しない――このとき正当性の起源は実力にすぎず、実力はそれを握る人物に属するものであるからだ。そもそも、一体この種の議論がこうした国民のあいだで必要とされるであろうか？　高貴な血を引き、安寧を保証し、これ以上の動乱を抑え込む待望の予防薬となってくれる王朝のもとで節度ある自由を享受することを望まぬ者など誰ひとりいないというのに？

*　Réflexions sur les constitutions et les garanties. Préface, pag. ix.〔*Réflexions sur les constitutions, la distribution des pouvoirs et les garanties, dans une monarchie constitutionnelle*, 1814〕

**　これらの制度が人民よりは主権者たちにとっていっそう脅威であることを確認したけれ

ば、読者はレヴィ氏〔一七六四―一八三〇〕、フランスの著述家、政治家〕の一九世紀イングランドに関する著作を参照することができよう。二五九―二六二頁、とりわけ二五九頁。〔*L'Angleterre au commencement du dix-neuvième siècle*, 1814〕

私の認める二種類の正当性のうち、選挙によって生ずるものが理論上最も魅力的な正当性であるが、偽装されうるという不都合がある。イングランドにおいてはクロムウェル、フランスにおいてはボナパルトによって偽装工作が行われた。たった一人の人間が選出されて世襲制に代わり、望ましい結果を生んだ選挙の例としてわれわれに示すのは、わずか二つにすぎない。* 最初の例は一六八八年のイングランド人によるもの、第二は今日におけるスウェーデン人のそれである。だがどちらの場合も、世襲制によって高められた正当性が選挙の支えとなったというべきだろう。スウェーデンの人びとが呼び寄せた君主は王家によって養子に迎えられた。イングランド人はウィリアム三世に自分たちが廃位せざるをえなかった国王の最も近い親族を求めた。いずれの例においても、この結合から帰結するのは、国民によって自由に選ばれた君主が古めかしい威厳からも真新しい称号からも同時に力を得ていた、ということである。彼は数々の記憶によって想像力を魅了し満足させ、自らの支えでもある国民の賛同によって理性を満足させた。最近できたばかりの原理しか引き合いに出せない、などということはこの君主にはなかった。彼は自信をもって国家にそなわるあらゆる力を意のままに扱うことができたが、それは彼が国家からその政治的遺産をひとかけらも奪わなかったためである。古くからの制度も彼には逆らわなかった――むしろそうした制度を味方に取り込み、協力を取りつけたのだった。

＊ 私はアメリカのことは取り上げない。この国において大統領に委任された権限は共和主義的であり、かつ解任の可能性に開かれているからである。

それに加えて銘記していただきたいのは、当時の状況がウィリアム三世に、君主たちを活気づけ権力の増大に専念させる通常の利益とは異なる利害関心を与えていたことである。権力闘争の相手から自らの権力を守らねばならなかったウィリアム三世は、自由の擁護者たちと共同戦線を張る必要があった。だがこうした人びとは彼にその権限を維持させるとしてもそれが拡大することは望んでいなかった。王家の特権が増大することを望んでいた人びとは、同時にその行使を他の人物に委ねることを目的としていたのである。その結果、ウィリアム三世、アン女王、ジョージ一世という三代に及んで、君主たちは自分に牙を剝いた専制政治の理論に対し守勢に立つこととなった。彼らはこの理論にひそむ危険性を明らかにするのが自らの義務であると感じていたのだ。服従の原理が君主としての国王の権力に加勢したとすれば、自由の原理は個人としての国王の安寧の味方であった。アン女王は受動的臣従と神授権を説くサチェヴァレル(85)を訴追するのが自分の利益になると信じていた。王冠の影響力はそのようにして、公共の精神に自由を教えることに貢献したのである。

しかしながら、一六二五年から最近の革命までを含むイングランド史のこの重要な時期においてさえ、世襲による正当性のほうを望む傾向が人民にあった点にご注目いただきたい。クロムウェルが没するやいなや、イングランド人は歓喜の熱狂とともにステュアート家を呼び戻した。人びとは彼らに愛情を示し、後悔を告白し、かぎりない信頼を寄せようとした。そして二度目の悲惨な経験を経てはじめて――つまり繰り返され増える一方の恣意的な行為や所有の侵害、判決の取り消し、不当な刑の宣告に苦しむ市民、蹂躙される出版の自由、一言でいえばあらゆる約束の破棄、あらゆる社会的保証の侵害を見せつけられてようやく、ブリテンの国民は再び直系の王を廃し、新たな主権者に自ら望んで託した正当性に満足するにいたったのである。これはまさしく、世襲制が諸国民にとって魅力であること、そして彼らはよほどの不都合がないかぎりこれに忠実であり続けるのに幸福を感じることの証ではないか！

このような解説を加えれば、私がそれを部分的にしか展開しなかったという一点において私の説を譴責《けんせき》した人びととは、同意に達することができるのではないかと思う。なお応答せねばならないのは、私が個別的事実を一般的な規範へと拡大し、われわれを抑圧した征服者にして簒奪者たる人物をすべての簒奪者および征服者の典型と見なした、という理由で私を論難する人びとである。だがそれにはボナパルトとこれまで人類に訪れたあらゆる災厄との詳細な比較が必要となろうし、しかもその比較には大部の歴史的議論が求められるため、本書の終わりに置くことはできない。

私が自分では決して認めようとしなかった人物を擁護している、と非難されることはないだろう。だが人びとがその企図、犯罪、失墜をただ彼ひとりの邪悪さと固有の狂気に帰すならば、それは誤りである。私にはむしろ、彼が一方では簒奪者という己の役割によって、他方では時代の精神によって変容させられたように思えるのだ。彼はこれら二つの要因により、ほかの何にもまして人格そのものを変化させられた。彼を特徴づけていたもの、それはあらゆる道徳的感覚の欠如、すなわちあらゆる共感、あらゆる人間的な感情の欠如である。彼は打算の権化であった。もしこの打算が悲惨なほど奇妙な結果を生み出したとすれば、それは互いに対立して調和しえない二つの要素が彼を構成していたからである。簒奪は彼に専制を余儀なくさせ、文明の段階は専制を不可能とした。ここから生じる矛盾や一貫性のなさ、二重にねじれた行動を個人の奇行とみなすのは誤りである。

もちろんフィロポイメン、ワシントン、コシチュシュコ(86)のような人格であれば同様の道程もたどらなかったであろうし、同様の大罪も犯さなかったであろう。それはフィロポイメン、ワシントン、コシチュシュコが簒奪者ではなかったことを意味する。だが同時に彼らは非常に稀有な人格の持ち主でもあった。例外だったのは彼らのほうなのだ。

ボナパルトが野蛮な征服者たちよりはるかに罪深いことは間違いない。蛮族に号令をかける征服者は時代に逆らってはいなかった。だが彼は野蛮を選び、野蛮を好んだ。光り輝く知性に取り囲まれながら、夜を呼び戻すことを求めた。穏和な洗練された人民を貪欲かつ残忍な放浪民に変えてしまおうと望んだ。そして彼の罪は、この地上の先達たるすべての優れた世代の遺産をわれわれから奪おうという、この考え抜かれた企図、徹底した努力に存するのだ。それにしてもなぜ、われわれは彼にこのような発想を許したのであろう?

二四歳まで続く貧窮と無名のなかに孤独に生まれ落ちた彼が、自分の周囲を貪欲な眼で眺め回していた時、なぜわれわれはあらゆる宗教的観念が皮肉られるような国の姿を見せてしまったのだろう？　彼が社交の場での発言に耳をそばだてていた時、なぜ厳めしい思想家たちは人間には利害関心以外の動機がないなどと口にしてしまったのだろう？　原理を示した後でその帰結を避けようとこねくり回される解釈はみなでたらめだ、と彼が容易に見抜いたとすれば、それは彼の直観が正確でその眼が敏かったからである。彼になかった美徳を持たせるつもりはまったくないが、彼のそなえていた能力まで否定する必要も感じない。人間の心に利害関心しかなければ、暴政がそれを支配するためにはただ脅迫するか誘惑するかで事足りる。人間の心に利害関心しかなければ、道徳すなわち高潔、高貴、不正義への抵抗が正しく理解された利益に一致するというのは虚偽である。この場合、人は必ず死ぬということを考えれば、正しく理解された利益とはすなわち、さまざまな快楽をいくらか引きのばす賢さと結びついた快楽そのものにほかならない。そして最後に、引き裂かれ、苦しみ嘆くことに疲れ果て、導いてくれる人物をひたすら待ち望んでいたフランスの中心で彼がその指導者に名乗り出た時、なぜ大衆はいそいそと彼へ奴隷にしてくれと願い出てしまったのだろう？　民衆が隷属への望みを喜んで示しているというのに、その主人がきっと自分たちに自由を与えてくれるはずだと思い込んだとすれば、あまりに虫が良すぎるのではないか。

私は知っている——国民が自らを貶めてきたこと、あるいは不実な代弁者によって貶められるにまかせてきたことを。だが不信仰を装うような馬鹿馬鹿しい真似をもってしても、宗教感情の完全な破壊にはいたらなかった。エゴイストを自称する愚かな振舞いにもかかわらずエゴイズムのみが蔓延することはなく、空に響く歓呼の声がどれだけ高まろうとも国民全体が隷属を望むことはなかったのである。しかしボナパルトがそれを見誤ったのは必然だった——彼の理性は感情によって蒙を啓かれるものではなく、その魂は非論理的だが高潔な行いに心動かされたりはしなかったからである。彼はフランスをその言葉どおりに判断し、そうして理解したフランスにしたがって世界を想像した。簒奪があっという間にたやすく実現したがゆえに彼はそれを持続可能と信じ、簒奪者となってからはわれわれの時代において簒奪が例外なくすべての簒奪者に命じることを実行に移した。

国内においては一切の知的活動を抑え込む必要があった。彼は議論を禁じ、出版の自由を禁止した。

この沈黙は国民を混乱させてしまうおそれがあったため、彼は力ずくで絞り出したかか金で買うかした喝采でその埋め合わせをし、国民の声であるかのように見せかけた。

もしフランスが平和にとどまっていたならば、静穏に暮らす市民たちも暇を持て余す兵士たちも専制君主を観察し、彼に判断を下してはその意見を交換しあっていたろう。真理は国民のあいだに広く伝わり、簒奪はこの真理の影響力に長くは抗えずに終わったはずである。それゆえボナパルトは、民衆の注意を数々の戦争計画で逸らしておかねばならなかった。戦争はフランス人のうちまだ余力のあった人びとを遠く離れた岸辺へと打ち捨てた。そして外に追いやることのできなかった大人しい人びとに対しては警察による虐待をけしかけた。戦争は恐怖で精神を打ちのめしながらも、いつか偶然が解放をもたらしてくれるのではないか、という希望をいくらか人びとの心の底に残しておいた――恐怖に心地よく、無気力には都合の良い希望を。暴政に抵抗せよと急かされた人びとが、戦時には平和を待ち平和のあいだは戦争を待って先延ばしにするのを、私は一体何度耳にしたことだろう！

したがって、絶え間ない戦争だけが簒奪者の頼みの綱だという私の主張は正しかったのである。人びとは私にこう言い返す――しかしもしボナパルトが平和を好んでいたとしたら？　もし彼が平和的であったなら一二年間ももたなかったであろうし、平和はヨーロッパ諸国間に交流を復活させていただろう。これらの交流はきっと思想に表現手段を提供したはずだ。外国で印刷された書物は密かに運び込まれただろう。フランス人は自分たちがヨーロッパの大勢によって支持されていないことに気づき、威信は遠からず地に落ちていたに違いない。ボナパルトはこの真実を実によく感じ取っていたから、イングランドの新聞を遠ざけるためにこの国との交際を断ったのだ。それでも十分ではなかった。たとえ一国だろうと自由であり続けるかぎり、ボナパルトは安泰ではなかったのである。活発で巧妙、目にも止まらず疲れも知らぬ商業は、どんな距離をも飛び越えて数多ある迂回路から忍び込み、遅かれ早かれ帝国の中枢にぜひとも遠ざけておくべき敵方を呼び戻してしまうだろう。だからこその大陸封鎖令、そしてロシアとの戦争だったのである。

そして簒奪の維持に戦争が必要とされるのは時代の要請である、というのがどれほど真実であるかにご注目いただきたい。一世紀半前のクロムウェルにその必要はなかった。国民と国民との交流は今ほど頻繁でも容易でもなく、大陸の文献はイングランド人たちにほとんど知られていなかった。簒奪者を攻撃する文章はラテン語で綴られていた。外からやってきて彼に打撃を与え続け、その積み重ねが日々危険を増大させていくような新聞も存在しなかった。クロムウェルには、イングランド人の憎悪が外部からの同意に強化されるのを避けるために戦争をする必要などなかったのである。もしボナパルトによって外界から切り離されていなければ、彼の支配下にあるフランス人たちの憎しみにも同じことが起きたであろう。自分の奴隷たちを「大地より切り離されしガリア人(Semotos penitus orbe Gallos)[87]」とするため、彼はいたるところで戦争せねばならなかったのだ。

ボナパルトのすべての行動を分析しようと望めば、私はあらゆる点について同種の証明を示すことができるだろう。彼の加害行為のいくつかはわれわれには無益なように思われる。だが猜疑心は簒奪にとって切り離すことのできない要素であり、したがってそれ自体は無用かもしれない数々の罪を簒奪は本質的に必要とすることになる。ボナパルトは騒々しい同意によっても無言の服従によっても安心することができず、彼が自らの最も非道な行為に手を染めた理由とは、部下たちに大罪の連帯責任を負わせることが世にもおぞましい安全をもたらすと思い込んだためであった。

私が簒奪の手段と呼ぶものは、その没落の道ともいえる。簒奪は自らが必要とする戦争が不可避的にもたらす帰結によって滅びる、と私は主張した。それに対する人びとの反論は、もしこれこれの軍事的失策を犯していなかったらボナパルトが倒されることはなかっただろう、というものだった。だがその時は今でなくば別の瞬間に、今日でなくば明日にでも訪れる。日々新たな運試しに挑む賭博師がいつの日か己の破滅に直面するのは、彼の本性によるものなのだ。

人びとは私が、ヨーロッパ全土が広範な征服の餌食となっているさなかに征服は不可能であると述べ、また簒奪が勝ち誇っているにもかかわらず簒奪がわれわれの時代に根を下ろすことはないと主張したことを非難した。だが私にそうした反論が向けられているあいだに、征服はすべて白紙に戻され簒奪は瓦解したのだった。

私が平和こそわれわれの今の文明の精神に合致するものだと訴えた時、諸国民はみな戦争状態にあった。しかし彼らは平和への愛ゆえに闘っていたのである。平和の名において彼らは蜂起したのだ。彼らを結集させ統率するのに、いかなる強制もいかなる脅迫も必要なかった。だが国民が平和ではなく征服のために闘わざるをえなかったフランスにおいては、警官や憲兵、死刑執行人が市民たちに武器を持たせるのさえままならぬありさまだった。

それゆえ私は自分が特殊な考えを一般化したりはしなかったと考えている。ただ、一般的な観念を一切排除するような論理を採用しなかっただけである。というのも、人びとはいつでも実際起きたのとは別の状況を想定したり、自然法則を偶然と装ったりしがちだからだ。言ってしまえば、ボナパルトがフランスにもたらした災厄は彼の権力が簒奪に毒されていたことに起因すると示し、それによって簒奪そのものの力を殺ぐほうがよほど重要であり、悪のために生まれ必然性も利害も度外視して罪を犯すような特殊な存在としてある個人を描き出すのはさして大切なことではない、と私は考えるのである。一つめの視座は未来に向けて、数々の重要な教訓をわれわれに与えてくれるだろう。だが二つめの観点は、歴史を孤立した現象の不毛なエチュードに、原因なき結果の目録に変貌させてしまうのだ。

附録　初版第二部第五章（第三版以降、削除）

第五章　ウィリアム三世の例から引き出しうる反駁への応答

ウィリアム三世の例は、一見するとこれまでお読みになった主張すべてに対する強力な反証のように思われるだろう。ウィリアム三世こそは、イギリスの玉座をステュアート家から簒奪したのではなかったか？　にもかかわらず、彼の治世は栄光と平安に満ちたものであり、イギリスの繁栄と自由とはその治世に始まったのである。これはまさしく、近代においても簒奪が常に不可能とされるわけではなく、その効果も有害なものばかりとはかぎらないことの証明ではないのか？

だが簒奪者という名は、ウィリアム三世にはおよそ当て嵌まらない。彼は平穏な自由を享受したいと願う国民に請われて、権威を司ることとなったのだ。そのための修練をよそで積み、他国ではすでに大権を担う身であった彼は、策謀や暴力といった簒奪のお決まりの手段を用いて王冠に手をかけたわけではない。

彼の立場の特異で優れた側面をよりよく理解したければ、クロムウェルと比較してみればよい。クロムウェルは紛れもなく簒奪者であった。彼は、自らの支えないし威光とすべき輝かしい地位を持っていなかった。また個人の資質としては優れたものがあったにもかかわらず、勝ちえた成功は毀誉褒貶半ばする儚いものばかりであった。彼の統治には、簒奪のあらゆる特徴が余さず表れている。支配は長続きせず、折よく死が訪れたおかげで迫り来る避けがたい失墜を免れたのだった。

一六八八年の革命におけるウィリアム三世の介入は、およそ簒奪とは似ても似つかない。おそらくそれによってイギリスは新たな簒奪者の支配を免れ、同時にあまりに多くの国民の利益に反していた王朝からも解放されたのだといえよう。

混乱した状況が通常の権力の継承を許さず、しかもこうした中断が長く続いたためにあらゆる利害関心が失墜した権威から離れてしまったなら、この権威の延命が望ましかったかどうかを検討しても意味はない。その再建が害をもたらしたであろうことに疑いの余地はないのである。

このような状況下において、国民はさまざまな可能性に直面することとなる。そのうち二つは良いものだが、ほかの二つは有害である。

あるいは権力がそれを失った手に再び戻るようなことがあれば、暴力的な反動が引き起こされ報復や動乱を生むことになろう。そうして起こる反革命もまた、新たな革命にほかならない。チャールズ一世の二人の子息がイギリスにもたらしたのはまさにこうした事態であり、彼らの治世に横行した不正は諸国民が学ぶべき忘れがたい教訓となったのである。

あるいは何者かが正当な使命を帯びぬまま権力を奪取するならば、簒奪にまつわる一切の不幸が国民に降りかかるだろう。これも同じイギリスにクロムウェルの支配下で生じた状況だが、それは今日のフランスにおいて、さらに酷い仕方で繰り返されている。

またあるいは、国民が自由とともに安寧をも確実なものとするだけの賢明さをそなえた、共和主義的性格を有する組織を手にする日が来るかもしれない。そんなことはありえないなどと仰らぬよう――スイス人もオランダ人もアメリカ人もそれを成し遂げたのだから。

そして最後に、国民がすでに異郷で功成り名を遂げた人物を王座へと招き、彼が王笏をそれに課せられた適切な制限とともに受諾する場合である。一六八八年にイギリス人が行ったのが、まさにこれである。またわれわれの時代においてはスウェーデン人がこの道を選んだ。そしていずれの国民も、それぞれの選択に満足を覚えた。このような場合、権力の担い手の利益は自らの影響力を拡張したり増大させたりする以外のことに存する。彼の利益はこの権力に保証を与えてくれる原理に勝利をおさめさせることにあり、そのような原理とはすなわち自由の原理なのである。

こうした類の革命は、簒奪とのあいだに何の共通点も持たない。国民によって自由に選ばれた君主は、歴史を背にした威厳、そして新生の称号という両面から同時に力を与えられる。彼は心を摑む記憶によって想像力を喜ばせ、自らの支えとする国民の同意によって理性を満足させる。昨日や今日でき上がったばかりの道具しか使えないような境遇とはわけが違うのだ。彼が安心して国民のあらゆる権力を手中におさめるのは、国民が受け継いできた政治的遺産を奪うことにはまったくならないからである。既存の制度も彼に反発することはない。君主は制度とともに歩み、制度はこぞって彼を支える。

次のことを付言しておこう。ウィリアム三世のなかに、同様の状況におかれた国民がおしなべて必要とするものを見出したイギリス人たちは幸運だった——権力に習熟しているのみならず自由にも慣れ親しんでいる人物、共和国の最高責任者である。彼の性格は嵐に揉まれるなかで成熟し、自由な国制につきものの喧騒を恐れぬよう経験から学んでいたのだった。

このような視座にたって考えるならば、ウィリアム三世の例は私を反駁するどころか、むしろ利するもののように思われる。彼の即位は簒奪ではなく、今日においても簒奪が許されることの証拠とはならない。彼の治世においてイギリスが享受した幸福と自由とは、簒奪も有益たりうることを意味するものではまったくない。つまるところ、この統治の存続と安寧は、簒奪の存続と安寧を利するようなことを何一つ証明しないのだ。

人類の改善可能性《ペルフェクティビリテ》について

これまで次々に現れ、互いに争い、変更を加えられてきたさまざまな思想体系のなかでも、個人的そして社会的なわれわれの存在にまつわる謎を解き明かしてくれそうなものは一つしかない。そのたった一つだけが、われわれの仕事に目的を与え、探究を励まし、不安のさなかでわれわれを支え、落胆からわれわれを立ち直らせることができるように思われるのだ。その体系とは、人類の改善可能性(perfectibilité)に基づいたそれである。この主張を受け入れない者にとって、一切の社会秩序は——私は人間のみでなく世界全体に関わるものを指して言うのだが——偶然生まれた無数の組み合わせの一つにすぎない。こうした遅かれ早かれ消えゆくであろう形式はどれも必ず崩れ去り、入れ替わって、永続的な改善をもたらすことなど決してない。改善可能性の体系のみが、われわれの努力の記憶も成功の痕跡も一つ残らず消し去ってしまう完全なる破滅という逃れがたい予想から、われわれを救ってくれるのである。自然災害、新興の宗教、蛮族による侵略や何世紀にもわたる抑圧などが、われわれ人類を高めてきたもの、磨きあげてきたもの、より道徳的に幸福に賢明にしてきたもの一切を、われわれから奪ってしまうこともありうる。知識や自由、哲学を持ち出しても意味はない――足元に奈落が口を開けるかもしれない、野蛮人たちがなだれ込むかもしれない、われわれのなかから詐欺師が名乗りを上げるかもしれない、さらにありそうなことに政府が暴政に転じるかもしれない。もし観念が人間の手を離れてからも残るものではないのなら、本など閉じて思索をあきらめ、むなしい自己犠牲を捧げるのをやめるべきだろう。そしてせいぜい、希望のない人生を少しは楽しませ、未来のない今を束の間飾り立ててくれる有用で快い技芸にいそしむがよいのだ。

われわれという種の段階的改善のみが、世代と世代とのあいだに繋がりを築くのである。それぞれの世代は互いに直接ふれあうことなく自らを実り豊かなものとするが、儚いその一世代が、いつかそれとわからなくなった自らの灰を踏みしめるはずの遠い子孫によって名声を与えられ報われる日が来る、という安らかな考えへと向かう直観はなんと深く人の心に刻まれていることだろう。

この体系においては、人間の獲得した知識が一個の永続的なまとまりをなしている。そこには一人ひとりがその人だけの特別な貢献をしており、いかなる権力をもってしてもこの不朽の財宝からちいさなかけらひとつ持ち出すことができないだろう。そうして自由と正義の徒は自らの最も尊い宝を後世に遺すのである。彼はその価値を理解しない無知からも、それを危険に晒す抑圧からもこの宝を隠しておく。野蛮で下劣な情念が決してふれられない聖域に置いておく。省察のすえに唯一の原理へと到達する者、手からただ一つの真理を描き出す者は、人民にも暴君にもその命を好きにせよと差し出す。彼が生きたのは無駄ではなかった、たとえ時が彼の儚い生の証である名を消し去ろうとも、彼の思想は教養という不滅の蓄積のなかに刻まれ、その功績は何物にも揺るがしがたいものとなるのだ。だからこそ私は、もし人間に自らを高めようとする傾向があるならそれは何に起因するのか、その本質は何なのか、そこに限界はあるのかそれとも無限なのか、そしていかなる障害がこの傾向を妨げたり制限したりするのかを探究しようと思うのである。

いつの時代も、さまざまな立場の著述家たちがこれらの問いに取り組んできた。だが彼らはいたって不完全な方法でしか考察を行わず、労作は結局彼らを以前にもまして混乱させただけに終わった。ある者は純粋に思弁的な証拠だけで満足したが、この領域での証拠などひどく曖昧なものでしかない。またある者は歴史的な証言を集めるにとどまったが、こうした証言は正反対の証言でたやすく論駁されてしまうものである。私の知るかぎり、この観念に論理的な説明を与えるなり、その本質に根ざしたいかなる法則によって個人が自己を高めてゆくことができるのかを解き明かすなりしようと試みた人物は、今日にいたるまで一人もいない。さらにはその法則がいかにして種全体に適用されるのかを説明し、法則の持続的な働きを事実に即して示そうとした者も誰もいない。

以下の記述はまさにこれを目指したものである。明確であることを心掛け、簡潔を期そう。どうしても必要不可欠であると思われる点にしかふれないつもりである。

人間が受け取る印象はすべて感覚を通じて伝えられてくる。だがこの印象は二種類存在する、いやむしろその起源においては完全に同一のものであるが、二つの異なる位相に分かたれるのだ。

一方は厳密な意味での感覚にあたり、移ろいやすく、孤絶しており、われわれの諸器官に生じる物理的な変化以外にはなんら存在の痕跡を残さない。他方はある感覚やその複合体の記憶からなり、関係性と持続性を有することがある。われわれはそれを観念と*呼ぶ。観念はわれわれという存在の思考に関わる部分に存しており、そこに保たれ互いに連関し、再生産されたり増殖したりしながらわれわれの内部に一個の世界、思索によって外界とはまったく無関係に構築されうる類の世界を作り出す。

＊　このような感覚と観念との区別は形而上学的にいささか不正確かもしれない。観念もある面では、結合され、引き伸ばされ、保存され、再生され、外的存在の作用から切り離された――一言で表すなら、初発的で瞬間的なものとは異なる種類の感覚である。だがこの相異を最も明確に簡潔に表現するために、一方をいわゆる感覚と称し、他方を観念と呼ぶことにする。

いわゆる感覚の与える影響とわれわれが観念と呼ぶものとを比較すれば、人類の改善能力にまつわる問いの答えが自ずと見つかるはずである。

人間は、決して自らの厳密な意味での感覚の主人とはなりえない。そのうちの一部から距離を取ったり管理したり利用したりはもちろん可能だが、感覚は持続せず、みな逃げ去ってゆき、繫ぎとめることができない。今ある感覚は次に訪れる感覚をなんら決定しない。今日の感覚と明日のそれとのあいだには何の関わりもないのである。感覚は人間にとって所有物となるようなものを生み出さない。いくら数多く受け取ろうと、いくら勢い強く増殖しようと、感覚は一つひとつがばらばらに訪れ、通り過ぎ、消え去り、静寂のなかをよぎっていくがそこにとどまることはない。

観念はそれとは対照的に、われわれの存在のなかでも思考に関わる部分にとどまり、互いに寄り集まって増殖し、人間に真の所有物をもたらしてくれる。もちろん観念を受け取るためには、感覚を受け取るのと同じように外的な存在に依存することになるだろう。だが一度獲得されれば観念は彼のもとに残り、たとえ思いどおりには引き出したり増やしたりすることができないとしても、少なくとも前述したようにひとりでに意識に浮上し増殖するなどの計り知れない利点をそなえているのだ。

もし人間が自らの感覚に支配を委ねている、というよりはむしろ厳密な意味での感覚に支配されているなら、そして自然がそう望んだかあるいは単に感覚が観念の影響と釣り合うよう意図していたというなら、改善可能性など一切期待すべきではない。観念は向上してゆくが、感覚にそれは不可能である。この仮説にのっとれば、われわれはいつの時代も常に現在のわれわれのごとくであったし、現在のわれわれは未来永劫そのままということになる。

それとは反対に、もし人間が観念に支配を委ねているのであれば、自己完成は間違いない。よしんば現在抱いている観念が誤りだったとしても、そこには新たな結びつきとある程度すばやく的確な修正、決して止まることのない進歩の種が宿っているのである。

今ここでわれわれの検討している問いを、道徳にまつわるありがちな物言いと捉えてはならない。これは解き明かすべき重要な事実である。われわれが取り組んでいるのは、人は感覚への隷属から自由になり理性の光によって導かれるべきだ、などという大昔からの紋切り型を繰り返すためではない。われわれは人間の行為について考察しているのであって、人間がどう振舞うべきかを考えているのではないのだ。

支配しているのが厳密な意味での感覚であるにせよ、われわれが観念と呼ぶもの、つまり過去の感覚の記憶と結合体であるにせよ、人間の行いは彼の本性と合致する。本性は不変であり、変えようと思っても変えられるものではない。ただしわれわれがいましがた述べたとおり、覇権を握っているのが感覚であれば人類は停滞し、観念であれば進歩を遂げるはずだ。

さて、人間が完全に観念のみによって支配されているということ、そして突然の暴力的な衝撃によって持てる能力を何一つ使えなくさせられたのでもないかぎり、過ぎ去った感覚の記憶ないし未来の感覚への期待、すなわち観念のためにいま現在の感覚を犠牲にするということをわれわれに納得させるには、最も表層的な議論で足りるだろう。感覚の力の証左としてわれわれがありふれた言い回しに落とし込む事柄も、実際には観念の力の証拠なのである。つかみどころのない詭弁で煙に巻こうというのではない。へーローに逢うためにレアンドロスが海を泳ぎ渡った時、彼はその先に待つ喜びへの期待によって目の前の苦難を耐え抜いたのである(1)。そして事実、彼は感覚を観念のために犠牲にしたのであった。こうした犠牲はわれわれ一人ひとりの人生においても絶え間なく繰り返されている。最も自己中心的で享楽的な人間も、最も無欲で寛大な人びとと同じくらい頻繁に、というよりも同じくらい絶え間なく、この犠牲を甘受しているのである。ここからは、人間の本性のなかに現在を未来のために、したがって感覚を観念に捧げさせるだけの力をいつでも人間に授けるような傾向がそなわっていると結論づけざるをえない。

こうした作用は、家族を食べさせるために働き続け疲れ切った真面目な労働者や、金を節約するために寒さと飢えを忍ぶ吝嗇家《りんしょくか》、相手を口説くためなら疲れも夜中の風雨も厭わぬ愛人、祖国に奉仕せんと睡眠もとらず怪我も放置する野心家、同じく祖国を救うため警戒にあたり戦って傷を負う高潔な市民にも、ひとしなみに働いている。自己犠牲の可能性は皆に宿る——一言でいえば、観念による感覚の支配はあらゆる人間に認められるのである。

したがって、人間は厳密な意味での感覚によって支配されてはいない。むしろそれと絶えず格闘し、屈服させているのだ。そして最も非力な者、好色な者、軟弱な遊蕩者の人生こそはこのような勝利の絶え間ない連続であるといえるだろう。

それゆえに、人間が外部から与えられる印象によって本質的に変化をこうむることがあるにしても、彼がこの印象に絶対的かつ受動的に依存しているとはいえない。彼は休みなく昨日の印象を今日のそれと対峙させており、来る日も来る日もきわめて些細な理由や些末な利益のために、英雄的で公平無私な究極の善行にも足るだけの作用が働いているのだ。そうとすれば、もはや感覚の力を観念の力に対置すべきではない。観念同士で比較された力の強さについてのみ語るべきなのである。ところで、観念の力について語る者は理性の力についても語ることになる。というのも、われわれの人生においてはいたってありふれていて、われわれ自身はそれと気づきもしないようなこうした犠牲には、比較ひいては論理がつきものだからである。

ひどく好色な人物が愛人を首尾よく射止めるために美酒をすごさぬよう自制するとすれば、そこには犠牲が、したがって比較が働いている。とすれば、彼を気高く立派で有益な行いに導くためにはこの比較する能力を高めてやればよいだけなのだ。

思うに、われわれはある重要な理解に到達したのである。もはや屈服させるべきは人間の本性ではなく、打ち勝つべきは感覚でもなくなった。ただひたすらに、自らの理性を磨き上げ高めてゆかねばならないのだ。人間が持たぬ新たな力を作り出すのが課題ではない、むしろ彼固有の力を発展させ伸ばすことを考えるのである。

この主張を斥けるには、これまで述べてきた一連の事柄を否定しなければならないが、それは不可能だろう。人びとの行動を導くのは感覚ではなく、観念である。観念には常に比較と判断がともなう。人間本性が自己犠牲に傾きがちなあまり、今そこにある感覚はそれが未来の感覚、すなわち観念と対立している場合はほぼ確実に犠牲に供される。

ゼノンがエピクテトスやマルクス・アウレリウスと同じように固有の存在としての人間に帰属させた能力は、まさにこの真理の延長にすぎない(2)。それは感覚に対する観念の優位を意味し、いいかえれば人間は過去に受け取った印象の記憶ないし結合を用いて、一言でいうなら印象を使いこなすことによって、今受け取っている印象を制御することができるという主張なのだ。

よく使われる言い回しにのっとれば、ソクラテスが天上の哲学を地上にもたらしわれわれの日々移り変わる心やその時々の利害関心に当て嵌めるためにこの哲学を呼びおろして以降、古代の賢人たちは人間をあらゆる視点から研究し続けた。その探究の結果として彼らが得たのは、観念が感覚に勝利すべきであり、観念が増殖し発展し高められてゆくにつれてその支配は揺るぎないものとなるという知見であり、そこから彼らは、人類には完全無欠にして無際限な精神的自立がそなわっていると結論づけたのであった。

彼らの努力はすべて感覚に対する観念の支配を堅固にすること、人間をして自らの主人たらしめること、人間のために常にこの精神的自立、尊厳と安寧と幸福の源泉を守り抜くことに向けられていた。

数ある要因のなかでも私はかつての王政による恣意的支配が第一にあると思うのだが、そうした要因がわれわれの力を失わせ堕落させて、この自立を奪い取ってしまった。自由を手にしたなら、力をも取り戻さねばならない。人間の意志こそ自我を形成するものであり、身体的な側面に対して全能と考えるべきなのだ。体の器官や感覚といった身体的側面は人間にとって最も基本的な道具である。これを用いて人は自分以外の対象を操り、そしてそこから次なる道具を作り出すことになる。だが前提として最初の道具に対する支配を確実にしておかねばならず、またその支配も絶対的でなくてはならない。外的存在に対して主人となる以前に、まず自分自身の主たるべきなのだ。

情念も意志の道具となることは可能であり、またそうあらねばならない。強い酒と同じように情念も、われわれが制御できないほどにならぬよう常時注意しつつ、必要な時に必要な刺激をわれわれの器官に伝えるための手段となりうる。ちょうど気分を昂揚させようと強い酒に頼る時、自分が自分の主人でなくなってしまうまで酩酊せぬよう気をつけるのと同じである。

犠牲を捧げる唯一無二の能力のうちには、改善可能性の不滅の種子が宿っている。この能力は人間が実践すればするほどますます精力を得、人間の器量ははるかに多くのものを包摂してゆくのだ。ところで、誤謬を生むのは真理を形作る何らかの要素の欠失にほかならない。真理に必要不可欠な要素を集めてゆけば、その過ちを正すことになる。その結果、人間はより多くの正しさを日々獲得してゆくのである。

個人のなかでそうして行われる自己の改善が人類全体に行き渡るのは、ある種の真理があらゆる場面で何度となく繰り返されるうち、いつしか揺るぎない歴然とした証拠と固く結びつくようになるからである。というのも明白な真理とは、その記号が真理に同意した際の知的作用とまったく同じものを瞬時に再現してくれるくらい、われわれにとって馴染み深くなったものを指すのだ。

道徳的真理においても数学的真理と同じく、問題は記号をいかに簡潔にするかにある。

もしわれわれが一瞬にして計算もなしに二足す二は四であると理解するのであれば、そしてもしそれと同じ速さでは六九足す一八七が二五六であるとはわからないとしたら、それはこれら二つの式のうち前者のほうが後者より確かだからではなく、二度繰り返された二という記号のほうが、六九と一八七といった数字の和よりもすばやくそれが意味している観念を想起させるからである。

すべての個人に受け入れられたこのような真理の結合から、そしてその真理が彼らにもたらす自己犠牲の習性から、良識が生じ万人に共通の道徳が築かれるのであり、議論の余地なく認められたその原理は二度と疑われることがない。したがって個人は、先人たちのやり遂げた仕事をまた一からやり直す必要はない。彼の出発点は未経験な個人のそれではなく、集団として積んだ経験によって運ばれた地点からとなるのだ。

人間の改善能力が内部で働き、おそらくはゆっくりと目には見えない仕方で人間を既知の真理から未知の真理へと導いてゆくのと同時に、この能力は外的にも作用し、発見からまた新たな発見へと人間をいざなう。

歴史から互いに遠く隔たった時代を抜き出してみれば、そこには内的にも外的にも改善可能性の歩みが見て取れるはずだ。

内面的な改善、すなわち道徳に関しては奴隷制の廃止が挙げられる。これはわれわれにとっては明らかな真理だが、アリストテレスにとってはその反対であった。フランス革命の闘争に明け暮れていた最も頑迷な貴族たちにも奴隷制の復活を訴えるという発想はなかったが、理想的な国家を構想していたプラトンは奴隷制なしの生活など想像もつかなかったのである。

これこそ人間精神の進歩である――愚劣きわまりない人間も今の世に暮らしていれば、彼らがたとえ何を考えていようとも、かつて最高の賢者たちが立っていたところまで後退することはありえない。時と論理とが、ある制度の抱える過ちをすべて白日のもとに晒すなら、愚かさであろうと個人的な利益であろうとこの制度をあえて求めることはしなくなるのだ。

対外的な改善の例としては、ガリレオやコペルニクス、ニュートンによるものなど無数の発見を挙げることができよう――血液の循環、電気、人間を日々ますます物質世界の支配者とする多くの機械、火薬、羅針盤、印刷、蒸気といった世界を手中に収めるための具体的な手段の数々である。

こうした人間の改善能力の歩みはあるいは止められ、人類が一見退歩を強いられることさえあるかもしれない。だが人間はかつて到達したところに戻ろうとするものであり、それを妨げていた物理的な要因が取り除かれればすぐにでもそうするのだ。

かくして、フランス革命の動乱は観念を覆し人びとを堕落させはしたが、動乱が鎮まるやいなや、彼らは衝撃で見失ってしまう前に掲げていた道徳的観念へと立ち戻ったのである。また革命の過激さは諸個人を堕落させはしたが、既存の道徳体系をそれよりも劣ったものに取り替えるようなことはなかったといえる。だが人類が後退していることを示すにはまさにこの点を証明しなくてはならないのだ。

それはわれわれが対外的な進歩と呼んだものについても同様である。

人間は外的な対象物に働きかけ屈服させる手段を、以前に比べてはるかに多く獲得した。これは人類全体にとっての進歩である。古代のお好きな民族から無作為に一〇〇人を選び出し、われらが近代のヨーロッパ国民からも同じく一〇〇人選んでいただきたい。そしてそれぞれの集団を、彼らの時代に発見された知識とともに、岩と森に覆われた孤島に送り込むのだ。開拓する手段を持たない古代人たちは破滅するか野蛮に戻るかするだろう。一方、一〇〇名の近代人たちは持てる力を発揮して連れ出された元の状況まで復帰し、そこからすぐ文明のさらに上の段階へと昇るはずである。この違いをもたらすのはいくつかの即物的な発見、たとえば火薬の利用といったものになるだろう。さてこれが人類にとって確かな進歩であることは否定できまい。改善可能性の否定として引用されるヴォーバンの言葉は、(3)むしろその証である。もしカエサルが現代に蘇り、二週間のうちに当代で最も賢い人びとの水準、つまり彼自身の時代よりはるかに優れた点まで達するとしたら、それはその頃よりわれわれの出発点が前進しており、したがってそのぶん遠くへ歩みを進めることになると示しているのではないだろうか?

この進歩を認めたがらない人びとは、人類は永遠に円環を描き続けるか、あるいはやはり永遠に無知から叡智、叡智から無知へ、野蛮から文明、文明から野蛮へと絶えず行ったり来たりするよう定められていると考えているのだ。それは彼らがこの地上のどこか、多かれ少なかれ閉じられた社会の、ある時代や国において衆目を集めるような人物のみに注目しているからである。だが改善可能性の体系を評価するならば、それを部分的に切り取って判断してはならない。もしある時代に生きた人びとが総体として、それ以前に暮らしていた人びとよりも必ず幸福であるという点が証明されているのなら、どこかの時代のどこかの民族が後世の他の民族よりも幸福であったり知識を手にしていたりしてもさして重要な問題ではないのである。

アテナイ人はわれわれよりも自由だったのだから人類は自由を失っているのだ、などという主張は成り立たない。アテナイ人はギリシアに暮らしていた民のごく一部であり、ギリシアはヨーロッパの小さな一地域にすぎず、それ以外の世界は野蛮なままであったうえ、そもそもギリシアにおいてさえ住民のほとんどは奴隷だったのである。全体として評価し、それでもわれわれの時代に似通っている歴史上の例を挙げていただきたい。ヨーロッパ全土は今では奴隷制という災禍を免れている。地球上でもこの地域の四分の三は封建制から解放されており、半分は貴族階級の特権からも自由になった。一億二千万もの人びとが、他者の生殺与奪権を合法的に握る人物を頭上に頂かずに暮らしているのだ。哲学がいまだ勝利を収めていない国々においても、宗教が寛容を命じている。専制が所かまわず自らの罪を馬鹿馬鹿しい口実で塗り固めているのは事実だが、それでもかつてなかったほど控えめなのだ。簒奪は自らを必要なものとして弁解し、過ちはその効用を訴えて自己を正当化しているのである。

先の論稿(4)で私は、今日までに起こった名高い四つの大革命のことを扱った。すなわち神政政治の破壊、奴隷制の撤廃、封建制の崩壊、特権としての貴族階級の廃止である。今の主題に関連して同じ論点に戻ってきたわけだが、いくつか新たな知見を付け加えることができるだろう。これら四つの革命は、われわれにとって段階的な発展を可能にした規則正しく並ぶ梯子《はしご》の段のようなものである。

特権貴族階級は封建制よりもわれわれの時代に近く、封建制は奴隷より、奴隷制は神政政治よりも近い。もしもわれわれが貴族階級をより抑圧的にしようと望むなら、封建制を生み出せばよい。封建制をさらに忌まわしいものにするなら奴隷制を設ければよい。奴隷制を唾棄すべきものとしたければ、神政政治を始めればよいのだ。裏返すと、神政政治によって排斥された身分の境遇を改善するならこれを奴隷に引き上げ、奴隷の卑しさを減ずるには彼らに農奴と同じ部分的な保証を与え、農奴を解放したければ平民の自立を彼らに許せばよいということになる。歩みはどれもこちらの向きをたどり、一度も後戻りすることはなかった。ならばこのような進歩が自然法であること、そしていずれの時代もいつか自らに取って代わる時代の要素を宿していたことは明らかではないだろうか？

神政政治がどれほど長く続いたかはわかっていない。だがこの忌々しい制度はおそらく奴隷制よりも長く存在していたはずである。奴隷制の全盛期が三千年以上も続いたこと、封建制は千二百年、封建制後の特権貴族の隆盛はせいぜい二世紀ほどだったことはわれわれも知っている。

悪習の撤廃というのは物体が落下するときの加速度と似ている。地面に近づけば近づくほど、速度は上がるのだ。悪習が野蛮で救いようのないものほど維持しやすいのは、そのぶん被害者をも堕落させてしまうからである。奴隷制は封建制よりも、封建制は貴族階級よりも継続が容易だった。人間はその存在も能力も完全に抑圧されてしまうと、一部分のみが抑圧対象となった時よりも、はるかに抵抗する力を殺がれることになる。片方の手が自由であればこそ、もう片方の手を鎖から解き放つのである。

歴史はわれわれに、キリスト教の確立と北方蛮族の侵攻が奴隷制撤廃の要因であると教えている。そして十字軍は封建制の、フランス革命は特権貴族階級の瓦解をもたらしたと。

だがこれらの崩壊は特殊な状況による偶然の産物ではない。蛮族の侵略もキリスト教の確立も十字軍もフランス革命も、きっかけとはなったが原因ではなかった。人類はこの一連の解放に見合うだけの成熟を遂げていたのである。事物を導く永遠の力が、こうした革命を順に生起させてゆくのだ。予期せぬ状況から直接生じた帰結と思ったものが実際は人間精神の時代の到来であり、それを引き起こしたかに見えた人物や出来事も、実はすべての存在に刻み込まれた一般的な衝動をより顕著な仕方で広げたにすぎない。四つの革命、すなわち神政政治的な奴隷制および世俗的な奴隷制、封建制、特権貴族階級の廃止は、それぞれ自然的な平等の復元を目指して進んだ一歩である。人類の改善可能性とは、まさに平等に向かって進んでゆく傾向にほかならないのである。

この傾向は、平等のみが真理に、すなわち事物と事物、人と人同士の関係に合致するという事実から生じる。

不平等は不正義の唯一の原因である。あらゆる一般的ないし特殊な不平等を分析すれば、それがみな不平等に端を発していることがわかるだろう。

人間が熟考する時、そして熟考を通じて自らを向上させる能力となる自己犠牲の力に到達する時、彼は常に平等をその出発点としている。というのも、自分がされたくないことを人にしてはならない、つまり他者を同胞として対等に扱うべきであること、また人からも相手の望まぬことで苦しめられたりしない権利が彼にはある、言いかえれば他者も彼を対等に扱うべきであることを彼は確信しているからである。

したがって、真理が発見されるごとに――そして真理はその本性ゆえに発見されるべく傾向づけられているのだが――人間は平等に近づいてゆくのだ。

もし彼が平等からあまりに長いあいだ遠ざかっていたとすれば、それは未知の真理を埋め合わせる必要性から多かれ少なかれ歪んだ観念や誤った考えに流された所為《せい》である。自然的な力を実際に働かせるためにある程度まとまった数の考えや観念が必要なのは、力が受け身の道具でしかないからである。観念のみが能動的であり、世界を統御しているのだ。宇宙の支配権は観念に委ねられている。それゆえに、自然的な力の原動力となるだけの十分な真理が頭のなかになければ、人間はそれを推測や誤謬で補うことになる。そして真理が明らかになりその席を占めていた誤った考えが消え去る時、誤謬は束の間の戦いを挑む(そしてそれは常に誤謬の消滅で終わる)が、この戦いこそが国を変革し、人民を動かし、個々人を煽り立て、一言でいえばわれわれが革命と呼ぶものを巻き起こすのである。

ここから、重要な帰結がいくつか生じる。

一、人類の大多数が、着実でたゆみない進歩*によって日々幸福を、そして何より知識を手にしつつあることに疑いの余地はない。前に進む人類の足取りはそれなりに早い。時にしばしのあいだ後退するように見えたとしても、それはまたすぐさま動き出し他愛もない障害をすばやく乗り越えるためなのだ。真理が知識としてしか示されていなくとも、それによって人間の改善可能性の発揮が妨げられるわけではない。もし幸福が直接の目的であり向上がその先の目標であるとすれば、知識はその手段である。そしてわれわれが目的に達する手段を多く獲得するに応じて、われわれはたとえそうは見えなくとも目的に近づいてゆくのだから。

＊　人類の足取りは以下の三段階に分けられる——確信、疑念、未知の段階である。人類は確信した部分にまで後戻りすることは決してない。後退しているように見えるとすれば、それはある程度の幅を持つ疑念の段階で揺れ動いているからである。人類が進歩するにつれて疑念は確信へと変わり、未知の部分が疑念の段階に入ることになる。

二、人類が不動不変の存在でない以上、自らの本性と結びついていない事柄や、彼にとって内在的ではないが目的遂行のため補助として一時的に利用するようなものについては、相対的にしか判断を下すことができない。ゆえに、意見や制度（制度というのはそもそも実行に移された意見にほかならない）のなかには、今日では悪習と見なされていても、当時は有用性も必要性も相対的な完全性もそなえていたものがある。したがって、われわれには不可欠なように思われ、実際われわれにとってはそうであるものも、数世紀のちには悪習として斥けられるかもしれない。しかしそれでも、ほとんどの悪習がもとの時代には有用性をそなえていたのだから、われわれのあいだに存在するものも注意深く保存してゆかねば、と結論づけるのはやめよう。有益な悪習を作り出し維持するのはひとり自然の役割である。人類は、決して自らが必要とするものを手放したりはしない。悪習が潰えるとしたら、それはもはや有用ではなくなったからである。だがそれと同じように、悪習が潰えないのはいまだ有益だからだと述べることはできない。そこにはほかの要因もありうるからだ。

制度にそなわった相対的な有用性は日々変化してゆく、というのもわれわれが日々少しずつ真理を発見してゆくからである。昨日の有益な悪習は、明日の無駄な悪習なのだ。ところであらゆる無駄な悪習は有害であり、人類の進歩に対する障害ともなり、また人びとの諍いのきっかけともなる。

人類に資するような革命が起こるのは、ほぼ常に大いなる害悪が原因である。破壊すべき対象が有害であればあるほど、革命がもたらす害もまた悲惨になる。それはひどく有害な制度を導入しようとすれば、その時点で制度がきわめて必要とされる、もしくはそう思われねばならないことに起因する。そして必要性の後は必要性の記憶がその代わりとなり、こうした記憶は制度がもはや不要となった時でさえ、これを打ち倒さんとする人びとの前に頑として立ちはだかるのだ。

悪習が現行の社会秩序の基盤となっていることを証明しても、悪習の正当化にはならない。悪習が社会秩序に内在している時は、必ずその基礎をなしているように見えるものである。なぜなら、その本性からして複合的な性格を持ち単独で存在するがゆえに、悪習が維持されるためには、そしてあらゆるものが悪習に跪き悪習を中心に取り巻くためには、あらゆるものが悪習を基礎とするように思わせることが必要なのだ。確かに奴隷制が隆盛を誇っていた頃は、土地を耕し一身にすべての仕事を背負い、優雅な風習や知識の獲得に不可欠な余暇を主人たちに与えていた階級の隷属は、いかにも社会秩序の基盤となっているかに思えただろう。封建制の支配下にあっては、農奴たちの服従が公共の安寧と分かちがたく結びついているように見えた。今日では、貴族階級の特権が国家の繁栄を唯一保障するものだと聞かされてきた。だが奴隷制が崩壊しても社会秩序は残った。封建制が倒れても社会秩序は揺るがなかった。われわれは貴族の特権が失墜するのを目撃したが、たとえ社会秩序が動揺したにしても、その責めを負うべきは特権の廃止ではなく原理の忘却、常態化した腐敗、愚行の蔓延、長きにわたりすべての権力者たちを順に搦《から》めとっていった妄想なのである。

貴族階級の特権の廃止は、新たな時代——法的慣習の時代の幕開けである。

人間精神はこれ以上長く暴力やまやかしに従い続けるには知識を持ちすぎているが、かといって理性のみで自らを支配できるほどではない。力よりも合理的で、理性ほど抽象的ではない何かが必要なのだ。そこから法的慣習、すなわち人びとが共に合意を与えたある種の理性、個々人の理性をすべて結集させたものの平均値、一部の人間のそれには劣るかもしれないがその他大勢よりは優れた理性の必要性が生まれてくる。優秀な精神の持ち主を彼らがすでに斥けた誤謬に従わせる不都合は、粗野な精神を彼らがまだ理解できないはずの真理にまで引き上げる利点で埋め合わせられるだろう。

法的慣習について論じる時は、ある基本的な原理を決して見失わないようにしなくてはならない。その原理とは、この慣習が自然的な不変のものではなく人工的かつ変化に開かれていること、まだあまり知られていない真理の代わりとして一時しのぎに生み出されたこと、したがってそうした真理が発見されたり必要性に変化が生じたりすれば、それに応じて修正され改善され、なにより制限を加えられるべきものだということである。

なぜわれわれの時代を法的慣習の時代と呼んで区別するのか、この種の法的慣習は昔からあったではないか、と疑問に思う向きもあるだろう。それは、今の時代になって初めて法的慣習がそれのみにて純粋に成立したからである。たしかに法的慣習は常に存在していた、人は法律なしでは暮らせないのだから。だがこうした慣習は付随的なものでしかなかった。慣習を基礎づける偏見、誤謬、迷信的な崇拝が主導権を握り、それこそがこれまでの時代を特徴づけてきたのである。神秘的な権力が理性への支配権を持つことをついに認めなくなった人間が、理性のみに諮ることを望み、同胞らの理性との合意から生み出された慣習になら従うことをよしとするまでになったのは、ようやく今日のことなのだ。

これで論理によって人類の改善可能性は証明され、また人間を他と区別するこの能力が遂げてきたさまざまな発展に人類の進歩が表れていることも、事実によって立証されたことと思う。

自然は人間に、いかなる野蛮な暴君もいかなる恥知らずの簒奪者も逆らうことのできない志向を深く刻み込んだ。

人類は、野放図なローマの皇帝のもとでも退歩しなかった。粗野な封建制と下劣な迷信が奴隷となった世界にのしかかる二重の災厄のなかでも怯《ひる》まなかった。これらの忘れがたき前例のあとでは、われわれを獣同然の愚かさに戻すなどという偉業は諦めるがよかろう。

もしペルガマ〔トロイア〕を右手で守ることができるのならば、
この腕をもってきっと守り抜いただろう〔が、それは所詮かなわぬことだった〕(5)。

この確信が、さまざまな国や人種のあいだに台頭する支配者たちにも明らかとなるよう願うべきだろう。そうすれば彼らも血なまぐさい争いや虚しい労苦を避けることができる。われわれはといえば、経験の声に耳を塞がず、何世紀にもわたる試行錯誤のうちにこの決定的な真理の明白な証拠を見出したなら、不意に足元をすくわれ破滅させられぬようにすることだ。われわれが自身の思想と本性とに確信を抱いていれば、暴君の邪悪さや奴隷の卑屈さなど何ほどもない――決して過つことのない呼びかけが、われわれを理性と時代とに留め置いてくれるのである。

訳　註

近代人の自由と古代人の自由

（1）一七八一年に設立されたミュゼ・ド・ムッシュー（Musée de Monsieur）を前身とする、一般市民向けの学術機関。一八四八年まで存続していた。コンスタンはここで一八一七年から一九年にかけて講義を担当している。

（2）ガリア人は鉄器時代以降、現在のフランス、ルクセンブルク、ベルギー、スイス、イタリア北部などを含むガリア地方に居住していたケルト人の諸部族の総称。紀元前一世紀半ば頃ローマにより征服され、以降五世紀にわたり属州として支配された。ガリア人の文化はそのあいだにローマのそれと融合し原型を失うが、地名そのものは中世まで残り、中世後期から近代にかけて新たにフランス人のアイデンティティの基礎という役割を担うことになる。

（3）スパルタ市民の選挙によって選ばれる公職、定員は五名。スパルタ王が軍事や祭事を担当する一方、監督官は国政全般に責任を負った。

（4）古代ローマの公職。紀元前四九四年に貴族によって抑圧されていた平民の利害を代表する者として選ばれたという創設の経緯から、独裁官を除く他の政務官の決定に対する拒否権を有していた。

(5) テルパンドロスは紀元前七世紀半ばのギリシアで活躍したレスボス島出身の詩人、音楽家。古代ギリシアの音楽と叙情詩の父として知られる。ここで言及されているのは、四本だった竪琴の弦を七本に増やしたという古代ローマ期の学者ストラボンによる記述であり、テルパンドロスは監督官によってそのことを咎められ罰金を命じられたという。

(6) 古代ローマの公職。市民の資産状況に関する調査や公序良俗の監督などを担当し、定員二名が五年に一度選出されるが活動期間は一八か月と定められていた。序列としては執政官や法務官に劣るものの、その決定に逆らうことは独裁官を除くいかなる政務官にも許されないほどの強い権力を有していた。本文の後半ではその恣意性がコンスタンの批判の対象となる。

(7) コンドルセ(一七四三―一七九四)はフランスの思想家、数学者。主著に『人間精神進歩史』。本講演が行われたアテネ・ロワイヤルがまだミュゼ・ド・ムッシューと呼ばれていた頃に数学の講義を担当していたこともある。

(8) クセノポン『アテナイ人の国制』。クセノポン(紀元前四三〇頃―三五五頃)はアテナイの軍人、哲学者、歴史家。

(9) イソクラテス(紀元前四三六―三三八)は古代ギリシアの修辞学者、教育者。

(10) ペリクレス(紀元前四九五頃―四二九)はアテナイ民主政の全盛期に活躍した指導者、軍人。紀元前四三〇年、アテナイを襲った疫病の流行はペロポネソス戦争で疲弊していた市民の不満を爆発させ、ペリクレスは公金横領罪で弾劾される。トゥキュディデスの記録に残る名高い演説で市民の怒りは静めたものの、政敵に追い詰められ結局将軍職を辞し罰金を払うよう命じられた。

(11)　アルギヌサイの海戦は紀元前四〇六年、ペロポネソス戦争の際にアルギヌサイ諸島近くで行われた戦闘。七〇隻を失ったスパルタに対し、被害を二五隻に抑えたアテナイ方が勝利を収めたが、沈んだ船の船員たちの救済に失敗したとして指揮を執っていた将軍たちが告発され、死刑に処された。

(12)　ルソー(一七一二―一七七八)はジュネーヴで生まれフランスで活躍した思想家、小説家。著書『人間不平等起原論』『社会契約論』『エミール』などはコンスタンが本文でふれているフランス革命のみならず、後世に絶大な影響を与えた。

(13)　マブリ(一七〇九―一七八五)はフランスの思想家、歴史家。弟は哲学者コンディヤック(「征服の精神と簒奪」訳注(57)を参照)。フランス革命前に没したが、古代の共和政や美徳を激賞した著作は特に共和政期の革命家たちに多大な影響を及ぼした。

(14)　この言葉は公爵であり元帥でもあったアカデミー会員リシュリュー(一六九六―一七八八)のものとして、当時かなり広く知られていた。

(15)　モンテスキュー(一六八九―一七五五)はフランスの思想家。『法の精神』の著者として名高い。

(16)　モンテスキュー『法の精神(上)』野田良之他訳、岩波文庫、一九八九年、第一部第三編第三章、七二頁。〔　〕内はコンスタンによって省かれているが、ここではモンテスキューの原文に即して補うこととした。

(17) ドルイドは古代ケルト社会における教養層に属し、祭司や教師、判事としての役割を担っていた。
(18) コンスタンの原註にもあるとおり、貴族でありながらフランス革命において大きな役割を果たしたラ・ファイエット侯爵(一七五七—一八三四)が、それから約三〇年後の一八一八年一〇月にサルト県の議員に選出されたことを指している。
(19) 歴史家にして経済学者のシスモンディ(一七七三—一八四二)のこと。シスモンディはコンスタンの非常に近しい友人であり、彼が一八〇七年から一八年にかけて刊行した『中世イタリア共和国史』(*Histoire des républiques italiennes du moyen âge*)にこの段落とほぼ同様の主張が見られる。

征服の精神と簒奪

(1) この前書は、実際は、初版の端書(avertissement)と前書(préface)とを融合し、修正したものである。
(2) ここでいう政治論とは、一八〇六年頃に執筆されたと思われるコンスタンの手稿『政治原理論』のことである。
(3) 一八〇六年に発布された、フランスとその同盟国に対しイギリスとの一切の通信および交易を禁じる大陸封鎖令を示唆している。
(4) コンスタンが一八〇二年にナポレオンの策謀によって護民院より追放されたことへの言及。

なお、『征服の精神と簒奪』の表紙には、いささか挑発的に「バンジャマン・ド・コンスタン＝ルベック、一八〇二年に護民院より抹消された議員」と記されている。

（5）ナポレオン・ボナパルト（一七六九―一八二一）はコルシカ島出身のフランスの軍人、政治家。フランス革命戦争の功績で獲得した支持を背景として一七九九年に統領政府の第一統領に就任、一八〇二年には終身統領となる。一八〇四年ついに世襲制の皇帝の地位にまで上りつめたが、ロシアをはじめとする欧州諸国の包囲網に敗れ一八一四年に失脚。その翌年一時的に復位するがワーテルローの戦いに完敗し、幽閉されたセントヘレナ島にて生涯を閉じた。

（6）『モニトゥール』紙（*Le Moniteur universel*）は、政府の機関紙。

（7）フィリッポス（紀元前三八二―三三六）の息子はアレクサンドロス大王（前三五六―三二三）。

（8）ピュロス（紀元前三一九―二七二）はエピロスおよびマケドニアの王、知略と雄弁に優れたキネアス（生没年不詳）を右腕として重用した。コンスタンが本文でふれているのはプルタルコスが『英雄伝』で伝えている両者の会話であり、全イタリアを手中にする野望を語るピュロスに対し、キネアスが戦争の無益さを説く段である。

（9）以下の数段落は「近代人の自由と古代人の自由」とほぼ同一の文章となっている。このようにコンスタンはしばしば自分の文章をリサイクルする。そして多くの場合、その大元は手稿『政治原理論』である。

（10）こうした戦争と商業とを対比する言説は、コンスタン以前からすでに存在する。最も有名なのが、モンテスキューの『法の精神』第四部第二〇編第二章（「商業の精神について」）で展開される議論である。「商業の自然の効果は平和へと向かわせることである。一緒に商売をする二国民はたがいに相依り相助けるようになる。一方が買うことに利益をもてば、他方は売ることに利益をもつ。そしてすべての結合は相互の必要に基づいている」（『法の精神（中）』野田良之他訳、岩波文庫、一九八九年、二〇二頁）。コンスタンがモンテスキューの影響を受けた可能性は十分考えられる。

(11) 五世紀から六世紀にわたって地中海に王国を築いたゲルマン民族の一派。

(12) コンスタンの主要な政治論文を英訳したビアンカマリア・フォンタナによれば、ここで批判の対象となっているのはナポレオンが確立した「公安官吏」(magistrats de sûreté)と特別軍事法廷である。Biancamaria Fontana (trans. and ed.), *Political Writings*, Cambridge, Cambridge University Press, 1988, p. 61.

(13) キンキナトゥス（紀元前五一九―？）は古代ローマの政治家。二度独裁官を務めた際の有能さと問題解決と同時に権力を返上する潔さから、理想的な指導者像を体現しているとされる。カミルス（紀元前三六五没）は古代ローマの軍人、政治家。五度も独裁官を務めるなどガリア人の反乱に見舞われたローマの復興に尽力し、ロムルスに次ぐローマ第二の創建者と称えられた。ユリウス・カエサル（紀元前一〇〇頃―四四）は共和政ローマの軍人、政治家、著述家。軍事力を背景に対立する元老院を抑圧し自ら終身独裁官の地位についたことが、共和政ローマの終焉および帝政ローマへの道を切り開いたとされる。

(14) ここではオリヴァー・クロムウェル（一五九九―一六五八）による一六五三年の長期議会解散

と自らの護国卿就任を暗示。共和国を葬った軍人としてナポレオン、クロムウェル、カエサルはしばしばパラレルに論じられる。

(15)　アッティラ(四五三没)は北アジアの遊牧騎馬民族であるフン族の王。五世紀半ばにゲルマン民族の領土を征服して大移動を引き起こし、ローマ帝国にも侵略を繰り返した。わずか一〇年足らずで現在のドイツからロシアにまでまたがる大帝国を築いたが、婚礼の宴席で急死。帝国は瓦解した。

(16)　国境の均整化(arrondissement des frontières)という考えは、旧体制においては pré carré と称され、一七世紀にはしばしば征服の正当化根拠とされた。

(17)　アケメネス朝ペルシア王のカンビュセス二世(紀元前五二二没)、キュロス大王の息子。紀元前五二五年にエジプトを征服。歴史家ヘロドトスによると、カンビュセス二世はヘリオポリスやテバイの神殿を破壊し、メンフィスの神官を弾圧したという。

(18)　ダレイオス一世(紀元前五五〇―四八六)、カンビュセス二世の後継者。服従した異民族に対して寛容政策を実施したことで有名。

(19)　ナポレオンは、県(département)を単位とする行政区分を、帝国の一部となったオランダ領、ドイツ領、スイス領、イタリア領にも導入した。

(20)　第三版には以下の脚注が付されている。「レーベルク氏、その素晴らしい著作『ナポレオン法典』八頁より」。正確な出典は次のとおり。August Wilhelm Rehberg, *Über den Code Napoleon und dessen Einführung in Deutschland*, 1813.

(21) カール一二世（一六八二―一七一八）は戦争に明け暮れたことで有名なスウェーデンの王。なお、ヴォルテールはカール一二世の伝記を書いており、その中で彼の功罪について語っている。

(22) ジャコバン派の指導者クートン（一七五五―一七九四）の言葉。以下を参照。Georges Couthon, *Discours prononcé à la séance des Jacobins du 1er pluviôse an II de la République* (20 janvier 1794), Paris: Imprimerie des 86 départements, pp. 3-4.

(23) 『征服の精神』の初版には、この箇所に以下の註が付されている。Essais de Morale et de Politique. Paris 1804. これは Louis-Mathieu Molé の次の著書を指している。*Essais de morale et de politique*, 1805.

(24) これはイギリス、ロシア、スウェーデン、プロイセン、オーストリアが中心となり一八一三年に結成された第六次対仏大同盟への言及となっている。

(25) このコンスタンの手になるシラーの『ヴァレンシュタイン』の改作は一八〇九年に出版された。*Wallstein, tragédie en cinq actes et en vers, précédée de quelques réflexions sur le théâtre allemand, et suivie de notes historiques*, 1809. 以下の全集にも収録されている。*Œuvres complètes, Série Œuvres* III-2, Tübingen, Niemeyer, 1995, pp. 577-751.

(26) 呉茂一訳『縛られたプロメーテウス』岩波文庫、一九七四年、一一頁。

(27) この逸話はプルタルコス『英雄伝』および『倫理論集』に収められている。

(28) これはナポレオンが一八一二年にナルボンヌで発した言葉である。

(29) 前者はベルナドットを、後者はナポレオンを示唆している。ベルナドット（一七六三―一八四四）はフランスの平民出身の軍人、政治家。軍事的才能も行政手腕も優れたものを持ち、ナポレオンの政治的野心には一貫して批判的であったにもかかわらず、帝国軍元帥をはじめとする要職を歴任した。のちにスウェーデン国民の支持を得て国王カール一三世の養子となりカール・ヨハンと改名、カール一四世ヨハンとして即位しベルナドッテ王朝の始祖となった。

（30）実際は『法の精神』の第一部第八編第二章からの引用である。『法の精神（上）』二二五―二二六頁を参照。

（31）古代ローマ皇帝ティベリウス（紀元前四二―紀元後三七）もイギリス国王ヘンリー八世（一四九一―一五四七）も強権的な支配で議会を形骸化させた国家元首の例として挙げられている。

（32）紐は、絞首のために使用される絹紐を意味する。

（33）マルクス・アウレリウス（一二一―一八〇）はトラヤヌスやハドリアヌスらと並び五賢帝に数えられる古代ローマの皇帝。ティベリウスは訳註（31）を参照、カラカラ（一八八―二一七）は暴君として名の知られた古代ローマ皇帝。

（34）フェリペ二世（一五二七―一五九八）は神聖ローマ皇帝カール五世の息子であり、王座を継いだスペインに黄金時代をもたらした。だが複数の王国からなる彼の領土内では地方勢力も強く対立を余儀なくされ、カトリックの盟主を自任したため宗教迫害も激しかった。彼のもとでネーデルラント総督を務めたアルバ公（一五〇七―一五八二）はまさに「血の評議会」と呼ばれた組織を設立し新教徒を迫害した人物である。ゲーテの戯曲やベートーヴェンの音楽の主題となったエフモント伯ラモラールも処刑されたうちの一人。

(35) コンモドゥス(一六一—一九二)はマルクス・アウレリウスの息子であり、父とは対照的な放埒な暴君として語られることの多い古代ローマ皇帝。元老院と対立し、議員の大多数を粛清する計画を立てていたが先手を打たれ暗殺された。「競売」という言葉は、その後一年のうちに五人もの人物が皇帝を名乗り互いに争った混乱状態を指しているものと思われる。

(36) カエサルについては訳註(13)を参照。アウグストゥス(紀元前六三—紀元後一四)はカエサルの姪の息子であり初代ローマ皇帝。ウィテッリウス(一五—六九)はローマ内戦期最後の皇帝で、即位からわずか数か月で九億セステルティウスを浪費するなど放埒をきわめ、ウェスパシアヌスに討たれ悲惨な最期を遂げた。ドミティアヌス(五一—九六)はそのウェスパシアヌスの息子のローマ皇帝であり、父や兄の穏健な統治に逆行する強権的な支配を行って元老院と対立、暗殺された。ヘリオガバルス(二〇三—二二二)もまたローマ皇帝だが、急進的な太陽神信仰や常軌を逸した性的倒錯などから支持を失い、弱冠一八歳で暗殺された。

(37) ヴァンダル族は訳註(11)を参照。ゴート族もヴァンダル族もゲルマン民族の一派であり、蛮族として時に友好な関係を持ちながらもローマ帝国領への侵略を繰り返していたが、五世紀にはそれぞれ皇帝を敗死させたり帝都を占領するなどして深刻な打撃を与え、その衰亡の大きな要因となった。

(38) ペイシストラトス(紀元前五二七没)はアテナイの僭主、フィリッポスは訳註(7)参照。後者の統治を継いだのがアレクサンドロスである。タルクィニウス(紀元前四九五没)は傲慢王の異名を持つ古代ローマ最後の王であり、反乱を起こされ追放された。その約五世紀後、紀元前四九—

四五年にかけてのローマ内戦を制し共和政にとどめを刺したのがユリウス・カエサルである。

(39)　ペリクレス(紀元前四九五頃—四二九)、ミルティアデス(紀元前五五〇頃—四八九)、アリステイデス(紀元前六世紀—五世紀)、テミストクレス(紀元前五二四頃—四六〇頃)、アルキビアデス(紀元前四五〇頃—四〇四)はいずれもアテナイの軍人、政治家であり、アテナイの最高職であるストラテゴス(将軍)を務めた。が、本文中にあるとおり将軍のまま病死したペリクレス以外はみな生前に失脚しており、ミルティアデスは民会での告発を受け獄死、アリステイデスとテミストクレスは陶片追放、政敵の多かったアルキビアデスは小さな敗戦の責任を不当に問われて亡命し、それぞれ権力の座とアテナイを離れている。

(40)　クラウディウス(紀元前一〇—紀元後五四)は古代ローマ皇帝。伝承によると、先帝である甥のカリグラと宮殿に向かう道の途中で別れたが、その直後に彼が暗殺されたことを知って宮殿に逃げ込み、カーテンの陰に隠れていたところをグラトゥスなる近衛兵に発見され、突如皇帝と呼ばれたという。虚弱な体質ゆえに母からも疎まれ、名家出身ながら目立った公職につかずにいたが、即位後は行政手腕を発揮し財政を立て直した。

(41)　アリストテレス『政治学』牛田徳子訳、京都大学学術出版会、二〇〇一年、二九二頁。ただしコンスタンの引用においては「王の支配の偉大さと尊厳」が「指揮という特権」になっているなど多少の異同がある。

(42)　キュロス二世(紀元前六〇〇頃—五二九頃)はアケメネス朝ペルシアの初代国王。第一部第一二章で言及されているカンビュセス二世の父(訳注(17)参照)。マキアヴェリ(一四六九—一五二七)はフィレンツェ共和国の外交官でありイタリア・ルネサンス期を代表する政治思想家。
(43) ここで暗に言及されているのはナポレオンのエジプト遠征とその有害な作用である。
(44) カンビュセスについては訳註(17)を参照。クセルクセス一世(紀元前五一九頃―四六五)はアケメネス朝ペルシアの王。ギリシア遠征を試みたがサラミスの海戦で敗れ撤退。この敗戦が衰亡のきっかけとなったといわれる。
(45) リュクルゴス(生没年不詳)はスパルタの伝説的な立法者、デルフォイの神託に従って混乱期のスパルタに法秩序をもたらし軍事共同体的な社会へと変革したとされる。ヌマ(紀元前七〇〇頃に活躍)もまた歴史的というより伝説的な人物と見なされている古代ローマ第二代の王。戦争に明け暮れた初代国王ロムルスとは異なり内政に傾注、法整備や慣習と祭祀を重視した社会秩序の安定化を進め、ローマ繁栄の礎を築いたといわれる。
(46) ルソーについては「近代人の自由と古代人の自由」訳註(12)を参照。
(47) 初版では、この註の中で非難の対象となるモレおよびその著書(*Essais de morale et de politique*)が示唆されている。モレ(一七八一―一八五五)はフランスの政治家、著述家。
(48) マブリについては、「近代人の自由と古代人の自由」訳註(13)を参照。
(49) 「近代人の自由と古代人の自由」訳註(14)を参照。
(50) これはルソーの著書からの正確な引用ではない。初版では括弧がなく、引用文として登場しない。
(51) マキアヴェリの『ディスコルシ』第一巻第二五―二六章に登場する件を大幅に縮めた引用文

である。マキアヴェリについては訳註(42)を参照。

(52)　フランスの身分制の是非をめぐる疑似歴史論争には長い系譜がある。フランク族などのゲルマン民族によるガリア人の征服にまで遡って帯剣貴族の存在意義を訴え、階級の特権を擁護した代表的論客がブーランヴィリエ伯爵であり、革命家たちに大きな影響を与えたマブリは『フランス史のための注記と論拠』(*Remarques et Preuves des Observations sur l'Histoire de France*)で彼やモンテスキューの封建制論を真っ向から論難した。シィエス『第三身分とは何か』の「第三身分は、征服者の家系に生まれて征服に基づく権利を継承したなどという、馬鹿げた主張をし続けているこれらの家族を皆、なぜフランコニーの森の中に追い返さないのだろうか」というくだりは、この文脈をふまえて書かれたものである(稲本洋之助他訳、岩波文庫、二〇一一年、二四頁)。論争は革命期に王政および貴族階級が廃止された後もなお続き、ルイ一六世の処刑が決定される前には、クロヴィスから代々続くフランス国王の悪行を並べ立てて民衆に好評を博したパンフレット『フランス国王たちの罪状』(*Les Crimes des Rois de France, depuis Clovis jusqu'à Louis Seize*, 1791)、反対に貴族の立場から浩瀚《こうかん》な資料にあたってフランスの王政の起源に迫り、のちにギゾーに絶賛されたレザルディエールの『フランス王政の法制度理論』(*Théorie des loix politiques de la Monarchie française*, 1792)などが相次いで出版されていた。

(53)　ここで批判の主要な対象となっているのは、歴史家、劇作家でもあり王政復古期の国務大臣でもあったフェラン(一七五一―一八二五)である。

(54)　コンスタンが原註で述べているとおり、この主張はスピノザのものである。スピノザ(一六三二―一六七七)は一七世紀オランダを代表する哲学者。ポルトガル系ユダヤ人の家庭に生まれたがユダヤ教を離れ、汎神論やエピクロス派的な倫理学を展開、デカルトの流れをくむ合理主義者として活躍し後世にも大きな影響を与えた。

(55) フランスのアルザス地方、現在のバ゠ラン県にある村。ここでは田舎の小さな集落の例として使われている。

(56) デ・パウ(一七三九―一七九九)はフリードリヒ大王のもとで活躍したオランダ出身の哲学者、外交官、地理学者。その著作『ギリシア人に関する哲学的考察』(*Recherches philosophiques sur les Grecs*, 1788)はコンスタンの「古代人の自由」観の重要な典拠とされているが、ここでのコンスタンによる引用と合致する文章は見つかっていない。

(57) コンディヤック『パルマ公国王子のための教程』(*Introduction à l'étude de l'histoire*, in *Cours d'études pour l'instruction du Prince de Parme*, vol. 4, 1775, p. 2.)の一節。コンディヤック(一七一四―一七八〇)はフランスの聖職者、哲学者。兄は思想家のマブリ(「近代人の自由と古代人の自由」訳注(13)を参照)。イギリスのジョン・ロックの影響を色濃く受け、特に感覚論の領域で成果を残した。「人類の改善可能性について」で展開されるコンスタンの感覚論はコンディヤックを下敷きにしている。

(58) ボシュエ(一六二七―一七〇四)はフランスの聖職者。修辞と雄弁に優れ、説教師としても著述家としてもルイ一四世治下で随一の名声を誇った。フランス・カトリック教会の重鎮としてプロテスタントを激しく論難したことでも知られる。

(59)　実際は一八一三年一二月二六日のデクレ。このデクレのテクストについては、以下を参照。Jean-Baptiste Duvergier, *Collection complète des lois, décrets, ordonnances, réglemens, et avis du Conseil d'État* 1827, vol. 18, p. 528.

(60)　トラセア・パエトゥス（六六没）、セネカ（紀元前四頃－紀元後六五）は古代ローマの元老院議員。いずれも皇帝ネロの不興を買い自殺を命じられた。

(61)　ネロ（三七－六八）は暴君として知られた古代ローマ皇帝。属州の総督らに反乱を起こされたのち元老院によって廃位、追い詰められ喉を突いて自死した。ウィテッリウスについては訳註(36)を参照。

(62)　*Mémoires de Louis XIV, écrits par lui-même, composés pour le Grand Dauphin, son fils, et adressés à ce Prince*, mis en ordre et publiés. J. L. M. de Grain-Montagnac, 1806.

(63)　この原註で引用されているのは、フェランの著作『歴史の精髄』(*L'Esprit de l'histoire, ou lettres d'un père à son fils sur la manière d'étudier l'histoire*, 1802)である。

(64)　フィランジエーリ（一七五三－一七八八）はイタリア・ナポリ出身の法律家、哲学者。ここでコンスタンが引用しているのは以下の著作である。Gaetano Filangieri, *La science de la législation*, tr. J. A. G. Gallois, 1786, vol. 2, p. 105.

(65)　モンテスキュー自身の言葉は以下のとおりである。「君主政の原理は、第一級の栄誉が第一級の隷従の標識であるときに、大身から人民の尊敬が奪い去られるときに、そして、大身が恣意的権力のいやしむべき道具とされるときに腐敗する。（中略）しかし、君主の権力が絶大となるにつれて、彼の安全が減少するということが真実ならば(これはいつの時代にも見られたことであるが)、この権力をその本性を変えるにいたるまで腐敗させることは、君主に対してその尊厳を侵す罪となるのではあるまいか」(野田良之他訳『法の精神(上)』岩波文庫、一九八九年、第一部第八編第七章二三一―二三二頁)。

(66) グラックスは兄弟で紀元前二世紀後半に活躍した共和政ローマの元老院議員。兄ティベリウス(紀元前一六三頃―一三三)は紀元前一三三年、弟ガイウス(紀元前一五四頃―一二一)は一二三年に護民官に選出され、農地法改革など貧民の生活に配慮した政治を行った。だが急激な改革は元老院の反発を招き、それぞれ選出から間もなく非業の死を遂げている。これにより共和政ローマは、初代皇帝アウグストゥスの登場までおよそ一〇〇年に及ぶ内乱期に突入することとなった。

(67) ガイウス・マリウス(紀元前一五七―八六)は共和政ローマ内乱期の軍人にして政治家。平民出身の軍人だったが他民族に対する度重なる勝利などから市民たちの支持を集め、民衆派議員の領袖として執政官に就任した。大規模な軍制改革はグラックス兄弟の挫折した貧民救済に繋がるとともに、ローマ兵を職業軍人化することで後世の拡張路線の基礎を築いた。戦場では冷静な指揮官だったが、政治家としては激しやすく反対派を厳しく粛清している。

(68) アンリ三世(一五五一―一五八九)は宗教戦争のさなかで即位したヴァロワ朝最後のフランス国王。ギーズ公アンリ(一五五〇―一五八八)はサン゠バルテルミの夜にプロテスタントを虐殺した中心人物であり、のちにカトリック同盟を結成し国王とも対立した。その結果本文にあるとおり国王の命により暗殺され、同盟側の報復として結局アンリ三世自身も刺殺されることになる。

その後王位を継いだのがアンリ三世、ギーズ公と「三人アンリ」として三つ巴の争いを続けプロテスタント勢力を率いていたアンリ四世(一五五三—一六一〇)である(ただし即位の条件としてカトリックに改宗)。アンリ四世は寛容王令を発布するなどして国政の安定に努めたが、結局狂信的なカトリック信徒によってやはり暗殺されることとなった。

(69)　プブリウス・ヴァレリウス・プブリコラ(紀元前五〇三没)は、国王タルクィニウスを追放し共和政ローマを確立したとされる政治家。プルタルコスによれば、単独の執政官となり広場を見下ろす丘の上に自宅を建てた際、自ら王位につくつもりではないかと噂されたため一夜にしてすべてを取り壊し逆に友人たちに宿を乞うて回り、結局市民から家を与えられることになったという。また本文でコンスタンが記しているとおり、暴君になろうとする者を裁判なしに殺害してもその企てを証明できれば無罪とする法律を制定した。プブリコラは「民衆を愛する者」を意味する彼の綽名である。

(70)　この原註で言及されている論点については、以下のとおり。サン＝クルーの簒奪とは、ナポレオンによる一七九九年ブリュメール一八日のクーデターを指す。モロー(一七六三—一八一三)、アンギアン公(一七七二—一八〇四)、ピシュグリュ(一七六一—一八〇四)はいずれも一八〇四年の王党派の陰謀に関連して粛清された人物。モローはフランス革命軍の有能な将軍でブリュメールのクーデターにおける協力者でもあったが、妻が王党派のサロンの中心人物であったことから陰謀に与したとしてアメリカへ追放された。アンギアン公はフランス革命戦争でコンデ軍を指揮し革命軍と戦った亡命貴族であり、王位継承権を持つブルボン王家の一員。一八〇四年の陰謀に直接関与した証拠はなかったが、存在を危険視されバーデンの館にいたところを逮捕、フランスに送られ祖国およびナポレオンへの敵対行為の咎で銃殺刑に処された。ピシュグリュはフランス革命戦争でフランス側の将軍として活躍した軍人だったが、根強い王党派でもあり、一七九七年フランス領ギアナに追放されるも脱出。ロンドンに渡り亡命していた王党派を束ね、ナポレオンの失脚と王政復古を計画中に裏切りにあって失敗し、一八〇四年に逮捕される。裁判にかけられる前に獄中で縊死したと報じられたが、実際はナポレオンの命で暗殺されたものと考えられていた。

(71) ここで言及されているのはフランスの経済学者ガニル(一七五八―一八三六)。フランス革命を機に政界入りするも恐怖政治下で投獄される。ロベスピエールの失脚とともに釈放されたのち、ブリュメール一八日のクーデターに協力し、一七九九年に護民院議員となった。コンスタンが「同僚」と書いているのはこのためである。一八〇二年にコンスタンらとともにナポレオンによって罷免されるまで、穏健な態度ながら司法の独立と政治的自由を訴え続けた。

(72) 一六四二年から一六四九年まで続いたイングランド内戦のことを指していると思われる。

(73) 実際にはネロは元老院の宣告を知り、刑死の屈辱を免れようと先に自死している。訳註(61)を参照。

(74) 紀元前四四年ユリウス・カエサルの暗殺後、執政官として権力を独占しつつあったマルクス・アントニウスに危機感を抱いたキケロは、カエサルの甥オクタウィアヌスを味方につけてアントニウスを激しく弾劾する。だが政治的計算からオクタウィアヌスはアントニウスと手を組み、四三年にレピドゥスを加えた三頭政治を開始する。裏切られ失脚したキケロは追放処分を受けたのちアントニウスによって暗殺され、切り取られた首と右手はローマの中心街に晒されたという。

(75) カンブレー同盟は一五〇八年、イタリア半島での覇権をめぐってヴェネツィアと対峙するため、教皇ユリウス二世、神聖ローマ帝国皇帝マクシミリアン一世、アラゴンおよびカスティーリャ王フェルナンド、フランス国王ルイ一二世との間に結ばれた同盟。オランダについての記述は、一六七二年にルイ一四世がイングランド国王チャールズ二世と同盟を結んでオランダを包囲し、侵攻を開始した仏蘭戦争を指している。

(76) この箇所はナポレオンのロシア遠征への言及である。

(77) ヴォルテールの悲劇作品『マホメット』(*Le Fanatisme, ou Mahomet le prophète, Tragédie.*)第二幕、第三シーンからの抜粋。オフマンによれば、コンスタンは一八〇六年に本作品に登場するゾピールの役を演じている。ゾピールは狂信者マホメットに洗脳された実子セイードによって暗殺されるメッカの執政官である。

(78) ベーコン『学問の進歩』(*De augmentis scientiarum*)を参照していると思われる。ベーコン(一五六一—一六二六)はイギリスの哲学者、政治家。エリザベス一世、ジェームズ一世に重鎮として仕える一方、学問においては科学的方法論の基礎を築き、法学や宗教学などに幅広い知見を書き残して初期イギリス経験論の代表的な思想家となった。

(79) ジョアン五世(一六八九—一七五〇)はブラガンサ朝のポルトガル国王。それまでの伝統的な支配形式とは異なる絶対王政を布き、またローマ・カトリックへの献身によって教皇から「いとも敬虔なる王」の称号を与えられた。本文中の「才人」とはポンバル侯爵カルヴァーリョ（一六九九―一七八二）のこと。新王の信任を得て首相に就任するとフランスの宰相リシュリュー枢機卿を手本として啓蒙専制君主的な独裁を行い、貴族階級の反感を買った。一七五八年に国王ジョゼ一世暗殺未遂事件が起こると、計画に加わったとされる大貴族たちの粛清に乗り出し、イエズス会をポルトガルから追放するなどした。

(80) ヨーゼフ二世（一七四一―一七九〇）は神聖ローマ皇帝であり、実質「女帝」として君臨していたマリア・テレジア（一七一七―一七八〇）の長男。コンスタンが述べているとおりほとんどの点で挫折したとはいえ、啓蒙主義の理想にしたがって近代的な改革を進めたその姿勢は今日ではヨーゼフ主義と呼ばれている。

(81) アレクサンドル一世（一七七七―一八二五）はロシア皇帝。他の欧州諸国と対仏同盟を組みナポレオンと対立、ロシア遠征を撃退しナポレオン失脚の端緒を開いた。その後のウィーン会議でも主導権を握り、ヨーロッパの秩序の再編成を進めた。

(82) ヴォルテール（一六九四―一七七八）はフランスの思想家、著述家。体系的な理論や哲学を構築したわけではないが、史書や劇作、随筆など多分野にまたがる浩瀚な著作のなかで、偏見および迷信の打破や権威に対する自由の価値を訴え、近代の思想に広く影響を及ぼした。

(83) ポリュドーロスはギリシア神話の登場人物でトロイア王プリアモスの息子。トラキアに新たな都市を築こうと考えたアイネイアースが、ウェヌスおよびユピテルに生贄を捧げる準備として灌木を引き抜くとその根から血が滴り落ち、そこに埋葬されていたポリュドーロスの亡霊がトラキアを去るよう懇願する声を聞いたという。ウェルギリウス『アエネーイス』第三巻冒頭を参照。

(84)　ワシントン(一七三二―一七九九)はアメリカ独立戦争における植民地軍総司令官であり、合衆国初代大統領。ここで言及されているオレンジ公はおそらくユトレヒト同盟を率いてフェリペ二世からオランダの独立を勝ち取ったウィレム一世(一五三三―一五八四)。ウィレムは当初フランスの王弟アンジュー公を君主に招いたが人民はこれを受け入れず、結局ウィレムがネーデルラント連邦共和国の事実上の初代総督となった。ウィリアム三世(一六五〇―一七〇二)はそのひ孫にあたり、名誉革命によってジェームズ二世が廃されたのち、その娘である妻メアリとともにイングランドの王座に就いた。

(85)　サチェヴァレル(一六七四頃―一七二四)、過激な説教で知られたイギリスの高教会派の聖職者。一七〇九年にセント・ポール大聖堂で行った説教では、長老派など非国教徒や彼らに寛容な態度を取る聖職者、政府与党ウィッグを強く批判し、物議を醸す。結果、反政府的な扇動を行ったとして下院に告発され軽いながらも断罪されるが、国民には広い支持を得、一七一〇年の選挙におけるトーリーの圧勝に繋がった。

(86)　フィロポイメン(紀元前二五三頃―一八三頃)は古代ギリシアの政治家、軍人。アカイア同盟軍を率いてスパルタをはじめとする敵国に対し数々の戦績を挙げ、その勇猛さとともに清廉な人格でも知られる。ワシントンについては訳註(84)を参照。コシチュシュコ(一七四六―一八一七)もポーランド・リトアニア共和国出身の軍人。アメリカ独立戦争で活躍後、ロシアの支配から祖国を脱却させようと蜂起するも失敗、祖国の領土は分割され消滅した。

(87) ウェルギリウスの詩文「世界より切り離されしブリテン人」(Et penitus toto divisos orbe Britannicos)を捩《もじ》った風刺となっている。

人類の改善可能性《ペルフェクティビリテ》について

(1) レアンドロスとヘーローはギリシア神話に登場する恋人。アビドスの青年レアンドロスはセストスでアフロディテに仕える巫女ヘーローに逢うため、毎夜ランプの明かりを頼りにヘレスポントスの海峡を泳いで渡っていた。だがある夜このランプの火が消えてレアンドロスは溺死し、岸に打ち上げられた恋人を見つけたヘーローもまた海に身を投げて命を絶つ。

(2) キティオンのゼノンは紀元前三世紀の哲学者でストア派の始祖。エピクテトス(五〇頃―一三五年頃)と皇帝マルクス・アウレリウスはその系譜に連なる後期ストア派の哲学者。マルクス・アウレリウスについては「征服の精神と簒奪」訳註(33)を参照。

(3) ヴォーバン(一六三三―一七〇七)はルイ一四世に仕えた軍人にして建築家。要塞の築城技術を体系化したことで知られる。以下は著述家フォンターヌが『メルキュール・ド・フランス』誌に寄せたスタール夫人の *De la littérature considérée dans ses rapports avec les institutions sociales* の批評記事で引用した逸話。「優秀な若い士官が、ある時高名なるヴォーバンにこう言った。『元帥閣下、カエサルも閣下が守備を固めた都市を相手にしては、一介の新兵にすぎぬでしょうな』『口を慎め、お若いの』とヴォーバンは答えた。『カエサルがわれわれの武器を知ったなら、二週間もすればわれわれ以上の精鋭となってしまうだろう。状況のおかげでこちらのほうが彼よりも手馴れてはいるが、彼の知性は到底われわれの及ぶところではないのだ』」。

（4）『文学政治論集』第六章《Du développement progressif des idées religieuses》を指すと思われる（本稿「人類の改善可能性について」は同書第一七章）。

（5）ウェルギリウス『アエネーイス』第二巻二九一―二九二。既存の邦訳では必ずしもここでコンスタンが引用した意図が明確にならないと考え、言外の意味を補いつつ訳出した。コンスタンが当該箇所に含意させたのは、トロイアのように滅ぶべくして滅んだもの、すなわち時代精神に外れた制度や国家を救おうとしても無意味であるという主張と考えられる。

訳者解説

1　コンスタン・リバイバル

ここに訳出したのは、一九世紀フランス自由主義の代表的思想家バンジャマン・コンスタンの政治的著作――『近代人の自由と古代人の自由』(以下『近代人の自由』と略記)、『人類の改善可能性について』(以下『改善可能性』と略記)、『征服の精神と簒奪』(以下『征服の精神』と略記)――の三篇である。

なぜこの三篇を選んだかについては、のちほど詳しく述べることとする。まずは、なぜそもそもコンスタンなのか、という問いに答えるべく、近年コンスタンに対する関心が海外で高まってきた経緯について簡単にふれておきたい。

今でこそコンスタンは近代自由主義の父祖の一人と見なされ、欧米はもちろん日本でもその名を知らぬ政治思想研究者はいないが、そもそも彼は洋の東西を問わず長いあいだ忘れ去られていた思想家であった。彼が本格的に研究対象となったのは実のところ二〇世紀後半に入ってからである。ではこの「コンスタン・リバイバル」のきっかけは何だったのか。

英語圏におけるその契機のひとつが、アイザィア・バーリンによる一九五八年のオックスフォード大学チチェレ社会・政治理論講座の就任講演「二つの自由概念」(『自由論』みすず書房、一九七一年〔*Four Essays on Liberty*, Oxford University Press, 1969〕に同タイトルで所収)であったことに疑いの余地はない。バーリンはそのなかで「消極的自由」と「積極的自由」という概念を提示し、両者間の葛藤を論じた。それがどれだけ大きな反響を呼んだかは、これら二つの自由をめぐる論争が英米で四〇年以上にわたって続けられたことからも窺い知れよう。そしてバーリンはこの二つの自由の葛藤を「だれよりもよく見抜き、はっきりと表現した」思想家としてコンスタンを取り上げたのである。

二つの自由というテーマからも類推されるように、このときバーリンが念頭においていたのはコンスタンの『近代人の自由』である。コンスタンが提示した「近代人の自由」と「古代人の自由」はそれぞれほぼ同一の概念として「消極的自由」と「積極的自由」に読み替えられ、かつコンスタンは「消極的自由」の代表的論客として語られた。

以降、コンスタンにはバーリンの描き出した自由主義者としてのイメージが広く定着し、専門の垣根を越えて流布するようになった。それはコンスタンの名を知らしめると同時に、彼への関心を自由論(しかも多くの場合『近代人の自由』)に限定することにもなり、これはたとえばジョン・ロールズの『正義論』および『政治的自由主義』における扱いを見ても、今日依然として大きく変わっていない。

その意味では、バーリンによるコンスタンの援用には功罪あったといえるかもしれない。少なくとも「近代人の自由」＝「消極的自由」、「古代人の自由」＝「積極的自由」という単純な図式に、時代背景も議論の意図も異なる両者の自由論を当て嵌めればそれぞれに誤解が生じるだろう。バーリンの自由論は二〇世紀のイデオロギー対立に根ざし、とりわけ戦前のファシズムと戦後の共産主義を批判する立場から西欧の自由主義の根幹をなす(べき)「消極的自由」の擁護を目指したものである。それに対してコンスタンが批判したのは、古代の共和政にあこがれた政治家たちがフランス革命期およびポスト革命期に「古代人の自由」という反時代的な理念を実現しようとした時代錯誤的な試みであり、彼は「近代人の自由」が保証されるような自由主義的政治の実現を訴えていたのである。

だが文脈の違いやコンスタン自身の意図を超えて、彼の著作が専制政治・全体主義批判の書として読まれた例は、バーリンによる『近代人の自由』の読解にかぎらない。後に見るように『征服の精神』もそうした目的で幾度となく復刻されてきた経緯がある。「コンスタン・リバイバル」が一過性のブームで終わらず、ケンブリッジ大学出版会刊行の政治思想シリーズに収められるなど古典として定着したのは、彼の自由論の射程が深く、狭い文脈に囚われないある種の普遍性と強度をそなえていたからともいえよう。

さて、以上のように英語圏でのコンスタンの受容は自由論に焦点を当てたものであったが、フランス語圏での彼の位置づけはいささか様相を異にしている。そもそもフランスでは革命以来二〇世紀にいたるまで共和主義やマルクス主義といった急進的な思想の影響力が大きく、自由主義は思想のメインストリームから追いやられ、コンスタンやトクヴィルなどのリベラルな思想家はほとんど忘れ去られていたのである。

だが、一九七〇年代後半から八〇年代にかけてフランスのかつての急進的な思想とイデオロギーが勢いを失うなかで、コンスタン、スタール夫人、ギゾー、トクヴィルらのフランス自由主義思想がついに脚光を浴びることとなった。こうした新たな思想的潮流に大きく貢献したのが、レイモン・アロンやクロード・ルフォールやフランソワ・フュレといった反主流派の影響を強く受けた研究者であり、なかでもコンスタンの復権に特に貢献したのがマルセル・ゴーシェ、ピエール・マナン、リュシアン・ジョームらであった。このかぎりにおいては、英米と同じくフランスにおいてもコンスタンの自由主義者としての側面に注目が集まっているといえる。

だがフランスおよびコンスタンの生まれ故郷スイスでは、上記とは別の仕方でもコンスタンの政治思想を含む諸著作が注目されるようになった経緯がある。コンスタンは小説『アドルフ』の作家としてはつとに有名であり、この小説が自伝的要素を多分に含むということもあって、『アドルフ』のみならず彼の『日記』や書簡（そしてそれらに現れるコンスタンの性格と恋愛関係）に対する関心は一九世紀からずっと続いていたのである。

そうしたことに与ってか、フランスでは一九五七年にコンスタン著作集がプレイヤード叢書から刊行された。フランス文学を中心に世界の名著をそろえた頗る権威のある叢書に収められることで、彼の著作はその古典の地位を確固たるものにしたのである。そして本書との関連でとりわけ注目に値するのは、ここには彼の小説と日記だけではなく、政治思想および宗教論の一部も収録されたという点である。本書所収の三篇からは『征服の精神』が収められた一方、英語圏で最も注目されている『近代人の自由』、そして

『改善可能性』は選から漏れている。ただし後者の初出となる『文学政治論集』からは数本の論稿が選出されており、叢書がコンスタンの思想全体を視野に収めつつ編まれたことが推察される。

またスイスのローザンヌ大学内には一九七九年にバンジャマン・コンスタン学会・研究所が創設され、以来シンポジウムの開催や研究書および学会誌の刊行など、コンスタン研究の拠点として精力的に活動してきた。ここが中心となって編纂しているコンスタン全集は未完だが政治思想の文献はほとんどが刊行済みであり、本書も翻訳に際して(初版も参照しつつ)最も信頼度の高い底本として基本的にはこの全集版に依拠している。これらの例は、自由論にとどまらずコンスタンの思想をより包括的に捉える試みと考えることができるだろう。

さて、このように英語圏およびフランス語圏ではコンスタンの著作がすでに古典としての地位を築いているのに対し、日本での受容は非常に限定されているといわざるをえない。政治思想研究者であれば近代自由主義の父祖の一人としてその名を知らぬ者はいなかろうが、一般読者のなかでバンジャマン・コンスタンという名を聞いたことのある方がどれだけおられるだろうか。

既述のとおり彼には小説『アドルフ』という代表作があり、これは邦訳もいくつか存在し日本の読者に長く愛読されている。だがコンスタンの政治的著作となると邦訳の数は少なく、可視性がきわめて低い。中江兆民が編集に携わった雑誌『欧米政典集誌』や二〇世紀の大学紀要に邦訳が掲載されることはあったが、単行本という形では明治期の『宰相責任論』しかないのである。だからこそ本書は『近代人の自由』と合わせて『征服の精神』および『改善可能性』を訳出することで、彼の代名詞ともいえる近代自由主義のみならずそれと密接に結びついた他の重要な側面も紹介し、コンスタンの政治思想をできるかぎり包括的に立体的に浮かび上がらせることを目指したものである。

だがその具体的な内容について述べるまえに、このコンスタンという頗る興味深い人物とその生涯について概説せねばならない。

2　コンスタンの人物と生涯

バンジャマン・コンスタン・ド・ルベックは、一七六七年にスイスのローザンヌで生を享けた。両親はいずれも宗教戦争期にフランスから亡命してきたユグノーの血を引く名家の出身であり、特に父方のルベック家は一三世紀から北フランスに領地を所有する貴族であった。

母は産褥を離れぬままバンジャマンの生後一六日でこの世を去り、オランダに仕える軍人であった父ジュストは幼いバンジャマンをしばらくあちこちの親戚に預けていた。だが息子が四歳になると手元に引き取り、その養育を自らの愛人に委ねた。彼女は表向き一介の侍女という立場だったため、バンジャマンが父と彼女との関係および再婚を知らされたのは実に三三歳になってからのことだったという。

ほどなくして、ジュストは息子の並外れた知性に気づきその教育に心を砕くようになる。最初の数年間は家庭教師を雇っていたものの、ジュストの驚くべき人を見る目の無さからいずれも悲惨な結果に終わった。続いてオックスフォード大学への入学を考えていたようだが、一三歳という若すぎる年齢のためか在籍した形跡はなく、結局翌年にドイツのエーランゲン大学に送り込むことを決めた。だがバンジャマンはここで勉学もそこそこに、およそ一四歳とは思えぬ豪快な放蕩生活に身を投じてしまう。愛人を囲い、賭博に耽溺し、無闇に決闘を挑む日々の悪評が父に届かぬはずもなく、結局わずか一年でバンジャマンはエーランゲンから呼び戻された。

る。その数か月後、父は放蕩息子を改めてスコットランドのエディンバラ大学に入学させる。一七八三年に始まるこのエディンバラでの学究生活は、当時ヨーロッパ最高水準の知的環境による刺激と友情、そして生涯続く宗教研究への関心をバンジャマンに与え、彼の人生に決定的な影響を及ぼした。のちに威力を発揮する演説術も、このころに討論サークルで磨いたものである。

一七八五年にヨーロッパ大陸へと戻った彼は、またしても無軌道で放埒な生活に溺れて数々の騒動を引き起こす一方、オランダ貴族の血を引くシャリエール夫人という貴重な友人を得て知的交流を深めてゆく。コンスタンより二七歳年長の彼女はいくつもの小説をものした類い稀な知性の持ち主であり（スタール夫人もその愛読者であった）、常識外れの行動に走っては軋轢を生む若きコンスタンを誰よりも深く理解し、彼が飢えていた温かな愛情を与えた最初の人物といえる。両者のあいだで頻繁に交わされた手紙のやり取りは二〇歳前後のコンスタンの思想を知るうえで欠かせない資料ともなっている。

一七八八年、息子の将来を憂えた父の計らいでコンスタンはブラウンシュヴァイク＝リューネブルク公の宮廷に侍従として伺候《しこう》することになる。のちに自由主義の旗手として活躍する人物が、フランス革命とそれに続く動乱の時期をドイツの因習的な宮廷に仕えて過ごしたというのは皮肉である。しかも一七九四年まで続くこの宮仕えのあいだ、コンスタンは自らの最初の結婚および離婚、そして父の裁判における敗訴と不名誉な失踪の後始末という私生活上の困難に翻弄され続けた。だがこの苦悩はいまだ青年期にあったコンスタンを成熟させ、パリから伝わる革命の気運は社会とより積極的に関わりたいという欲求を彼のなかに呼び起こした。そしてそれはシャリエール夫人と共有していた懐疑やニヒリズム、冷笑主義的な態度からコンスタンが脱却することも意味していた。その変化を決定づけたのが、一七九四年のスタール夫人との出会いである。フランスの元財務長官ネッケルの娘でスウェーデン大使の妻という立場にあった彼女は、フランス革命期はその渦中に身を置き大使館で穏健派から王党派、左派までさまざまな立場の革命家が集うサロンを主催していた。コンスタンと彼女が邂逅したのは、革命の激化に危険を感じたスタール夫人がスイスに逃れてからである。恋愛にも自由で積極的な彼女を射止めるのにコンスタンが用いた芝居がかった求愛(ある夜彼女のもとを訪れたコンスタンは、報われぬ愛ゆえに毒を呷《あお》るつもりだがその前にひと目会いたかったと訴えたという——のちにこの哀願を自ら振り返って「彼女を死ぬほど退屈させた」と記している)が奏功したかはともかく、一七九五年に二人は共にパリへと向かう。コンスタンにはスタール夫人を惹きつ

ける だけの機知と才能の閃きがあり、スタール夫人にはコンスタンを魅了した知性にくわえて揺るがぬ意志、政治への強い関心、そして人脈があった。彼女の後押しを受けてコンスタンはフランスの政界と論壇に身を投じ、共和政支持の文筆家として頭角を現してゆく。

一七九六年から九七年にかけて彼が著した三作のパンフレットはいずれも当時の共和政(総裁政府)と九五年憲法の擁護を訴えたものであるが、同時に後年開花する自由主義の萌芽も見て取れる。そしてこれらの活躍からコンスタンに目を留めたのがエマニュエル=ジョゼフ・シィエスであった。ナポレオンとシィエスが主導した一七九九年ブリュメール一八日のクーデタ後、おそらく後者の力添えもあってコンスタンは護民院の議員に抜擢される。

護民院でのコンスタンの活躍は目覚ましく、自らの自由主義的信念に基づき、個人の権利の保証と権力制限を骨子とする立憲政治のヴィジョンを一途に追求し続けた。だが統領政府設立に向けて協力したシィエスとナポレオンの蜜月は早々に瓦解しており、いくら論陣を張って果敢に刃向かおうとも護民院には第一統領ナポレオンの野望を止める権限などなかったのである。一八〇二年、ついにコンスタンは他の反対派とともに護民院から追放される。

以降、一二年ものあいだコンスタンは公職から身を引くこととなった。とはいえそれは不遇な隠遁生活というには程遠く、彼とスタール夫人はまずドイツを周遊する旅に出る。こうしてゲーテやシラーといったドイツ一流の頭脳と知己を得るとともに、ドイツの研究書にふれることでエディンバラ時代から続けてきた宗教研究も大きな進捗を見せた。そして興味深いことに、私生活上でまたしても数々の辛苦を舐めながらも(ただし一部は大いに彼の自業自得である)――スタール夫人の父ネッケル、シャリエール夫人、実父ジュストら近しい人びととの相次ぐ死別、スタール夫人との別れにともなういざこざとその最中での別の女性との再婚、ダヴィッドの肖像画で名高いレカミエ夫人への片恋――この時期のコンスタンの執筆活動は、彼の生涯で最も生産的であったといえよう。

一八〇六年にはゲーテらのドイツロマン主義文学の影響を受けた(ただし多くの読者はコンスタン自身の私生活を投影したものと見なした)小説『アドルフ』を執筆する傍ら、のちのあらゆる政治的著作の基本構造をなし参照元ともなった手稿『政治原理論』を完成させる。一八〇九年には長年手掛けてきたシラーの悲劇『ヴァレンシュタイン』の仏語によるる翻案も出版した。そして一八一三年に皇帝ナポレオンがライプツィヒで敗戦を喫すると、本書にも収録した『征服の精神』を驚くべき短期間で書き上げ、翌年にハノーヴァーで刊行する。ナポレオンを鋭く批判したこの書は瞬く間にベストセラーとなり再びコンスタンの名声を高めることとなった。

公職から退いているあいだに『政治原理論』およびそれを下敷きにした『征服の精神』が執筆されたことは、この時期にもコンスタンのなかで政治への関心と思索がやんでいなかったことの表れである。ナポレオン失脚の気配は彼の政治的野心を本格的に再燃させ、コンスタンは単に文筆によってナポレオン後のフランス再建に資するだけでは満足せず、当時スウェーデン皇太子の身分にあったナポレオンのライヴァル、ベルナドット将軍をフランス国王に推挙する計画にも加わっている。この計画自体はブルボン家がいち早く帰国し王位についたことで頓挫したが、コンスタンはなおも王政が立憲主義に沿うものとなるよう政治パンフレットや著書で精力的に働きかけてゆく。

一八一五年、ナポレオンがエルバ島を脱出したという報せもコンスタンの筆を止めることはなかった。この時彼が雑誌に寄稿した記事は激烈な調子でナポレオンを攻撃するとともにフランスが守るべき自由の価値を雄弁に訴えるもので、彼の最高傑作のひとつと誉れ高い。しかしながらまさにその記事が世に出た日の夜にルイ一八世は宮廷を去り、あっさりと王政の敗北が決まると、反ナポレオンの急先鋒であったコンスタンの身は危うくなった。当然彼はパリ脱出と再びの亡命を試みたが、時機を失し（一説には思いを寄せるレカミエ夫人から離れがたかったからとも言われる）、結局パリに戻る決断をする。

この決断が思わぬ展開を見せるのは、復位したナポレオンがジョゼフ・フーシェの進言を入れてコンスタンとの会談を持ったことによる。そこで皇帝は自らの帝位が国民の支持あってのものであることを学んだと述べ、言論および出版の自由や公正な選挙、権力と責任を担う大臣職の設置といったコンスタンが訴え続けてきた制度の実現を確約したのである。そしてそのために憲法を起草するようコンスタンに依頼したのだった。

なんとなれば、コンスタンが対峙していたのは世界史上有数の傑物である。ナポレオンの真意がどこにあったかはともかく、直接に彼の言葉を聞いたコンスタンはそれに賭けると決め、皇帝の顧問となる。

この「転向」が敵はもちろんほとんどの友人からも厳しく批判されたことは言を俟《ま》たない。そしてコンスタンが変節漢の汚名も厭わずに心血を注いだ立憲主義と自由主義に基づく新たな憲法案も、結局はナポレオンの反対にあい多くの妥協を強いられるかたちで施行される。この「帝国憲法付加条項」が発表されるや否や、コンスタンは自らの思想と立場を擁護する目的で『政治原理論』を出版している。だが譲歩を強いられるなかで彼が守り抜いた議会の権限は、結局ヨーロッパ連合軍と対峙するナポレオン軍の動きを鈍らせ、ワーテルローへの道を敷いたともいえる。『政治原理論』出版からわずか三週間後、ナポレオンの復位は「百日天下」に終わり、帝国は瓦解する。

コンスタンに残ったのは、「風見鶏コンスタン《コンスタン・ランコンスタン》」の名にたがわぬ裏切り者として地に落ちた自らの名誉だけであった。一八一六年、一度は国外追放令まで出される不名誉と失意のうちにコンスタンは妻を連れてイギリスに渡る。この英国滞在中に彼は『百日天下の回想』を著したが実際に刊行されるのは数年後のことであり、そのかわりに小説『アドルフ』のほうを出版している。そして結局長くはこの隠遁生活を続けることなく、コンスタンは同年のうちに再びパリの土を踏むこととなった。

帰国後のコンスタンは彼を敵視する政府からの抑圧に抗い、言論と政治の両面において精力的に自らの自由主義的理想の実現へと邁進してゆく。そして結局自らの言葉の力で彼は名誉回復を果たすのである。寄稿する雑誌が政府の弾圧によって次々廃刊に追い込まれる一方、自らの主要な政治論稿を集めた四巻本『立憲政治論集』を世に問うのもこのころである。また文筆活動のかたわら一八一九年にサルト県選出の代議士となり、以降一八三〇年に死去するまで一時的な中断を挟みながら政治家としても活躍し続けた。なお、この中断の数年間を活かして彼は若いころから続けてきた宗教研究をついにまとめ、全五巻にわたる大部の『宗教論』を刊行している(うち二巻は死後に出版)。これまでにも何度かふれたとおり、政治についての関心とともに宗教にまつわる問いは彼が生涯を通じて追究し続けたテーマであり、一見かけ離れたものと思われるこれらの研究がコンスタンの思想世界では密接に結びついているのである(詳しくは後述の『改善可能性』の項を参照)。

一八三〇年、コンスタンがリベラルの重鎮として果敢に反対し続けた反動的な政府の支配が七月革命によって終わり、オルレアン家のルイ＝フィリップが即位するとコンスタンの政治家としての名声は絶頂を迎える。だが健康状態は以前から悪化の一途をたどっており、出版の自由に関する法律の否決やアカデミー会員選出の悲願が斥けられるなどいくつかの失望も味わうなか、一二月八日に惜しまれながら永眠する。

一二月一二日、コンスタンの死は国葬として弔われた。それはあらゆる階層の市民、ラファイエットをはじめとするリベラル派とジャーナリストたち、首相および下院全体、学生らが参列し、実に夏の革命に匹敵する一大行事となった。途中、棺を担いでいた葬列が止まり、「パンテオンへ！」と誰かが叫ぶ騒ぎが持ち上がった。だが警官隊が場を収め、結局当初の予定どおりコンスタンの棺はペール・ラシェーズ墓地に埋葬され、今もそこに眠っている。

毀誉褒貶はげしく、栄誉と挫折のいずれもその身をもって知るバンジャマン・コンスタンらしい幕引きであった。

3　コンスタンの政治思想と『近代人の自由』『征服の精神』『改善可能性』

「私は四〇年もの長きにわたり、ただ一つの同じ原理を護ってきた——宗教、哲学、文学、産業、政治、ありとあらゆるものにおける自由である」。死の前年に刊行した『文学政治論集』序文で、コンスタンはこう自らの生涯を振り返った。

事実、彼の政治的な主張はすべて自由主義と立憲主義とに拠って立つものであり、その理想を実現するために言論および出版の自由、権力制限、恣意的支配の排除を繰り返し訴え続けた。人民主権と人権の二つをともに擁護しつつ、かならず後者が前者を制約する必要があると強調することも怠らなかった。

前項で彼の生涯を概説したが、公的な場での振舞いは別として、私生活における彼の行動は時におよそ常識的でも合理的でもなく、無定見とさえ映る。一方それとは対照的に、彼の政治思想は実に理路整然としていて一貫性がある。だがこの不釣り合いは矛盾ではない。

いかに一時の感情に流され愚かな行動をとったとしても、コンスタンは幸か不幸か常に自らを俯瞰する視点を失うことがない。それゆえに、彼は自らを含む人間の危うさと弱さを十二分に認識していた。本性的に曲がりやすい人間が平和的に共存し、個人的権利すなわち近代人の自由を保証するためには、一貫した堅固な原理が必要不可欠とコンスタンは考えていたのである。

しかしながら、単に個々人に権利と自由が保証されることのみを求めていたと考えるならば、彼の思想は根を刈られ、浅薄なものとして干涸びてしまうだろう。彼は弱く脆い人間が、そのうえでなお高貴な自由を希求し自らを高めてゆくことを同時に訴えていた。個人的自由の保証は、近代人にそれを可能にする唯一の道であるとコンスタンは説く。

人間は古代から技術的にも道徳的にも進歩を遂げ、今にいたる。だが近代人の暮らす商業社会はそれ自体が道徳的に優れているわけではない。コンスタン曰く「戦争と商業は、望みの物を手に入れるという同一の目的を実現する二つの方法にほかならない」(『征服の精神』)。平和と個人的自由は確かにいっそうの道徳的発展を近代人に可能にする好条件といえるが、ひとたびナポレオンのようにそうした時代精神に逆行する動きがあれば、それはまたいっそう甚大な被害を引き起こすこととなる。

コンスタンの思想においては、人間にも人間が有する手段にも人間の生きる時代にも、それぞれに善とも悪ともなりうる両義性がそなわっている。この人間存在にともなうアンビヴァレンスを正面から捉え、それにも揺るがぬ原理を打ち立てようと格闘するなかで彼の政治思想は形作られていったといえる。

それゆえに、コンスタンが自由論を展開する際は、常に時代精神論がそこにある。時代状況は社会の政治形態や経済的条件を規定し、それが変化すれば自ずと異なる時代精神が帰結する。異なる時代には異なる時代精神が支配するとコンスタンは考えるため、「近代人の自由」と「古代人の自由」について論じる際も、それぞれを保証する制度を比較して単純な優劣を導き出すことはしない。

商業社会に暮らす近代人は平和を志向し、私的幸福の追求とそれを可能にする個人的自由を何よりも重視する。一方古代人は戦闘が常態化した社会に暮らしており、そこでは戦争という暴力的手段も高貴な人格を醸成する有益なものとなりうる。また彼らの形成する集団は近代国家よりもはるかに小規模であり、政治に直接参加することが可能だったために、古代人は集団として決定を下す行為から充実感を得られた。それゆえ集団の利益のために個人的利益を犠牲にすることは、彼らにとって不幸ではなかった。したがって「古代人の自由」そのものが悪なのではない。古代人にとってそれは紛れもなく善であった。有害無益となるのは、時代状況も精神も異なる近代人に「古代人の自由」を与えようとする時なのだ。ゆえにコンスタンの議論は、常にアナクロニズムを厳しく批判するものとなる。

近代人はもはや古代的自由を欲さず、それによって幸福も自己完成も実現できない。こうした主張を最も簡潔に図式化しているのが『近代人の自由』である。『征服の精神』はこの図式とそれにともなうアンビヴァレンス、そしてアナクロニズムの危険をよりいっそう深く追究し、詳細に論じている。そのため両者は密接に関連しており、時には一言一句たがわず同じ議論が繰り返されていることさえある。刊行時期は『征服の精神』のほうが『近代人の自由』に先んじるが、いずれも一八〇六年に執筆した手稿『政治原理論』を部分的に抜き書きして再構成しており、主張に重なる部分が多いのは当然ともいえる。

そして『改善可能性』はこれら二篇に通底する時代精神論を基礎づける議論を展開している。『近代人の自由』での「人類の知的かつ道徳的な進歩」、『征服の精神』の「人類の進歩」「文明の進歩」「知性の進歩」という表現は、人類があらゆる領域において進歩しているというコンスタンの歴史観なくしてはありえない。彼によれば科学技術も制度も道徳も宗教も、歴史を通じて人間が真理を発見するなかで発展してきたものであり、人間もまたそうして自らを改善し続けている。「高貴な自由の追求」というコンスタンの掲げる目標が人間にそなわる改善可能性と表裏一体である以上、彼の自由論は彼の進歩史観ないし歴史哲学と切り離しては意味をなさない。『改善可能性』で論じられる歴史観は、いかに抽象的で時に浮世離れした議論に見えようとも、彼が現実の政治社会に働きかけようとして著した『近代人の自由』『征服の精神』を根底から支える基礎理論なのである。

このことは、『改善可能性』の以下の一文からも明らかであろう。

これまで次々に現れ、互いに争い、変更を加えられてきたさまざまな思想体系のなかでも、個人的そして社会的なわれわれの存在にまつわる謎を解き明かしてくれそうなものは一つしかない。そのたった一つだけが、われわれの仕事に目的を与え、探究を励まし、不安のさなかでわれわれを支え、落胆からわれわれを立ち直らせることができるように思われるのだ。その体系とは、人類の改善可能性(perfectibilité)に基づいたそれである。この主張を受け入れない者にとって、一切の社会秩序は――私は人間のみでなく世界全体に関わるものを指して言うのだが――偶然生まれた無数の組み合わせの一つにすぎない。こうした遅かれ早かれ消えゆくであろう形式はどれも必ず崩れ去り、入れ替わって、永続的な改善をもたらすことなど決してない。改善可能性の体系のみが、われわれの努力の記憶も成功の痕跡も一つ残らず消し去ってしまう完全なる破滅という逃れがたい予想から、われわれを救ってくれるのである。

『近代人の自由と古代人の自由』

『近代人の自由』は、一八一九年にコンスタンがアテネ・ロワイヤル・ド・パリで行った講演である。その原稿は、一八一八年から一八二〇年にかけて刊行された四巻本の『立憲政治論集』第四巻(一八二〇年刊行)に収録されている。

既述のとおり、英米で今日コンスタンによる政治思想の代表作といえばこの『近代人の自由』をおいてほかにない。だが著者自身の生前は、コンスタンも周囲の者もそう考えてはいなかった。彼が死去するまでの一〇年にも復刻版はもちろん、大きく取り扱われた形跡もない。二〇世紀に刊行されたプレイヤード版著作集にすら含まれていないことも先にふれたとおりである。

確かにその内容自体は『征服の精神』で展開した議論の簡略版という印象を免れない。だがその簡潔さゆえに、明快な図式が読者に訴えかける力は強く、現代でこの作品が注目を集めているのも十分理解できる。と同時に、コンスタンの他の著作から切り離されて読まれることも多いだけに誤解されがちなのもまた事実である。ここでは、この講演の主題である「近代人の自由」と「古代人の自由」という概念でコンスタンが何を意味していたかを簡単に解説しておきたい。

この二つの自由に対して起こりがちな誤解は、「近代人の自由」=個人的権利の保証のもと私的幸福を追求する自由、「古代人の自由」=政治的意志決定に参加する自由、と見なすものである。しかしながら、コンスタン自身は「近代人の自由」のなかにいわゆる個人的自由を意味する「市民的自由」と「政治的自由」の二つが含まれるとし、講演の後半では近代人が政治的自由を行使することの重要性を説いているのである。

一部の研究者はこれをもってコンスタンが「古代人の自由」を評価している、ないし「近代人の自由」と「古代人の自由」との接合を試みていると解釈するが、これもまた誤解である。本文をお読みいただければわかるように、そしてこの解説でもすでにふれたとおり、コンスタンは「古代人の自由」は古代の時代状況と時代精神なくして成立しないと考えている。古代人が政治参加によって行使する自由は集団の権利であり、それに部分的に与るためならば彼らは個人的自由の一切を犠牲にすることも厭わなかった。それに対し、「近代人の自由」が含む政治的自由は個人的権利に基づく政治参加であり、現代人が行使する参政権や市民としての意見表明とほぼ同一である。個人的自由の犠牲を求めるどころか、それを保証するためにこそ近代の政治的自由は存在するのである。この点で、「古代人の自由」と近代の政治的自由とは明確に区別されうる。

そのように理解したうえで、なお注目すべきは、コンスタンがこの近代の政治的自由を単に個人的自由を保証するだけのものとは見なしていなかったことである。それはまた、「天が与えたもうた最も強力で最も効果的な自己完成の手段」でもある。個人的自由が私的な幸福追求の権利であるのに対し、政治的自由は個々の市民が社会共通の価値ないし利益について思索するよう求めることで、「彼らの精神を豊かにし、思想を高め、人民全体に名誉と力を与えるような知的な平等を彼らのあいだに生み出」すとコンスタンは説く。このような主張が『改善可能性』で語られるような彼の進歩史観を前提としていることはすでに述べたとおりである。

短く簡潔にまとまった『近代人の自由』はコンスタンの政治思想を学ぶうえで格好の導入であるとともに、そこで展開される議論の射程を過たず読み取ることも求められるといえよう。

『征服の精神と簒奪』

『征服の精神』が執筆されたのは一八一三年の冬、ロシア遠征の失敗とライプツィヒでの敗北によってナポレオン支配の終焉がほぼ確実となった時期である。一八〇二年にナポレオンの命で護民院を追放されて以来政治から遠ざかっていたコンスタンは、これをきっかけに政界に復帰することを決意する。彼が目指したのはナポレオン後のフランスにおけるリベラルな政治文化と体制の確立であり、まさにその実現を促すために著したのがこの『征服の精神』であった。

初版は一八一四年一月にハノーヴァーで刊行された。当時コンスタンはスウェーデンの皇太子ベルナドットをフランスの国王に擁立する計画に関与していたため、この版にはイギリスのウィリアム三世とベルナドットの類似性を示して後者への支持を訴える章が含まれている(同年三月にロンドンで出版された第二版も内容はほぼ同一)。しかしその後まもなくベルナドットのフランス国王擁立が現実性を失うと、コンスタンは件の章を削除し、かつフランス人の国民感情に配慮して一部の表現を改めたうえで、四月にパリで第三版を刊行する。さらに八月、同じくパリで第四版が出版された際には、一部の批判への応答を含む二つの新たな章が付け加えられていた。ここに訳出したのは、決定版ともいわれる第四版である。ただ第三版以降削除されたウィリアム三世に関する章に関しては、その史料的価値に鑑みて、末尾に附録として追記することとした。

この『征服の精神』こそは、コンスタン存命中に刊行されたなかで随一のベストセラーであるといってよい。にもかかわらず彼はその後一度も再版せず、自らの政治的著作をまとめた『立憲政治論集』にも収録しなかった。

その理由は前節で述べたとおり、『征服の精神』でナポレオン批判を展開した直後にコンスタンが彼の協力者へと転じ、百日天下のあいだに新憲法を起草する任を受けたからである。もし皇帝が再び退位を強いられセントヘレナ島に送られたのちにこれを再版していたら、変節漢というコンスタンの汚名は後世においてもついに雪がれずに終わったかもしれない。コンスタンはワーテルローで敗れた後のナポレオンとも直接言葉を交わしており、その落ち着きと度量に改めて感銘を受けている。両者の関係は、『征服の精神』刊行のころとは明らかに違うものとなっていたのである。

しかし、こうした著者自身の配慮にもかかわらず、『征服の精神』は彼の死後一〇年ほど経ってから征服・専制批判の古典と見なされるようになり、一九世紀、二〇世紀を通じて幾度となく再版されることとなった。一九世紀においては、まず一八三九年、四三年、四五年にリプリントが出ており、続いて一八六一年、アメリカに自由の女神像を寄贈する案の提唱者として知られる政治家エドゥアール・ラブレー編纂の『コンスタン立憲政治講義集』にも収録された。二〇世紀に入ると、両世界大戦の前後にフランス語の復刻版も他のヨーロッパ言語への翻訳も相次いで出版されるようになる。この時期に出たフランス語のリプリントには一九〇七年、一〇年、一二年、一三年、一四年、一八年、一九年、二〇年、二三年、二四年、三一年、三五年、四二年、四三年、四四年、および四七年の版があり、英語訳は一九四一年、ドイツ語訳は一九四二年、四六年、四七年、四八年、イタリア語訳は一九四四年、四五年、六一年に刊行されている。

このことは、二〇世紀に登場した専制・独裁と対峙せねばならなくなった人びとにとり、『征服の精神』の議論がナポレオン批判という元来の文脈を越えて響くものだったことを表している。四一年版の英語翻訳を手掛けたヘレン・リップマンは序文にこう記している――「独裁と侵略への抵抗にまつわる忘れられた古典の復刊は、精神を啓蒙し心を勇気づけるだろう」と。

先に述べたとおり、この書は歴史上の非常に限定された一時期において、非常に具体的な意図をもって著されたものである。その意味でなかば政治パンフレットのような性質も有していた。それがこれほど時代を超越して人びとの関心を惹きつけたのは、そこで語られた議論に普遍的な強度があったからにほかならない。繰り返しになるが、『征服の精神』は『近代人の自由』と同じく一八〇六年の手稿『政治原理論』を下敷きにしており、当時のコンテクストに合わせて論点を取捨選択し強調しているとはいえ、大元の論理構造そのものは彼が長年かけて鍛え上げてきたものである。

コンスタンによるナポレオン批判の根拠は、国民に征服を強いて忠誠を誓わせる強権的支配が、文明の進歩に逆行し時代の精神と乖離しているというアナクロニズムにある。近代ではいかに戦争に次ぐ戦争が兵士や国民の気質を歪めてしまうか、なぜ不当に権力を簒奪した支配者が必然的に暴政へと走るのか——支配される者たちの怯えやへつらい、支配する者を苛む疑念や不安といった人間心理を、コンスタンの筆はさまざまな論点から丹念かつ的確に描き出してゆく。またその観察眼は、人びとが自然な愛着を感じるものとして古くからの伝統や地域ごとに異なる慣習といった多様な価値を高く評価することにも繋がり、彼の議論はそれらを因習や不合理と片づける近視眼的で独善的な改革主義とも一線を画す。こうしたさまざまな感情に焦点をあてて人間の性質を捉えんとする筆致は、『征服の精神』を古典たらしめている重要な要素である。

そのようなコンスタン特有の鋭い心理描写によって肉付けされているのは、これまでにもふれた『近代人の自由』と同様の歴史哲学および商業社会論である。戦争は古代人を高貴にしたが、近代人は戦争によって堕落する。はるか昔に築かれた王朝は今なお国民に尊敬され愛されうるが、今日において覇権を力ずくで布けば憎悪と恐怖しか生まない。

そしてこれらの主張から、コンスタンは次のような結論を『征服の精神』に与える——近代ではナポレオン的専制がもはや存続を許されず、苦しんでいた国民は必ずや自らにふさわしい自由の国を再建するのだ、と。それはコンスタン自身の政治的目標であり『征服の精神』執筆の意図であったに違いないが、同時に『改善可能性』で示されるような進歩史観と人間観を忠実に反映した帰結でもあった。

『人類の改善可能性について』

本書に訳出したのは、コンスタンが死の前年に出版した『文学政治論集』(一八二九年)に収録された論稿である。だがこの改善可能性というテーマは、これまで何度も述べたようにコンスタンの思想体系を支える基盤となっており、彼が一七九〇年代から生涯を通じて追究してきたもののひとつである。

そもそも「改善可能性(perfectibilité)」という概念を初めに取り上げたのは、ジャン＝ジャック・ルソー『人間不平等起原論』であった。ルソーは自らを改変する人間の能力が逆説的に堕落を引き起こす、という皮肉な調子でこれを論じたのであったが、以来「改善可能性」は人間の能力と精神の発展を信じる啓蒙主義の遺産としてコンドルセらに引き継がれてゆく。そしてそれは彼らにとって、静的な社会を前提とする伝統的支配に対して革命の原動力を人間存在の根源に求める、という多分に政治的な動機と結びついていたのである。コンドルセの共和主義に影響を受けたコンスタンは、一七九六年に発表した政治パンフレット『現在の政府の力について』ですでにこうした進歩史観に基づく王政批判を展開している。

だが恐怖政治は、ポスト革命期の知識人に「改善可能性」のアンビヴァレンスを否応なく意識させた。スタール夫人が一八〇〇年に発表した『社会的諸制度との関連における文学的考察』が大きな論争を巻き起こしたのも、パリの論壇がこの問題に無関心ではいられなかったことの表れである。

そしてコンスタン自身の「改善可能性」理論も、この時期から思索を重ねるなかで変化してゆく。「改善可能性」を中心的に扱ったコンスタンの論稿には一八〇〇年前後から一八一〇年までに書かれた手稿が三篇、一八一五年以降のものが一篇、そして本書収録の一八二九年に刊行されたものが一篇存在する。最後の原稿は確かな執筆時期が判然としないが、おそらく他のものとそれほど離れてはいないと考えられよう。これはコンスタンとスタール夫人によるドイツ周遊とも重なっており、彼がドイツ思想に影響を受けて自らの理論を磨いたことは明らかである。特に進歩史観と時代精神との融合については コンスタン自らがヘルダーに触発されたと認めており、後者の『人類歴史哲学考』を抄訳した際には自らの改善可能性論を序文に採用しようとした形跡もある。

そうしたなかでコンスタンはかつて学んだコンドルセ、テュルゴ、ゴドウィンら啓蒙思想家たちの影響を脱し、独自の「改善可能性」理論を構築しようと試行錯誤する。上記の草稿で展開されている理論はいずれも大筋で重なるといえるが、初期に明らかだった功利主義への共感と反キリスト教的な態度は一八〇四年以降薄れているなどの変化が見て取れる。また本書の『改善可能性』冒頭でコンスタンが控えめながら珍しくはっきりと自負するところによれば、堅固な論理的証明と歴史的事実による具体的な例証を両立させた思想家は彼が最初である。ではそれほどにコンスタンが心血を注いだ「改善可能性」論とはどのようなものだろうか。

コンスタンはまず、人間が外界から受け取る刺激を感覚と観念とに分ける。感覚は移ろいやすく持続性を持たないため、もし人間が感覚に支配される存在であれば進歩など望むべくもない。それに対し観念は思考と結びついて人間の内部に残り、外界とは別個の内的世界さえ構築しうる。当然コンスタンによれば人間を支配しているのは観念であり、それは人間の本性である以上、どれだけ堕落しているように見えてもその行動は何らかの観念に基づいている。したがって人間の高貴と低俗とを分けるのは観念と感覚の対立ではなく、いくつかの観念のなかでより良いものを選ぶための理性と自由ということになる。

そうして個々人が自己を改善しながら少しずつ真理を発見してゆき、その発見が積み重なることで真理は人類全体に行き渡ることとなる。それは学問や技術といった外面的な進歩を指すこともあれば、奴隷制や封建制の廃止といった社会経済的進歩および道徳的、内面的進歩に繋がることもある。この発展は大局として見れば不可逆的であり、一度発見された真理は永く忘れ去られたままにはならない。その目指すところは人類の平等である。時には暴政による揺り戻しもあるかもしれないが、この大いなる歩みはかならず暴虐に勝利してその支配を滅ぼすだろう――と高らかに宣言してコンスタンは論稿を結んでいる。

だが厳密にここに書かれた論理のみを検証するならば、残念ながらコンスタンの自信に反してその主張は根拠が弱く飛躍を多く含むといわざるをえない。感覚と観念の区分は自ら認めているとおり不正確であり、真理を実体的に扱っている点などは哲学的な検討に到底耐ええないだろう。しかし『改善可能性』が重要な意味を持つのは、その歴史観と人間観とが政治理論を支えているという彼の思想世界の構造に目を向けた時である。『征服の精神』に顕著なように、コンスタンの理論が想定する人間は本来的に流されやすく、曲がりやすい。その弱く脆い人間がなお高みを目指して努力するのは、それもまた人間の本性であるからだとコンスタンは訴える。人類は理性を用いて真理を発見し、外面的にも内面的にも進歩を遂げてきた。その過程で自由を手にし、平等と幸福へと近づいてゆく。『近代人の自由』が説くように古代人には古代人の自由と幸福があったが、近代人は自らに適した自由と幸福を手にしなければならない。そのためには個々人が理性を磨き、到達した時代の精神を見失わないようにすべきなのだ。『改善可能性』が解き明かすのは「個人的そして社会的なわれわれの存在にまつわる謎」ではなく、恐怖政治やナポレオンによる専制といった悲劇や理想の敗北を乗り越えて、絶えずより良い社会のあり方を探究し続けたバンジャマン・コンスタンという人間の力の源泉である。

実際「改善可能性」というテーマへの関心は、彼が文筆活動と政治参加を本格化した三〇代前半から晩年にいたるまで続いた。コンスタン全集の編纂を手掛けるエティエンヌ・オフマンによれば「改善可能性」にまつわる議論は「コンスタンの著作に遍在する」とのことだが、その指摘も当然といえよう。なんとなれば、それは彼の生涯追究し続けたほかの二つのテーマとわかちがたく結びついていたからである。

そのうち政治との関連性については、これまで繰り返し述べてきた。宗教に関しては、紙幅の制約上そのすべてをここで語ることは到底不可能である。だが一つ示すとすれば、コンスタンは人類に進歩のための努力を促す原動力が「宗教感情」にあると考えていた。ある研究者は、彼の浩瀚な『宗教論』を「進歩の弁明」と喝破している。人間が自己を超えた存在と出会った時に感じる言いようのない畏怖——その対象は必ずしも神ではなく自然現象のような素朴なものでもよい——こそは、人間をして自己を高めるよう突き動かしてきたものであるとコンスタンは言う。『改善可能性』では自由を手にした理性が真理を発見する役割を担っていたが、『宗教論』はこうした感情の働きなくして理性は磨かれず、したがって進歩もないと説く。「自由」と「改善可能性」および「宗教感情」は、彼にとって人類の進歩にいずれも必要な歯車だったのである。

本書で十分に紹介しきれなかったコンスタン思想の重要な要素としては、ほかに主権制限論がある。これは彼の立憲主義にとっては欠かせない論点であった。したがって前述のように彼がナポレオンの命を受けて起草した憲法が発布された際、本来意図していたところを説明するために出版した『政治原理論』で詳しく論じられている。この著作は『征服の精神』『近代人の自由』と同じく一八〇六年執筆の手稿を元にしており、それと同一のタイトルを冠しているだけあって先の二作よりも彼の政治思想全体を網羅している。ゆえに比較的大部なため、今回訳出にはいたらなかった。だがここに収められた三篇によって、コンスタンの思想世界のせめて輪郭なりとも日本の読者にお伝えできていれば幸いである。

『近代人の自由』を中心としたコンスタン政治思想の翻訳を岩波文庫から、というお話をいただいたのは二〇一八年一一月のことであった。そこから一年あまりで脱稿の運びとなったのは、ひとえに本書のなかで最も大きなボリュームを占める『征服の精神』の転載を、慶應義塾大学法学部紀要「法学研究」が快く認めてくださったからにほかならない。この場を借りて感謝申し上げたい。ただ今回のために全面的に翻訳を見直したため、紀要掲載時からはかなりの異同があることを付記しておく。

翻訳の具体的な工程としては、恵が邦訳と註を合わせた原稿を作成したのち、剣が原文と照合して翻訳の正誤、訳語の選定など細かな点を調整、最終的な訳文を共同で決定するというかたちをとった。解説はこれと反対に剣の原稿を恵が仕上げたものであるが、いずれも文責は両者がともに担うものとする。作家としても世に名を残したコンスタンの文章は、明晰でありながらさまざまなレトリックを駆使したものであり、時には論理のみならず文章表現の力で読者を動かそうとしているかのような、非常な美しさと力強さを帯びている。そのコンスタン特有の魅力と学問的正確さ、そして日本語としての読みやすさの均衡を取ることがわれわれの共同作業の目標であった。力及ばぬことを痛感する日々ではあったが、いくからなりと達成できていることを願うばかりである。いたらぬ点については、読者諸氏からのご教示をたまわりたい。

最後になったが、本書の企画編集を担当してくださった岩波書店の小田野耕明氏に深く感謝して結びとしたい。こちらの都合ゆえに強いてしまった無理な日程にも快く対応してくださったうえ、短い時間に驚くほど細やかで有益な指摘を数多くいただいた。訳文が読者にとってスムーズなものになっているとしたら、それは多分に氏のおかげである。そのうえでなお読みづらい文章があるとすれば、その責任はすべてわれわれにある。

堤林　剣
堤林　恵

近代人《きんだいじん》の自由《じゆう》と古代人《こだいじん》の自由《じゆう》・
征服《せいふく》の精神《せいしん》と簒奪《さんだつ》 他一篇　コンスタン著

2020年5月15日　第1刷発行

訳　者　堤林《つつみばやし》 剣《けん》　堤林《つつみばやし》 恵《めぐみ》

発行者　岡本 厚

発行所　株式会社 岩波書店
〒101-8002 東京都千代田区一ツ橋 2-5-5

案内 03-5210-4000　営業部 03-5210-4111
文庫編集部 03-5210-4051
https://www.iwanami.co.jp/

印刷 製本・法令印刷　カバー・精興社

ISBN 978-4-00-325252-9　Printed in Japan

読書子に寄す

――岩波文庫発刊に際して――

岩波茂雄

真理は万人によって求められることを自ら欲し、芸術は万人によって愛されることを自ら望む。かつては民を愚昧ならしめるために学芸が最も狭き堂宇に閉鎖されたことがあった。今や知識と美とを特権階級の独占より奪い返すことはつねに進取的なる民衆の切実なる要求である。岩波文庫はこの要求に応じそれに励まされて生まれた。それは生命ある不朽の書を少数者の書斎と研究室とより解放して街頭にくまなく立たしめ民衆に伍せしめるであろう。近時大量生産予約出版の流行を見る。その広告宣伝の狂態はしばらくおくも、後代にのこすと誇称する全集がその編集に万全の用意をなしたるか。千古の典籍の翻訳企図に敬虔の態度を欠かざりしか。さらに分売を許さず読者を繋縛して数十冊を強うるがごとき、はたしてその揚言する学芸解放のゆえんなりや。吾人は天下の名士の声に和してこれを推挙するに躊躇するものである。このときにあたって、岩波書店は自己の責務のいよいよ重大なるを思い、従来の方針の徹底を期するため、すでに十数年以前より志して来た計画を慎重審議この際断然実行することにした。吾人は範をかのレクラム文庫にとり、古今東西にわたって文芸・哲学・社会科学・自然科学等種類のいかんを問わず、いやしくも万人の必読すべき真に古典的価値ある書をきわめて簡易なる形式において逐次刊行し、あらゆる人間に須要なる生活向上の資料、生活批判の原理を提供せんと欲する。この文庫は予約出版の方法を排したるがゆえに、読者は自己の欲する時に自己の欲する書物を各個に自由に選択することができる。携帯に便にして価格の低きを最主とするがゆえに、外観を顧みざるも内容に至っては厳選最も力を尽くし、従来の岩波出版物の特色をますます発揮せしめようとする。この計画たるや世間の一時の投機的なるものと異なり、永遠の事業として吾人は微力を傾倒し、あらゆる犠牲を忍んで今後永久に継続発展せしめ、もって文庫の使命を遺憾なく果たさしめることを期する。芸術を愛し知識を求むる士の自ら進んでこの挙に参加し、希望と忠言とを寄せられることは吾人の熱望するところである。その性質上経済的には最も困難多きこの事業にあえて当たらんとする吾人の志を諒として、その達成のため世の読書子とのうるわしき共同を期待する。

昭和二年七月

《法律・政治》〔白〕

- 人権宣言集　高木八尺・末延三次・宮沢俊義 編
- 新版 世界憲法集 第二版　高橋和之 編
- 君主論　マキァヴェッリ／河島英昭 訳
- フィレンツェ史 全二冊　マキァヴェッリ／齊藤寛海 訳
- リヴァイアサン 全四冊　ホッブズ／水田洋 訳
- ビヒモス　ホッブズ／山田園子 訳
- 法の精神 全三冊　モンテスキュー／野田良之・稲本洋之助・上原行雄・田中治男・三辺博之・横田地弘 訳
- ローマ人盛衰原因論　モンテスキュー／田中治男・栗田伸子 訳
- 第三身分とは何か　シィエス／稲本洋之助・伊藤洋一・川出良枝・松本英実 訳
- 完訳 統治二論　ジョン・ロック／加藤節 訳
- 寛容についての手紙　ジョン・ロック／加藤節・李静和 訳
- ルソー 社会契約論　桑原武夫・前川貞次郎 訳
- フランス二月革命の日々 —トクヴィル回想録　トクヴィル／喜安朗 訳
- アメリカのデモクラシー 全四冊　トクヴィル／松本礼二 訳
- 犯罪と刑罰　ベッカリーア／風早八十二・五十嵐二葉 訳
- ヴァジニア覚え書　T・ジェファソン／中屋健一 訳
- リンカーン演説集　高木八尺・斎藤光 訳
- 権利のための闘争　イェーリング／村上淳一 訳
- 民主主義の本質と価値 他一篇　ハンス・ケルゼン／長尾龍一・植田俊太郎 訳
- 法における常識　P・G・ヴィノグラドフ／末延三次・伊藤正己 訳
- 近代国家における自由　H・J・ラスキ／飯坂良明 訳
- 外交談判法　カリエール／坂野正高 訳
- 危機の二十年 —理想と現実　E・H・カー／原彬久 訳
- ザ・フェデラリスト　A・ハミルトン J・ジェイ J・マディソン／斎藤眞・中野勝郎 訳
- マッツィーニ 人間の義務について　齋藤ゆかり 訳
- モーゲンソー 国際政治 全三冊 —権力と平和　原彬久 監訳
- 現代議会主義の精神史的状況 他一篇　カール・シュミット／樋口陽一 訳
- 第二次世界大戦外交史 全二冊　芦田均
- 憲法講話　美濃部達吉
- 日本国憲法　長谷部恭男 解説

《経済・社会》〔白〕

- 政治算術　ペティ／大内兵衛・松川七郎 訳
- ケネー 経済表　平田清明・井上泰夫 訳
- チュルゴオ 富に関する省察　永田清 訳
- 国富論 全四冊　アダム・スミス／水田洋 監訳 杉山忠平 訳
- 道徳感情論 全二冊　アダム・スミス／水田洋 訳
- コモン・センス 他三篇　トーマス・ペイン／小松春雄 訳
- ロバート・マルサス初版 人口の原理　ロバート・マルサス／高野岩三郎・大内兵衛 訳
- 経済学における諸定義　マルサス／玉野井芳郎 訳
- オウエン自叙伝　ロバアト・オウエン／五島茂 訳
- 経済学および課税の原理 全二冊　リカードウ／羽鳥卓也・吉澤芳樹 訳
- 農地制度論　フリードリッヒ・リスト／小林昇 訳
- 戦争論 全三冊　クラウゼヴィッツ／篠田英雄 訳
- 自由論　J・S・ミル／塩尻公明・木村健康 訳
- 女性の解放　J・S・ミル／大内兵衛・大内節子 訳
- 大学教育について　J・S・ミル／竹内一誠 訳
- ユダヤ人問題によせて ヘーゲル法哲学批判序説　マルクス／城塚登 訳
- 経済学・哲学草稿　マルクス／城塚登・田中吉六 訳
- 新編輯版 ドイツ・イデオロギー　マルクス エンゲルス／廣松渉 編訳 小林昌人 補訳
- マルクス エンゲルス 共産党宣言　大内兵衛・向坂逸郎 訳

- 賃労働と資本 マルクス 長谷部文雄訳
- 賃銀・価格および利潤 マルクス 長谷部文雄訳
- マルクス 経済学批判 武田隆夫・遠藤湘吉・大内力・加藤俊彦訳
- マルクス 資本論 全九冊 エンゲルス編 向坂逸郎訳
- 文学と革命 全二冊 トロツキイ 桑野隆訳
- ロシア革命史 全五冊 トロツキー 藤井一行訳
- 空想より科学へ —社会主義の発展 エンゲルス 大内兵衛訳
- 家族・私有財産・国家の起源 エンゲルス 戸原四郎訳
- 帝国主義論 全二冊 ホブスン 矢内原忠雄訳
- 帝国主義 レーニン 宇高基輔訳
- 金融資本論 全二冊 ヒルファディング 岡崎次郎訳
- ローザ・ルクセンブルク 獄中からの手紙 秋元寿恵夫訳
- 雇用、利子および貨幣の一般理論 全二冊 ケインズ 間宮陽介訳
- シュムペーター 経済発展の理論 全二冊 塩野谷祐一・中山伊知郎・東畑精一訳
- 租税国家の危機 シュムペーター 木村元一・小谷義次訳
- 恐慌論 宇野弘蔵
- 経済原論 宇野弘蔵

- ユートピアだより ウィリアム・モリス 川端康雄訳
- 社会科学と社会政策にかかわる認識の「客観性」 マックス・ヴェーバー 富永祐治・立野保男訳 折原浩補訳
- プロテスタンティズムの倫理と資本主義の精神 マックス・ヴェーバー 大塚久雄訳
- 職業としての学問 マックス・ウェーバー 尾高邦雄訳
- 社会学の根本概念 マックス・ヴェーバー 清水幾太郎訳
- 職業としての政治 マックス・ヴェーバー 脇圭平訳
- 古代ユダヤ教 全三冊 マックス・ヴェーバー 内田芳明訳
- 宗教と資本主義の興隆 歴史的研究 全二冊 トーニー 出口勇蔵・越智武臣訳
- 未開社会の思惟 全二冊 レヴィ・ブリュル 山田吉彦訳
- 社会学的方法の規準 デュルケム 宮島喬訳
- 世論 全二冊 リップマン 掛川トミ子訳
- 王権 A・M・ホカート 橋本和也訳
- 鯰絵 —民俗的想像力の世界 C・アウエハント 小松和彦・中沢新一・飯島吉晴・古家信平訳
- 贈与論 他二篇 マルセル・モース 森山工訳
- 国民論 他二篇 マルセル・モース 森山工編訳
- ヨーロッパの昔話 その形と本質 マックス・リュティ 小澤俊夫訳

《自然科学》〔青〕

- 科学と仮説 ポアンカレ 河野伊三郎訳
- 改訳 科学と方法 ポアンカレ 吉田洋一訳
- エネルギー オストワルト 山県春次訳
- 星界の報告 他一篇 ガリレオ・ガリレイ 山田慶児・谷泰訳
- 大陸と海洋の起源 —大陸移動説 全二冊 ヴェーゲナー 都城秋穂・紫藤文子訳
- ロウソクの科学 ファラデー 竹内敬人訳
- 種の起原 全二冊 ダーウィン 八杉龍一訳
- 実験医学序説 クロード・ベルナール 三浦岱栄訳
- 完訳 ファーブル昆虫記 全十冊 山田吉彦・林達夫訳
- 増訂新版 アルプス紀行 ジョン・チンダル 矢島祐利訳
- 数について —連続性と数の本質 デーデキント 河野伊三郎訳
- 史的に見たる科学的宇宙観の変遷 アーレニウス 寺田寅彦訳
- 科学談義 T・H・ハックスリ 小泉丹訳
- アインシュタイン 相対性理論 内山龍雄訳・解説
- 相対論の意味 アインシュタイン 矢野健太郎訳
- 自然美と其驚異 ジョン・ラバック 板倉勝忠訳

《哲学・教育・宗教》〔青〕

- ソクラテスの弁明・クリトン　プラトン　久保勉訳
- ゴルギアス　プラトン　加来彰俊訳
- 饗宴　プラトン　久保勉訳
- テアイテトス　プラトン　田中美知太郎訳
- パイドロス　プラトン　藤沢令夫訳
- メノン　プラトン　藤沢令夫訳
- 国家　全二冊　プラトン　藤沢令夫訳
- プロタゴラス　―ソフィストたち　プラトン　藤沢令夫訳
- 法律　全二冊　プラトン　森進一・池田美恵・加来彰俊訳
- パイドン　―魂の不死について　プラトン　岩田靖夫訳
- アナバシス　―敵中横断六〇〇〇キロ　クセノポン　松平千秋訳
- アリストテレス　ニコマコス倫理学　全二冊　高田三郎訳
- アリストテレス　形而上学　全二冊　出隆訳
- アリストテレス　弁論術　戸塚七郎訳
- アリストテレース詩学・ホラーティウス詩論　松本仁助・岡道男訳
- 物の本質について　ルクレーティウス　樋口勝彦訳
- エピクロス　―教説と手紙　出隆・岩崎允胤訳
- 生の短さについて　他二篇　セネカ　大西英文訳
- 怒りについて　他二篇　セネカ　兼利琢也訳
- マルクス・アウレーリウス　自省録　神谷美恵子訳
- 老年について　キケロー　中務哲郎訳
- 友情について　キケロー　中務哲郎訳
- キケロー書簡集　高橋宏幸編
- エラスムス＝トマス・モア往復書簡　沓掛良彦・高田康成訳
- 方法序説　デカルト　谷川多佳子訳
- 哲学原理　デカルト　桂寿一訳
- 情念論　デカルト　谷川多佳子訳
- パンセ　全三冊　パスカル　塩川徹也訳
- 知性改善論　スピノザ　畠中尚志訳
- スピノザ　エチカ（倫理学）　全二冊　畠中尚志訳
- スピノザ　神・人間及び人間の幸福に関する短論文　畠中尚志訳
- 学問の進歩　ベーコン　服部英次郎・多田英次訳
- ハイラスとフィロナスの三つの対話　バークリ　戸田剛文訳
- 聖トマス　形而上学叙説　―有と本質とに就いて　高桑純夫訳
- エミール　全三冊　ルソー　今野一雄訳
- ルソー　告白　全三冊　桑原武夫訳
- 孤独な散歩者の夢想　ルソー　今野一雄訳
- 人間不平等起原論　ルソー　本田喜代治・平岡昇訳
- ルソー　社会契約論　桑原武夫・前川貞次郎訳
- 政治経済論　ルソー　河野健二訳
- 演劇について　―ダランベールへの手紙　ルソー　今野一雄訳
- 言語起源論　―旋律と音楽的模倣について　ルソー　増田真訳
- 道徳形而上学原論　カント　篠田英雄訳
- 啓蒙とは何か　他四篇　カント　篠田英雄訳
- 純粋理性批判　全三冊　カント　篠田英雄訳
- カント　実践理性批判　波多野精一・宮本和吉・篠田英雄訳
- 判断力批判　全二冊　カント　篠田英雄訳
- 永遠平和のために　カント　宇都宮芳明訳
- プロレゴメナ　カント　篠田英雄訳
- 人間の使命　フィヒテ　宮崎洋三訳

学者の使命・学者の本質　フィヒテ　宮崎洋三訳
ヘーゲル政治論文集　全二冊　金子武蔵訳
歴史哲学講義　全二冊　ヘーゲル　長谷川宏訳
ブルーノ　シェリング　服部英次郎　井上庄七訳
自殺について　他四篇　ショウペンハウエル　斎藤信治訳
読書について　他二篇　ショウペンハウエル　斎藤忍随訳
知性について　他四篇　ショーペンハウエル　細谷貞雄訳
将来の哲学の根本命題　他二篇　フォイエルバッハ　松村一人　和田楽訳
不安の概念　キェルケゴール　斎藤信治訳
死に至る病　キェルケゴール　斎藤信治訳
体験と創作　全二冊　ディルタイ　柴田治三郎　小牧健夫訳
眠られぬ夜のために　全二冊　ヒルティ　草間平作　大和邦太郎訳
幸福論　全三冊　ヒルティ　草間平作　大和邦太郎訳
悲劇の誕生　ニーチェ　秋山英夫訳
ツァラトゥストラはこう言った　全二冊　ニーチェ　氷上英廣訳
道徳の系譜　ニーチェ　木場深定訳
善悪の彼岸　ニーチェ　木場深定訳

この人を見よ　ニーチェ　手塚富雄訳
プラグマティズム　W・ジェイムズ　桝田啓三郎訳
宗教的経験の諸相　全二冊　W・ジェイムズ　桝田啓三郎訳
純粋現象学及現象学的哲学考案　全二冊　フッセル　池上鎌三訳
デカルト的省察　フッサール　浜渦辰二訳
笑い　ベルクソン　林達夫訳
物質と記憶　ベルクソン　熊野純彦訳
時間と自由　ベルクソン　中村文郎訳
数理哲学序説　ラッセル　平野智治訳
ラッセル教育論　安藤貞雄訳
ラッセル幸福論　安藤貞雄訳
ラッセル結婚論　安藤貞雄訳
存在と時間　全四冊　ハイデガー　熊野純彦訳
学校と社会　デューイ　宮原誠一訳
民主主義と教育　全二冊　デューイ　松野安男訳
歴史と自然科学・道徳の原理に就て・聖　『プレルーディエン』より　ヴィンデルバント　篠田英雄訳
我と汝・対話　マルティン・ブーバー　植田重雄訳

アラン幸福論　神谷幹夫訳
アラン定義集　神谷幹夫訳
英語発達小史　H・ブラッドリ　寺澤芳雄訳
日本の弓術　オイゲン・ヘリゲル述　柴田治三郎訳
天才・悪　ブレンターノ　篠田英雄訳
比較言語学入門　高津春繁
人間の頭脳活動の本質　他一篇　ディーツゲン　小松摂郎訳
ハリネズミと狐　―『戦争と平和』の歴史哲学　バーリン　河合秀和訳
言語　―ことばの研究序説　エドワード・サピア　安藤貞雄訳
連続性の哲学　パース　伊藤邦武編訳
論理哲学論考　ウィトゲンシュタイン　野矢茂樹訳
自由と社会的抑圧　シモーヌ・ヴェイユ　冨原眞弓訳
根をもつこと　全二冊　シモーヌ・ヴェイユ　冨原眞弓訳
重力と恩寵　シモーヌ・ヴェイユ　冨原眞弓訳
全体性と無限　全二冊　レヴィナス　熊野純彦訳
啓蒙の弁証法　―哲学的断想　M・ホルクハイマー　T・W・アドルノ　徳永恂訳
ヘーゲルからニーチェへ　全二冊　十九世紀思想における革命的断絶　レーヴィット　三島憲一訳

岩波文庫の最新刊

オルテガ・イ・ガセット著／佐々木孝訳
大衆の反逆
スペインの哲学者が、使命も理想も失った「大衆」の時代を痛烈に批判した警世の書(一九三〇年刊)。二〇世紀の名著の決定版を達意の翻訳で。(解説＝宇野重規)
〔白二三一-一〕 本体一〇七〇円

シェイクスピア作／喜志哲雄訳
から騒ぎ
互いに好意を寄せながら誤解に陥る二人と、いがみ合いながら惹かれる二人。対照的な恋の行方を当意即妙の台詞で描く。その躍動感を正確に伝える新訳。
〔赤二〇五-一〇〕 本体六六〇円

下村湖人作
次郎物語 (一)
大人の愛をほしがる子どもにすぎない次郎が、つらい運命にたえながら成長する姿を深く見つめて描く不朽の名作。愛情とは何か、家族とは何か? (全五冊)
〔緑二二五-一〕 本体八五〇円

……今月の重版再開……

小野寺健編訳
オーウェル評論集
本体九七〇円 〔赤二六二-一〕

コンスタン作／大塚幸男訳
アドルフ
本体五二〇円 〔赤五二五-一〕

定価は表示価格に消費税が加算されます 2020.4

岩波文庫の最新刊

オスカー・ワイルド作／富士川義之訳
童話集 幸福な王子 他八篇

無垢なるものの美や純愛への限りない讃嘆にあふれた、十九世紀耽美主義文学を代表する英国の作家オスカー・ワイルド（一八五四―一九〇〇）の全童話。新訳。
〔赤二四五―五〕 本体八四〇円

コンスタン著／堤林 剣・堤林 恵訳
近代人の自由と古代人の自由 征服の精神と簒奪 他一篇

小説『アドルフ』で知られる十九世紀フランス自由主義の思想家バンジャマン・コンスタンの政治論集。近代的自由の本質を解明し擁護する三篇を収録。
〔赤五二五―二〕 本体一〇一〇円

鈴木大拙著／坂東性純・清水守拙訳
神秘主義 キリスト教と仏教

エックハルト、中国と日本の禅僧、真宗の念仏者・妙好人、東西三者を通して、「神秘主義」を論じた代表的英文著作。初の日本語訳。

（解説＝安藤礼二）

〔青三二三―六〕 本体一〇一〇円

サルマン・ラシュディ作／寺門泰彦訳
真夜中の子供たち（上）

インド独立の日の真夜中に生まれた、不思議な力を持つ子供たちの運命は――。ブッカー賞受賞、『百年の孤独』以来の衝撃」と言われる二十世紀小説の代表作。（全二冊）〔赤N二〇六―一〕 本体一二〇〇円

……今月の重版再開……

ジンメル著／清水幾太郎訳
愛の断想・日々の断想
本体五八〇円
〔青六四四―二〕

桑原隲蔵著
考史遊記
本体一四〇〇円
〔青N一〇三―一〕